宁明 著

飞行者

大连出版社
DALIAN PUBLISHING HOUSE

© 宁明 2013

图书在版编目（CIP）数据

飞行者 / 宁明著 . — 大连：大连出版社，2013.4（2024.8 重印）
ISBN 978-7-5505-0440-0

Ⅰ.①飞… Ⅱ.①宁… Ⅲ.①散文集–中国–当代 Ⅳ.①I267

中国版本图书馆 CIP 数据核字（2013）第 057276 号

大连市文联重点扶持创作项目

策划编辑：卢　锋
责任编辑：乔　丽
装帧设计：对岸书影
责任校对：刘丽君
责任印制：徐丽红
出版发行者：大连出版社
　　　地址：大连市西岗区东北路 161 号
　　　邮编：116016
　　　电话：0411-83620573 / 83620245
　　　传真：0411-83610391
　　　网址：http://www.dlmpm.com
　　　邮箱：dlcbs@dlmpm.com
　　印刷者：天津旭丰源印刷有限公司
幅面尺寸：170mm×240mm
　　　印张：19
　　　字数：280 千字
出版时间：2013 年 4 月第 1 版
印刷时间：2024 年 8 月第 2 次印刷
　　　书号：ISBN 978-7-5505-0440-0
　　　定价：68.00 元

版权所有　侵权必究
如有印装质量问题，请与印厂联系调换。电话：13901198161

飞行者

当我高飞的时候
银翼驮着明媚的阳光
祖国的版图上,掠过一道
自豪的影子

我侧过头去,询问昂扬的翼尖——
怕不怕,累不累
两柄长剑,总是果敢地斩断
内心的胆怯与犹疑

我从蓝天采回一朵白云
梦里,放飞成一只
吉祥的鸽子

宁明,原空军航空兵某部特级飞行员,大校军衔,毕业于俄罗斯联邦加加林空军军事学院。研究生学历。一次荣立二等功,五次荣立三等功,十余次受嘉奖。被评为"空军一级技术能手"。四种气象指挥员、教员,八机长机。

一级作家,中国作家协会会员,辽宁省作家协会第六届、第七届和第八届签约作家。曾被评为首届"中国十佳军旅诗人",四次入选"大连市文艺界十位有影响作品的人物"。作品获第八届辽宁文学奖诗歌奖、第九届辽宁文学奖散文奖、首届中国屈原诗歌奖特别奖、第四届和第六届全国冰心散文奖、两次空军蓝天文艺创作奖、两次大连市"金苹果"文艺优秀创作奖,两次入选"大连市文艺界十件有影响的作品"。

目录

飞行者 SKYWALKER

大海有多高	001
丢失	009
老曹走了	021
低气象	031
超低空	039
鹰南飞	049
有一种怀念叫伤痛	061
轰然炸响的记忆	069
复杂状态	085
永远的伤痛	093
黄昏中的坠落	101
偏航	113
鸟撞	125
螺旋	137
大速度转弯	153
反空降	165
撞靶	173
道不尽的地平仪	185
航线，向远方延伸	199
拦截	211
超负荷	225
同在"加加林"	237
永不陨落的加加林	249
历史的翅膀在飞翔	271

大海有多高

我对特技飞行的深刻印象,是通过一次飞行技术大比武形成的。

1992年7月,辽南的天气格外闷热,没风,也没有雨。中午,知了在窗外的杨树上拼命地喊热,也没盼来一丝凉凉的风。整个飞行大楼静悄悄的,听不见往日里偶尔传出的熟悉的说笑声,也没了飞行靴踏过走廊时或沉稳或俏皮的"嘎嘎"声。此时,飞行员们都在汗流浃背地为即将到来的飞行技术大比武做紧锣密鼓的准备。

这是一次非同寻常的大比武,整个战区的航空兵部队全部参加,以过筛子的方式对飞行员们进行"地毯式轰炸",而且,全战区要进行个人排名,通报成绩,对技术不合格者进行降级直至停飞处理。是骡子是马,这次真要拉出去遛遛了。

特技飞行是最能充分展示飞机性能的课目,像杂技动作最能展示人体的灵活程度一样,需要表演者具有高超精湛的技能。我是飞行大队大队长，不论心里是否真的情愿，都必须以信心十足的姿态去选择最难飞的课目。全大队的飞行员都在看着我……

从先期进入考核的兄弟部队传来了消息：一名副大队长和一名飞行员已在特技考核中落马。军区空军考核组当场宣布：停止飞行！

失误，是飞行员最痛恨而又无法根绝的顽症。即使是演练过千百遍的熟巧动作，也难免会遇上偶尔的失误，而飞行员一生中只能有一次"严重"的失误，其惨痛的血的教训只能由他人来吸取。兄弟单位的这两名飞行员就是由于一个小小的操纵失误而马失前蹄。我完全能够想象得出他们跨出座舱时顿足哀叹的懊丧心情……

两天后，考核组的大队人马进驻到我们机场。你瞧那阵势，哪里是一个小小的考核"组"，简直是一个庞大的考核"团"：肩扛金灿灿将星的将军带队，机关这"长"那"长"的一长排上校、大校们，看上去让人不由得心生肃然而又眼花缭乱。

一颗绿色信号弹从指挥塔台上终于鼓足勇气而又有几分犹豫不决地升上了天空。这柄绿色的"利刃"并没把云雾缭绕的天空劈开一条晴朗的缝隙，明媚的阳光，依然离我们很远……

我按下机内通话器按钮，向后舱的考核官002报告："请示开车！"002没说"可以"，却迟疑地问我一句："这天气……飞特技你有把握吗？"我的口气听起来似乎很坚定："行！"

我别无选择——决不能在上级首长面前当熊包、掉链子，给部队丢脸。其实，这种多云雾的天气最不适合飞特技，这就像给杂技演员戴上眼罩让他去高空踩钢丝、翻跟头一样。

"003，2号空域起飞！"指挥员刚发出口令，我便在心里狠狠地骂了一句："王八蛋！"2号是海上空域，那片海域中只有两座鞋底一样大的小岛——看不到地面明显的地标，云雾中天海一色又辨不清天地线……你让我怎么飞特技？！

地面上已没有可"讲理"的地方了，我只有硬着头皮执行命令。我迅速加满发动机的双发油门，飞机闷雷般的一声怒吼，一把将我和002推离了跑道，直刺云雾笼罩中的2号空域……真不知道站在塔台上观看我们起飞的将军和考官们，目光中几分是欣赏，几分是担忧。

飞机刚上升到高度900米，地面已开始变得模糊起来，云雾正在从四面八方悄悄地向飞机包抄过来，几秒钟后大地上的山川河流已彻底从我的视线中消失。我和002一头拱进了这团巨大无比的混沌乳脂之中……

大自然中有许多奇妙的东西还不被人所认知，这种似云非云、似雾非雾、亦云亦雾的霾状气团使人如临世外仙境，那亦真亦幻、如帛似纱的一条条洁白哈达与飞机擦肩而过，像在迎接远道而来的尊贵客人。如果坐在后舱的不是考核官，而是一位浪漫的诗人，置身在云雾中，说不定会写出一首感受独特、绝妙惊世的朦胧诗来。"003，看到2号空域了吗？"002不放心地用机内通话器询问我。

高度4500米，飞机一个鲤鱼打挺，终于跃出了如浆液一样的云层。久违的阳光令人感到格外亲切，蓝水晶一样的天空清澈透明，飞机像一颗闪亮的银色宝石，滑动在这片无垠的蔚蓝之中。洒在头顶上的七色光芒有些刺眼，我抬手放下了飞行头盔上的墨绿色风镜。这时，缕缕阳光像伸出的一只只爱抚的手掌，轻轻拂去了我心中的忐忑。飞机被阳光擦拭得银光闪亮，穿云中粘在机翼上的那些茫然已荡然无存。

飞机继续上升，远处的海岸线也隐约可见。"003加入2号！"我像刚登上舞台的演员，兴奋中夹着一丝隐隐的惶然。再回头寻找那两只可供保持空域位置时做参考的"大鞋底"，早已被云海夹馅饼似的裹在了中间。本是方圆几公里的海岛，一旦改变了观察的高度和角度，竟倏然变得那么渺小。

我平衡好飞机，调整好高度、速度，将升降表准确地保持在"0"的位置上，就像花样滑冰运动员摆好造型只等伴奏乐曲的訇然响起——演出即将开始。

按照规定，我在今天的考核中必须完成六套特技动作，而每套动作又由几个具体的特技衔接而成。特技飞行，最是讲究动作规范、数据精确、连贯娴熟、曲线圆滑的课目。它强调的是一种"特"别的"技"巧。

"003请示动作！""可以！"没等002的话音落下，我压杆、蹬舵、加油门、反带杆……干净利索的一连串操纵动作使飞机迅速进入了极限坡度的盘旋状态。现在，我要将两个相反方向的盘旋连接起来，在空中同一高度层面上形成一个闭合的"8"字。"漂亮！"不知是高朗的阳光使得002的心情迅疾变好，还是我操纵飞机的"出手不凡"一下子博得了他的赞佩，反正他那略带几分兴奋的赞扬声令我心里格外舒畅——万事开头难，我已开了个好头！

前五套特技完成得不错，我自己非常满意。以前我根本不相信体育比赛中运动员会有什么"超水平发挥"。自己是什么水平明明在那儿摆着，不打折扣地发挥出来就算不错了，还怎么能去"超"？但今天我却不得不否定自己以往的看法，因为我觉得这次特技的确比平时飞得更漂亮、更娴熟。如果能把飞机的运动轨迹拍录下来，一定是一场比得满分的艺术体操更让人目不暇接、惊叹不已的精彩表演。我连续两天的精心准备终于得到了初步的回报。

最后一套动作是"半滚倒转—下8字—跃升多次滚—双战斗转弯"。这套特技动作的难度系数并不比前几套高，但飞机的高度活动范围大、衔接难度高，稍有失误就会前功尽弃、功亏一篑。我一边判断空域位置，一边快速地默想了一遍操纵要领，敛容屏气做好了开始前的准备。

开始了！我把"半滚倒转"的操纵动作做得有力而柔和，飞机迅速转入倒飞俯冲，高度在以150米/秒的速度迅速下降，三五秒钟后飞机便一头扎进了糨糊般的云雾中。我在心中不断提醒自己：方向——注意方向！蹬平两舵，向正后方拉杆，不使飞机产生半点侧滑——这是在看不见地面参考地标的情况下，保持垂直运动方向唯一能够采取的有效方法，很有点像蒙上眼睛在平衡木上做后滚翻，方向稍有偏差，整个动作便会失败。我一边扫视退出俯冲的剩余高度，适时地往前推动油门，逐渐减小俯冲角度，一边焦急地盼望着海面上那两座小岛早些出现。

海面上，只有这两座从不随波逐流的小岛能够帮助我校正飞机的运动方向，以便及时发现和修正误差，为准确无误地进入下一个衔接动作——"下8字"打好基础。我当然知道那些轻佻的云朵绝不可相信，它们都是"跟着感觉走"的无根浮萍，只会把飞机的方向偷偷地引向歧途。方向，对于一件事情的成败显得多么重要。

高度1500米，这是歼×型飞机特技飞行最低的底边高度。朦朦胧胧的雾霭使我仍然看不到海面，不能再等了，飞机再平直飞行就会影响下一个特技动作的连贯。此时，时间已不允许我停下来去细想下一个动作，必须一气呵成，不留下犹豫的痕迹。

奇迹总是在山穷水尽的时刻出现，一条并不太宽的云缝裂开在我的斜前方。透过云缝，我迅疾地扫描到一座小岛，机头的方向与预定的方向稍有偏差，还好，没超出5分的范围。我一边悄悄地压杆、蹬舵修正方向，一边使飞机以圆滑流畅的曲线进入到下一个特技动作。这一切的暗度陈仓，后舱的002并没发觉。全部动作完毕，我看了一眼高度表：4000米。

还没待我均匀地舒完一口长气，002一反常规地摇晃了两下驾驶杆，那意思是：你休息一下，我来飞。我心中甚喜！这是我当飞行员以来在历次的考核中遇到的首次"例外"，也是考核官当场对被考者的一种最高礼遇和奖赏。

我的心中像冰糖葫芦一样被抹上一层喜悦。我甚至恨不得赶快松开所有的飞机操纵设备：反正我已考完了，后边的飞行与我无关，我只等着飞机返航后手捧鲜花"挨"表扬了……

人若有了好心情，看什么都会很顺眼，甚至从最枯燥的事物中也能发掘出无尽的诗意来。"天空没有翅膀的痕迹，但我已飞过。"我在心中情不自禁地轻吟出了泰戈尔的诗句。

飞机急剧下降。我扫视一眼地平仪，判明飞机正在向下半扣式俯冲！002什么时候开始做这个高难度动作的，我竟丝毫没有觉察，一定是泰戈尔优美的诗句让我的精神短时间出现了溜号。

歼×型飞机，规定向下半扣式俯冲的顶点最低进入高度是4500米，这样才能保证飞机沿最佳曲率半径退出俯冲时底边高度不违反安全规定。002进入俯冲时的高度究竟是多少？我没看清或者说根本没有去看——真是"天空没有翅膀的痕迹"，一切已无法查证了！

我的头皮猛地一紧：飞机正以180米/秒的下降率急速下降！我迅速扫视高度表：仅剩900米！飞机以900多公里/小时的速度"哗"地冲出了云雾，波涛汹涌的海面忽然闪现在面前，那两座迅速"长胖"的海岛也迎面扑来……"拉起来！拉起来！"我不知当时自己气急败坏的呼喊声变成了什么腔调，但右手使出全部力气和002一起向后猛地拉动驾驶杆的情形却记得清清楚楚。

我和002瞬间出现了严重的"黑视"！

黑视，是飞行员在超大载荷下由于脑供血严重不足而使眼前变得一片漆黑的一种危险状态。我和002仿佛一下子进入了另外一个世界……

在这几秒钟内，飞机究竟处于怎样的状态？我和002谁也不知道！但我们的头脑还算清醒，只知道飞机并没有与海岛相撞，也没有坠入大海而引起爆炸——因为此时飞机毕竟还在我们手中……

飞机在这样低的高度，按往常的经验，无论如何也是拉不起来的。记得兄弟部队在做飞行表演时，同样由于进入"半扣"时高度太低，飞行员眼睁睁地看着飞机撞向地面而束手无策。观礼台前那一声巨响和冲天的火光，让多少人几年后一旦提及仍旧唏嘘不止！

我们的侥幸只有一个理由：飞机是在超过极限载荷的情况下退出了俯冲！在这种载荷下飞行，就意味着飞机随时可能遭遇空中解体……

返航。一路沉默。腰部剧烈地痛……

筋疲力尽地跨出座舱，短暂的对视后，我和002不约而同地向机翼望去：机翼表面的防护漆层被揭掉了一大块，像人的臂膀被刮掉肉皮后露出了白色的嫩骨，鲜亮的机徽上喷涂的红色五角星只剩下了四个角……飞机的机翼若不是在空中严重地变形、扭曲，绝不会出现防护层的脱落，而这一切都是巨大载荷作用的结果。

感谢大海！是大海辽阔而坦荡的胸怀宽恕了我们的失误，是海岛不显山露水的平凡给了我们又一次生命。

面对拥有无尽风光的高山峻岭，低矮的大海有多高？十几年来，每当我飞过2号空域的那片海域时，俯瞰那两座鞋底似的孪生海岛，都不禁在心中升腾起一种深深的敬畏和感激……

丢失

Skywalker 壹

当我操纵飞机跟随长机完成半滚倒转后，飞机明显地抖动了一下。

这绝不是一个好兆头。我知道，这很可能是由于我的飞机与长机在进入半滚倒转前距离偏远，长机完成半滚倒转进入反俯冲后，先于我的飞机增速，致使两机之间的距离进一步拉大，而我此时急于操纵飞机切半径、赶距离，动作量太大，操纵粗猛，才把飞机一下子"拉抖"了。

读了这段文字，你一定会皱起眉头。因你一下子弄不明白，这是什么意思呢？其实，我已经说得够明白的了——如果，你还是想象不出两架飞机在空中做特技时的姿态，我建议，你用两张纸叠出两架小飞机，或者干脆伸出两只手，把手掌当作飞机模型，一前一后地比画一下，就能看清两架飞机在空中的运动轨迹了。

好的，就是这样，让你的手掌在空中开始模拟飞翔。

飞机在半滚倒转后小速度大迎角的情况下出现抖动，说明飞机已处于一种临界飞行状态。这时，飞机的迎角一定已经很大，机翼表面产生了严重的气流分离，导致飞机的机体像严重哮喘一样开始抖动。

唉，你怎么又皱眉头了——还是没弄懂？别着急，培养一名飞行员要花好几年的时光呢，慢慢地，你想象的翅膀就会飞起来了，而且会飞得很潇洒……

这么说吧，此时，飞机就像放飞在天上的风筝，迎风的角度过大时，风筝就会不停地颤抖，抖动严重时，不仅不能展翅高翔，而且还会像喝醉了酒一样，一头栽向地面而粉身碎骨。

我当然晓得这一后果的严重性。如不及时制止飞机的迎角继续增大，就可能使抖动进一步加剧，飞机很快就会进入失速状态，稍有不慎，还将可能进入螺旋。"螺旋"比"失速"的境遇更危险。

请原谅，我又使用了一连串的飞行术语。关于飞机失速与螺旋方面的理论课，我当飞行学员时，教员至少要用六个课时才能讲完。我们没有那么多细嚼慢咽的时间，还是先跟着飞机往前飞吧！

飞机一旦进入螺旋状态，就会像田径运动员甩出的铁饼一样，飞至穷途末路时，开始打着旋儿急剧往下掉。不论是哪国空军，飞行训练中因飞行员操纵失误而使飞机进入螺旋，最终摔掉飞机的事故绝不占少数。

我全身顿时打了一个冷战。这时，我和长机都已处于倒飞状态。按照预定的飞行轨迹，两架飞机同时进入倒飞俯冲后，我与长机应同时增速，双机在空中画一个半圆形弧线后由倒飞俯冲逐渐转为正飞俯冲，待积累到规定的速度后，双机昂首退出俯冲，跃出天地线，进入下一个连贯动作——"双机斤斗"。

有过飞行经历的人，此时只需微闭双目，脑海里就会呼啸着闪过两架银色的战鹰。

在整个复杂特技编队飞行中，我必须与长机时刻保持间隔50米、距离150米的疏开梯队。而此时，长机的倒飞俯冲角至少已达30摄氏度，增速明显加快，而我的飞机机头还翘在天地线附近。很明显，哪架飞机先进入俯冲，哪架飞机就先增速。就这样，我们双机间的距离开始迅速加大。我眼睁睁地看着越来越小的长机向下俯冲而去，发动机尾喷口的黑圈已渐渐消失成了一个小黑点……

望着渐渐远去已变成了一粒黑豆的长机，我的心中充满了懊悔和焦虑。为什么我在进入双机半滚倒转前不将起始条件创造好呢？本来应是一对亲密相随、形影不离的长僚机，由于一时的虚荣和不慎，匆忙上阵，转瞬便使自己陷入到了巨大的被动之中。这样顿足难返的境况，多像是一场草率结合而导致失败的婚姻！

Skywalker 贰

每一对恩爱夫妻都是一支配合默契的编队，是一对形影相随的长僚机。我的长机，老飞行员大刘的夫妻编队在上个月就出了问题。他们俩把结婚证换成了离婚证，一对编队的长僚机就宣告解散了。

大刘的妻子是个眼神活泛的大美人。她在人们面前总是表现出眼观六路的精神头。而精神头太足的女人，有时候往往就会自信得离谱，吃着碗里，看着勺里，想着锅里。这不，大刘妻子的眼神已钓鱼甩线一般将鱼钩抛向了别的男人。

大刘的手机里，再也收不到妻子大美人发来的那条已重复多遍的短信了："老公，饭在锅里，人在床上！"以前，大刘每次收到这条暗号般的短信，飞行靴踏响回家路的声音就会流露出难抑的兴奋。可是，今天，大刘瞪着这条短信，像在观看大美人愚弄自己的表演。

可是，话说回来，你大刘感到漂亮的东西别人也同样会感到漂亮。一向粗粗拉拉的大刘在编织自己的生活时，无意中给妻子留下了一道红杏出墙的豁口。就在大刘在机场飞夜航的一个晚上，一条手段高超的鱼，硬是把岸上的钓鱼人给"钓"下了水！

遇到这样的窝囊事，大刘感到很没颜面。近来，他连飞行也总是气呼呼的，像个复仇的剑客。大刘此刻驾驶的长机就在我的前方，而且离我越来越远。在我面前，好像大刘又一次拿出了要和大美人妻子解散编队的架势。

我不能让这样的思绪飞得太久、太远。此时，我心里明白，不仅不能继续向后拉动驾驶杆使飞机仰头增大倒飞俯冲角，用切半径的方法去抄近道赶距离，而必须做出相反的操纵动作——"松杆"甚至"推杆"制止飞机的抖动。

亡羊补牢。人们在纠正以前所犯下的错误时，往往要付出"亡羊"的代价。大刘丢的"羊"是他原本心爱的大美人，而我即将丢的"羊"则是追赶不上的自己的长机。

后退是为了前进，是另一种无可奈何的前进方式。摔倒了，爬起来再跑，其精神固然可嘉，但毕竟是摔倒过了。我在懊丧地想，人若能永远不摔倒，那该多好！

在我用力向前松出驾驶杆的同时，飞机果然像一个对症下药后的感冒病人，立即停止了咳嗽。这一切不过是飞机在6000米的高空仅仅几秒钟的短暂经历，但已足够让经历者的后背渗出一层惊骇的冰冷汗珠。

老飞行员常讲，编队飞行中，僚机应像长机的影子一样，时刻把长机"咬住"不放，既要亲密有间，又要形影不离。可此时，长机远远地飞走了，只甩下了我这个跟不上脚步的"影子"。

斑驳的大地迎面拥来，长机已彻底"消失"在了田野、山川、河流、村庄绘成的迷彩画卷之中。

编队飞行，竟然把长机给飞丢了，这简直是僚机的耻辱！如果是在战斗中，失去僚机掩护的长机单枪匹马冲入敌阵，腹背受敌，那该是多么危险！而我，却以21岁的一时犹豫，在蓝天上写下了自己飞行历史上永远抹不去也擦不净的刻骨愧疚……

Skywalker 叁

三年前,在航空学校高级教练机训练团飞行时,那次空中丢失长机的经历让我记忆犹新。

"35练习",双机简单特技编队飞行。当日天气实况:少云。能见度大于10公里。

长机是我的中队长,代号006,姓王,天津人,脸黑,牙却特别的白。我们这帮飞行学员只见过中队长在机场训斥人时露出过两排雪白的牙,可谁也没见过他笑时是怎样把牙露出来的。也许,一到机场,中队长就把笑容给丢失了,就像僚机丢失了长机。

中队长是我编队飞行课目的带飞教员。在对我进行了三次编队带飞后,他对我的编队技术似乎还比较满意。下飞机后,中队长表情毫无变化地赞许了我几句,大意是说我对编队技术掌握得还挺快,待他请示大队长后,决定让我在本期学员中第一个放单飞。

这是我在米格某型喷气式战斗机上第一次编队单飞。

180度的交叉转弯,大坡度盘旋……几个水平动作完毕,我的编队队形始终保持得很稳定,数据准确,真像是中队长飞机后的影子,一直紧紧跟着他。飞机改平飞后,我隐约看见了中队长在座舱左壁里举起的白手套。这是他在对我刚才的良好表现进行无声的讲评。如果编队距离飞得再近一些,就一定会看清,中队长举起的并不是整只白手套,而是伸出的大拇指。若不是隔着扣在嘴和鼻子上的氧气面罩,我甚至还可能看清他在高兴时偶尔露出的很少的几颗白牙。我心里美滋滋的,猜想,中队长此时一定是面带着微笑回头看我呢。他这样地对我"赏脸",真是难得一见啊。

人,一得意就容易忘形。

中队长下口令:"收油门,左俯冲!"我自信地回答:"明白!"中队长的飞机右翼尖向上一扬,左翼尖向下一沉,迅即形成了60度的左坡度。飞机开始迅速向左转弯。我急忙压杆蹬舵操纵飞机尾随其后,由于动作稍有迟缓,我悄悄向前推了一点油门,以增大一些发动机的功率,追赶回来拉开的距离。飞机大约转到七八十度的角度,中队长开始推机头向下俯冲了。虽然是初次编队单飞,但因有带飞时打下的老底,我心里还是感到了一丝轻松。

我的飞机跟随中队长的飞机一起改平了坡度,并对向预定的方位开始做固定俯冲角的直线俯冲。中队长飞机上的机徽在阳光的照射下显得格外耀眼,像一支红色的箭头指示着我们的前进方向。

我顺着这支红箭头指引的方向望去,飞机机头的正前方竟然出现了一幕令人意想不到的景象!这不正是我们上星期刚去参观过的全国最大的化纤厂吗!怎么会这样巧呢?飞机正对着化纤厂高高的烟筒呼啸而下……

化纤厂就坐落在蜿蜒曲折的太子河畔,它像是从太子河的绿色项链上坠下来的一颗沉甸甸的明珠。也许,这条举世无双的项链只有佩戴在辽阳这座小城的胸前才显得更加般配——而我们部队的机场正是驻守在辽阳。化纤厂被绿化得非常漂亮。我们去参观的时候,下了大巴车,感觉不像是走进了一座现代化的工厂,而是步入了一座设计考究、布局独特的阔大的植物园。高高的烟囱挥动着白色的毛笔,仿佛正在蓝天上书写着这座小城的现代化进程。我们这帮"小飞"站在直插云霄的建筑物下举头仰望,似乎寻见了自己的飞机飞过这座现代化工厂时留下的一条条嵌进蓝天里的航迹。

"加油门,左上升转弯!"我仿佛听到了中队长的口令,但似乎又没有听清,恍惚中却自言自语地回答了一声:"明白!"此时,一辆因阳光反射而显得异常醒目的红色大拖斗车像一条小虫子一样,正在化纤厂的马路上蠕动着。我在心里兀自笑了起来:这么一个几十吨重的庞然大物,居然在化纤厂这座花园里变成了一条细小得不能再细小的小虫子……那位正驾驶着"小虫子"缓缓前行的司机师傅若能看见呼啸扑来的两架飞机,会不会也像平日里虫子见到觅食的公鸡一样,精神立刻紧张起来呢?

我赶紧收回脱缰的思绪,制止了自己的精神溜号。

当我一边加油门,一边向预计方位观察长机时,长机不见了。当时,我并没有慌张,而是扩大搜索范围再次扫视了一眼左前方,仍然不见长机。当我确信座舱左边没有长机,甚至连右边也没有长机的身影时,脑袋才"嗡"的一下子变大了。

我没再犹豫,立即报告:"006!……我看不到你了!"

刻舟求剑。此时的中队长,早已进入左上升转弯并且快要转到一半位置了,而我仍在想象中的方位上寻找长机,当然连他的影子也不会找到。

塔台指挥员果断地命令我们:停止寻找,取出高度差,单机返场。事后我思忖,一定是指挥员怕我第一次编队单飞就丢失长机,心里紧张,弄不好还会节外生枝再生发出其他什么情况,才决定这么"简单化"处理的。

两天后,学校司令部发来了《事故征候通报》。我和中队长"榜上有名"。只是,我的名字被写成了"某学员"。

中队长这一次竟然没有像大家想象的那样,在众人面前大声地训斥我。他只是用露出很少的几颗白牙的口型对我说了几句安慰、鼓励的话:"你能做到不爱小面子,及时报告真实情况,是对的,应该鼓励!虽然丢失了长机,但避免了可能发生的空中相撞的事故。再说,你又是第一次单飞,自己能把飞机平安地飞回来,也算是不错了……所以,学校的通报上并没有点名批评你。"这种犯了错误不挨批反倒像是受表扬的处理结果,让我心里更加难过。编队飞行中丢失长机,单机返场,可能比失恋的滋味还要难受吧?尽管,那时我还没有谈过恋爱。

肆

  虚荣心像割不干净的韭菜，又迅速地在我心中冒出了一茬新芽。

  三年前空中丢失长机的原因中队长并未深究。此后，他只是耐着性子不厌其烦、一遍又一遍地向我们这些学员讲解编队中"俯冲——上升转弯"的操纵要领和注意力分配，并绞尽脑汁地归纳出了六种可能出现的"偏差"，要我们每一个人都背熟出现各种"偏差"时的处置方法。如果中队长口干舌燥地讲解完毕，我们学员中仍有个别人不能对答如流地回答出他的考问，他就会咬着嘴唇藏起满嘴白牙愠而不怒地骂一句："真没见过你们这么笨的蛋！"骂完，他自己就想笑，但却总是憋着。

  但那条啃噬得我睡不稳觉、吃不香饭的"红色小虫子"一直没能从我的心理阴影中剔除出来。它好像越长越大了，大到已能吃掉我重新说出事情真相的勇气。后来，我还是忍受不住这条"红色小虫子"对心灵的日夜蚕食、折磨，婉转地写了一篇关于飞行员应如何正确对待犯错与改错的言论稿，发在《空军报》上，题目叫作《不要偷偷改》。

  按照编队飞行中的安全规定，空中丢失长机后，僚机飞行员要立即报告长机和塔台指挥员，并按照长机口令，迅速取好双机间的安全高度差，以防止飞机之间因观察不周而发生空中相撞。此时，长机听到僚机的报告后，要立即停止动作，退出俯冲，改平飞，长、僚机互相通报各自的飞行高度，在确保不发生空中相撞的前提下，僚机按地面预先协同的方法，或由长机空中临时下达指令，双机各自飞向同一明显地标上空，向同一个方向做盘旋，在盘旋中相互寻找。

  谁能料到，三年前的尴尬遭遇今天又重新上演了呢？

  怎么办？马上向长机报告，还是暂时不报告，凭侥幸先进行寻找，待实在寻找不到长机时再报告？

  现在毕竟已不同于三年前的光景了。那时我只是名新飞行学员，没有空中飞行的经验，遇到情况就只知道按规定报告、报告、报告，结果自己把自己那点丢人的事弄得满城风雨，颜面扫地。

三年前丢失长机的事故征候已结痂成了我心中的一块伤疤，每到飞编队课目时，心里就隐隐作痛。它还像是埋在脚底板深处的一只鸡眼，每走一步路都会刺疼你，却又无法把它彻底剔除出来。

我在瞬间壮起了胆子，下定决心：不报告，先找找看。

你对僚机丢失目标后的寻找方法一定会有疑问。怎么飞机与飞机之间不使用雷达搜索，而只是目视寻找呢？你猜对了，当时我飞的飞机的确还比较落后，飞机上没有安装供飞行员搜索目标时使用的机载雷达。所以，丢失目标后，我只好靠眼睛寻找了。

Skywalker 伍

在日常的地面生活中，几秒钟的时间是极其短暂的，但若放在空中，尤其是放在丢失长机的焦急寻找过程中，却会感到异常漫长。

我把油门杆推至最前位置，加满油门，让发动机以最大的功率为飞机增速。我企望尽快能追上杳无踪影的长机。

依照我的判断，在这几秒钟内，长机一定已退出俯冲转入了上升状态。于是，我凭借经验把目光放远，视线聚焦在天地线上方，从左至右细细地搜寻那个可能突然闪现的小黑点，抑或是小亮点。哪怕长机已遥远成了一粒尚可看见的尘埃，我也要把它牢牢粘在撒出的视线网上，决不会再次让其溜掉。

天地线上方是一片蔚蓝，蓝得像一面镜子，一尘不染，甚至连一小朵擦镜子用的白云也没见着飘来飘去。如果，长机出现在这样的镜面上，哪怕是再微小的尘粒，只要还能被眼睛看见，就总会被我发现的。

飞机的速度越来越大，我用右手用力向前顶住驾驶杆，不让飞机因速度增加而自动抬头。我要把自己的心情和飞机都控制在比想象中的长机高度低一些的位置，以防观察不周，发生与长机危险接近或相撞。此时，长机的飞行高度究竟是多少，我并不知道。

飞机时速已接近1100公里。飞机的上仰力矩在迅速增大。牛不饮水强摁头。我的右手已酸痛得快要摁不住这头几近咆哮的铁牛了。我决定收回油门，停止增速，放下减速板，不再追赶看不见的长机。

一个巨大的黑影从我头顶的上空呼啸而过。我只感到座舱里的光线突然变暗了一下。这个迎头飞来、一闪而过的巨大黑影一定就是我的长机。黑影离我的座舱盖太近了，近得让我来不及收回视线仰脸去看清它的轮廓。这个快速闪过的黑乎乎的家伙，像一把抡圆的巨斧从我的发梢上倏然削过。紧急中，我竟下意识地缩回了正在张望的飞行头盔。

由于速度差太大，我的飞机已冲到了长机的前边。如果，我的飞行高度再高几米，或是长机的飞行高度再低几米，两架飞机就会在交错的瞬间"拥抱"在一起。这样迅疾的相撞，不难想象，那一声凌空的巨响和喷发出来的橘红色的火焰，就会在高空扩散开来，演绎成一个句号，画在我们生命的结尾处。但长机毕竟是位反应敏捷的老飞行员，就在与我"失之交臂"的同时，他也发现了我的飞机。长机这位"老飞"迅速加满油门追赶我的飞机，并主动与我编成了远远的疏开梯队。我们的两架飞机经过十几秒钟的分离后终于又"团结"在了一起。只是，长机此时变成了僚机，而我越位冲到前边竟充当上了长机。

原来，长机飞行员在退出俯冲时特意回头望了我一眼，因没看见我在编队中的位置，就稍微放慢了些转入上升的动作，意在平飞中稍等我一下。难怪我在天地线上方始终没有寻见长机的身影。而这十几秒钟内，我们两架飞机几乎是在同一个高度上大速度飞行！

侥幸。后怕。……两架飞机擦头疾驰而过时，竟然没有撞在一起！

人的精力一旦高度集中，或意识处于一种想当然的固执状态，在视觉和思维上都会出现盲点。明明是近在咫尺的东西，却往往视而不见，视线余光的枝叶已被全部剪除，只剩下一束竹竿似的光柱，直来直去地伸向远方，并且想当然地探测着未知的复杂事物。出现这样的盲点，颇像人生中极易错过的某种感情，只有待回首时才会醒悟。但，已让人追悔莫及！

Skywalker 陆

编队，也许是在广袤的天空中最富有哲学意味的飞行。远，会丢失；近，也会丢失。

丢失的长机终于找到了，但我飞行生涯中经历过的那几秒钟的空白，却永远被涂成了黑色，再也无法擦净或弥补。二十几年来，我每每想起这个记忆中的幽暗的"黑洞"，心里便感到一丝丝的阴冷。它像一段被划伤后的电影胶片，每当记忆播放到这个情节时，就会出现一幅破裂、不完美的画面，令我心生怅然！

在走向停机坪的水泥小路上，我回头望了一眼正在草尖上掠过的自己的影子，就像编队飞行中长机回头望一眼身后的僚机，不免心生几多感慨。我甚至一遍遍地下定决心，决不能再让心中的僚机丢失了，而唯一的选择，也许就是不断地拒绝心理上的阴影，让自己的翅膀永远驮着坦荡的阳光向前飞翔。

老曹走了

Skywalker 壹

老曹走了。他飞向了一团火光。

飞机凌空爆炸时的火焰，映红了天际。夜深人静中的海岛倘若还没有沉睡过去，它们睁着的眼睛一定能看到老曹临走那一刻的悲壮。巨大的火球从高空坠落，释放出的热能把整个夜空烧红，还有老曹最后一声绝望的呼喊，一定会彻底惊醒已枕着波涛进入梦乡的长山群岛。那团不熄的火光，一次次烤灼着我的想象，并一次次把我从梦中烧醒。

Skywalker 贰

去庐山疗养，一直是东北飞行员们的一大奢望。

2005年的夏天，我和老曹终于如愿以偿。我们是作为师机关的飞行员与下属某团的飞行员们一同上的庐山。

人们赋予了庐山太多的象征。有人说它是座爱情山，也有人说它是座政治山。

一路上，火车像一根绿色的细针，把几个省、市的彩色版图曲曲弯弯地缝合在了一起。我和老曹的目光行走在地图上，形影不离，像一对飞机在编队飞行。我们不时地在地图册上指指点点，计划着未来这二十来天的行动路线。我们的神色一定颇像是在谋划一场特殊的战斗。二十几年前我俩在一个车厢里同吃、同住、同幻想的感觉又找了回来，老曹和我像刚刚成为新同学时一样，一路上竟然叽叽喳喳兴奋了几千公里。

火车还没在九江站停稳，庐山已巍峨在了我们眼前。说它巍峨，其实也并不算十分高大，比起我们飞行中越过的众多高山峻岭来说，庐山只不过是一个中等大小的窝头而已。飞行中，飞行员俯瞰大地时，常有"满目群山，一锅窝头"的感觉。这样的比喻虽欠诗意，但也还算准确。

老曹说，上了庐山，第一件事是要看一场电影，就看《庐山恋》，复习一下张瑜和郭凯敏当年谈恋爱的镜头……我逗老曹，你上山后干脆真恋爱一场算了。他捅我一拳，反讥说，你又不是张瑜，人家可没你长得这么黢黑。我们就坏坏地哈哈大笑，再也不用像飞行中那样去控制嗓门开关的流量大小了。

正如我们所预料的那样，疗养院把我和老曹这两位机关的"老飞"分在了一个房间。哈哈，老曹，咱俩又要像二十多年前一样"同居"了！老曹不爱笑，没表情地把行李箱往柜子里一扔，"扑通"一声将整个身体平甩在席梦思床上，四肢伸展，在雪白的床单上晾晒出一个牛气十足的"大"字。我顺手抓起一只水杯往他两腿间的重点部位一塞，帮他完成一个"太"字后迅速跑开。

Skywalker 叁

机场指挥塔台里已是一片混乱。电话铃声、报告声、命令声、唏嘘声……交杂在一起，使嘈杂声中弥漫着浓浓的火药味。

一分钟之前还能听到老曹来自空中的报告声音，而此刻，任凭指挥员怎样大声呼叫他的代号，整个夜空却是一片沉寂。

星光闪烁。谁也无法猜透深不可测的夜空里究竟发生了什么情况。

一切措施似乎都已于事无补。有着三十多年飞行经验的塔台指挥员，此刻心情比铅锤还沉重。他似乎已预感到了那种最悲惨、最沉痛的后果。

长久的沉默，对于空中的飞行员来说，往往就意味着灾难，或是永别。

雷达显示器上已找不到老曹的飞机反射出的电子回波……老曹和他的坐骑正驰骋在万里夜空中，穿行于星群与月光下，向着远方，永不回头地飞去了。

肆

庐山的云是我见过的最美的云。还是老曹把庐山的云介绍给我的。

老曹有着高质量的睡眠。他像是一尊躺在云朵上的神仙，悠然自得得让人心生妒意。其标志是：躺下三五分钟，只要我不与他搭话，他就会发出起伏跌宕、音色圆润的呼噜声。若说老曹睡觉时鼾声如雷那是极不准确的，应叫作酣畅淋漓。而我睡觉极轻，且少，有老曹这么一伴奏，自然睡意全无。在庐山的日子里，每晚，我都在床头灯的照射下，手捧一本闲书为老曹的睡梦站岗。听着老曹睡梦中发出的音乐般的鼾声，真有说不出的羡慕。于是，他总是醒得很早，我总是睡得很晚。

一天早晨，早醒的老曹突然大声叫我，老宁，快来看，这是啥云？我恶狠狠地睁开沉重得有点拉不开缝的眼皮，沮丧着脸看着老曹得意、惊喜的样子，说，见什么鬼了？啥云，庐山云呗！老曹穿个大裤衩子正扒开窗帘不停地大惊小怪地嚷嚷着。我跳下床，倒要看看他这家伙一大早究竟发现了什么"新大陆"。

我们都是飞了二十几年的老飞行员，几乎天天与天空中的形形色色的云朵、云层、云团打交道，什么奇形怪状的云没见过，至于像这样一惊一乍地装青春吗？但当我随着老曹的手势向窗外望去时，的确也吃惊不小。这是什么云啊？低低地铺在山头上，山头上的塔尖把云层刺透后，还露出了银亮亮的矛头尖尖。云层很薄、透亮，但又不松散、不飘移，比纯棉还白，像一大匹涌着波浪的白缎子，又像是精心雕刻后的一片巨大的水晶石。反正，这是我们在空中飞行时从没见过的一种云。真是天外有天，云外有云。庐山冷不防送给我们了一个惊喜。此时，我一点也找不到庐山曾被一位伟人形容过的"乱云飞渡"的迷离感觉，窗外的景色静得像一张展平的画。

云，其实不过是弥漫在天空中凝结在一起的水汽，无论它如何变幻莫测，也只是外表形象的变化。但当我们一旦改变了观察它的角度，从另一个层面去审视它时，云便不是往常印象中的形象了。它给我们的视觉乃至思想带来的冲击、惊诧，让人不由得不心生震惊，甚至对以往的经验产生怀疑。

老曹从背后紧紧抓住我的双腿，我光着脚、弯着腰站在窗台上，端着相机左瞄右瞄折腾了半天，终于选中了一个满意的角度，咔嚓咔嚓连拍几张，可算逮着了这张让人得意得直要忘形的照片。我们顾不得洗脸，赶快打开电脑，把照片传到电脑里，并置换成了电脑屏幕上的桌面。看着放大后的刚刚捕获来的新作《庐山云》，我和赤背掐腰啧啧称赞的老曹心里有说不出的美妙！

伍

老曹轻微晃动了一下身子，用以缓解长时间用一种姿势飞行时的腰部疲劳。

今夜星光格外灿烂。星星们投影在茫茫的大海上，在月光的渲染下，海水中的星光便透出一种难以名状的诡谲气息。星星与星星之间互递着眼神，于无声中传递着只有天空与大海才能听懂的悄悄话。海岛上的灯光渐渐稀落，渔民们枕着涌来又退去的涛声早已进入了梦乡。此刻，在7000米的高空，老曹正驾驶着战机像一位忠于职守的巡夜者，在为翼下的安宁值勤、巡航。这一切是多么的和谐、自然。老曹像往常的每一次飞行一样，全神贯注地操纵着飞机，不断地修正着飞行中的数据偏差。海岛如果长着一双不眠的眼睛，一定会看见飞机航行灯划过夜空时的潇洒身影。但沉睡的海岛此刻一定不会想到，他们头顶上的展翅者，正是一名空军大校、特级飞行员。

老曹的飞行技术是一流的。他对自己的坐骑的秉性也了如指掌。

老曹左手松开油门杆，腾出手来下意识地往上推了推氧气面罩，并用力吸了一口氧气，然后很舒畅地缓缓吐出来。这是飞行员在进入很关键的下一个飞行程序前的习惯性动作，就像跳水运动员站在十米跳板上微闭双眼深吸一口气一样，精彩的凌空一跃转瞬即将亮相。老曹回首望一眼机翼的下方，霓虹闪烁、五彩缤纷的海岸线已渐渐退去，飞机已沿预定航线驶入了深海区域。黑夜里的海是安静的，静得让人心生忐忑，难以揣度出它的深浅。

天空的星星与海里的星星眨着眼，羡慕地观望着老曹飞机上那三盏耀眼的航行灯。老曹为了不使翼尖在穿过云层时反光产生光屏，故意把航行灯的灯光亮度调整到60％的位置。他这样"低调"地飞行，仿佛也是为了避免星群投来嫉妒的目光吧。

仪表盘上，各种指示灯和仪表指针都在一丝不苟地履行着自己的职责。老曹并没有发现任何异常的信号，而危机已悄悄摸岗哨一般潜伏、抵近了他的前沿阵地。

发动机"嘭"的一声巨响，把正在聚精会神操纵飞机的老曹震荡得有点晕头转向。他还没来得及做出任何反应，飞机已失去了控制……

漆黑的大海张开无底深渊般的大网，正用贪婪的大口等待吞噬一只折翅坠落的小鸟。此时，天海之间仿佛到处都布满了狰狞的面孔。

陆

剧场里，我和老曹并肩而坐，津津有味地低声议论着正在放映的《庐山恋》。前排座位上的一对青年男女没规律地总是两头相碰，像关闸门一样一次次切断我们的视线。我和老曹也只好与他们同步摆头，只是我俩方向一左一右，与前排的两位正好相反。

在庐山白鹿洞书院门口不远处，有一条清溪，溪上有一石桥，张瑜正站在桥头上向坐在桥下石头上读书的郭凯敏掷石子。这叫投石问路，也叫投石示爱。我用臂肘捅一下老曹，哎，那天你不也在这块大石头上待了半天嘛，我给你照了好几张相，也没见你等来一个掷石子的姑娘呀？老曹乜我一眼，这还不都怨你！整天电灯泡似的形影不离照耀着我，哪给过我机会啊……啧啧，没良心，你竟敢骂我这样的"活雷锋"？哪去找讲理的地方啊……

我遂低头摆弄手机给远方的朋友发短信，老曹撇着嘴角瞟了一眼，给谁发啊，看电影还这么一心二用！我诡谲一笑，往屏幕上一努嘴，给张瑜发呗！我俩没忘记这是公众场所，咧着大嘴但小声地笑起来……

柒

飞机在一团火光中急速下坠。

老曹毕竟是在蓝天上与死神打了二十多年交道的老飞行员，猝然而至的险情并没有把他的理智一下子击垮。老曹在短暂得不可思议的零点几秒内做出了弃机跳伞的决定，并迅速果断地完成了跳伞的操纵动作。

命运有时冷酷得简直令人愤怒。而我一向认为，命运是最不讲道理

每一顶银头盔
都装满了对蓝天的挚爱

摄影■沈玲

的家伙。纵使你向它百般哀求，也不会换来哪怕是短暂得只有半秒钟的生机。就在老曹完成跳伞操纵动作的同时，飞机凌空爆炸了……

经过几天不分昼夜的搜寻、打捞，终于在一个海岛的滩涂上，人们找到了老曹。

是冰冷的海水吸光了老曹身体里微弱的热量，使他失去了生命？还是在老曹跳伞的同时，飞机爆炸产生的巨大冲击波强行将老曹的生命在高空夺走了？人们对此不得而知。但老曹的确是创造了一个奇迹：在机毁人亡的飞行事故中，他硬是以完整的形象回到了战友和亲人们的身边。老曹，就凭这个，你就不是孬种！

老曹躺在海水里，面目平静，但牙关紧咬着，仿佛时刻准备着与死神的再一次搏斗。老曹腰间的手枪完好无损，他竟然没来得及向吞噬他坐骑和生命的大海射出一粒愤怒的子弹。

Skywalker 捌

老曹的各种荣誉像花圈一样陈列在战友和亲人们的面前。为老曹送行的那天凌晨，黑暗中的空气比海水还冷，战友们亲眼目送他披挂着荣誉的光环又一次走向了火光之中……也许，只有火光中才是温暖的，也才是老曹的灵魂最终要栖息的地方。

我把在庐山为老曹照的几十张照片都提供给了上级机关的宣传部门。老曹是为祖国的国防事业而献身的革命烈士，上级决定隆重地宣扬他的先进事迹，这对他来说，活着的时候是绝不会想到的。老曹一生中听到的赞美不多，这种补偿式赞美但愿他在遥远的地方也能够听见。

望着老曹的女儿马尾辫上扎着一朵白花离去的身影，我仿佛是在目送自己的女儿踏向未来的征程。那一朵渐渐飘远的白雾一样的绢花，令我的鼻尖和心头顿感酸楚不已。我忍住泪水不让它当着孩子的面流出。我再次下意识地摸出手机，给老曹发短信："老同学，你女儿上军校的事上边说已基本落实了……这是你用生命为她换来的上学机会，孩子一定会珍惜的……你就放心吧！你自己在那边多保重……"当拇指按完发送键，我忍不住转过身去，两眼再也憋不住早已盈满的泪水……

　　老曹，你这家伙收到我每次发给你的短信了吗？也许，你所在的那个世界太遥远了，信差还没能把我的思念传送到你那里……你若收到了，再不要像从前那样沉默寡言啊。

　　老同学，我的好兄弟，你的手机号码一直保存在我的手机里，永远也不会丢失。

低气象

在辽南某机场,能捉住一个像模像样的低气象可飞天气可真是不容易。

既然是被叫作"低气象",总不能像"高气象"那样天高云淡、碧空如洗、阳光灿烂……这些美好而让人心旷神怡的词汇与低气象永远无缘。低气象,它要求云底高或能见度要达到飞行员所飞机型的最低气象条件。对于辽南某机场来说,低气象的云底高一般为200米或能见度两公里,在特定条件下,云底高或能见度甚至还可能更低一些。只有在这种气象条件下训练出来的合格飞行员,才能在未来的各种复杂气象条件下更好地执行战斗任务。

每个飞行员都渴望着自己能成为"全天候飞行员",而低气象是必过的一关。

连续几天的飞行待命。不是天气太好,就是天气太不好。只要老天爷赏个脸,再给我们一天的机会,这批飞行员的低气象飞行训练就告结束。

面对久等不遇的天气，团长对那些心情急躁的飞行员没好气地训斥说："老天爷又不是只供在咱家的香案上，你让他显灵他就显灵吗？咱空军不就是靠天吃饭嘛，你还能跟天较劲啊？！"

辽南的天气，大多数时候像一首老歌里唱的那样，"解放区的天，是晴朗的天……"，在这样的"解放区"里，怎能让这些年轻的鹰们得到风雨的锻炼？又怎能淬硬他们钢铁的翅膀？

气象台终于发出预报：明天上午是低气象可飞天气，但午后可能会降雨。

作为飞行指挥员的我，接到这份盼望已久的天气预报信息，心里一阵欢喜，但旋即又沉重起来。只有多半天的机会啊，若抓得不紧，肯定完不成从进场到退场需要七个半小时的低气象飞行训练计划。

不必谦虚，在飞行训练上我是个爱动脑筋的人，尤其在关键时候，常会有些与众不同的新想法，用团长那句有几分赞赏更有几分戏谑的话评价："写诗的人，想象力就是丰富，点子多！"

经过认真推演、计算，结合明天可能出现的天气情况，我斟酌一番后，"点子多"的老毛病又犯了："团长啊，我建议，明天早晨让机务人员天亮前一小时就起床，不论天气是否可飞，先把飞机拉到起飞线，做好一切开飞前的准备，然后原地待命……"团长看看我，思忖了一下说："有道理，我也这么想过。"真是一拍即合。临走出团长办公室，我也没忘了给采纳合理化建议的团长奖励一句奉承话："还是团座想得周到，运筹帷幄啊！"团长故意装出一副不耐烦的样子说："去去去，赶快按计划布置任务吧！"

人若有了心事，总是睡不踏实，而且容易不着边际地胡思乱想。早晨4点钟，我从一身冷汗中醒来——其实是让一个离奇的噩梦给吓醒的……

我梦见今天的低气象飞行中，一名新飞行员由于操纵失误，而我又指挥、提示不及时，飞机在着陆时偏出跑道，与机场旁的防护堤相撞，飞机起火，黑烟冲天……我大声命令消防车快去救火，可消防车像断了气的死牛，一动不动地卧在那里。我又急又气，冲下塔台，结果一看，原来消防车根本没有轮子……

我下床拉开窗帘，使劲摇摇头，想尽快甩掉这个不吉利的兆头，并在心里暗自狠批这种"唯心主义"，提醒自己不要因此干扰今天早晨的情绪，破坏指挥时的平静心情。

在低气象飞行训练中，兄弟部队的确发生过与我梦中情景极相似的飞行事故。

窗外迷迷蒙蒙，隐约能听到水珠从杨树叶子上滴滴答答滑落地面的声音。我从窗户向外望去，只能模糊地看见苹果园旁边的水塔——能见度只有1.5公里。整个飞行大楼被包裹在潮湿的空气当中，静悄悄的，仿佛在无声地滋润着每一个窗格里的飞行员的美梦。

再过半小时，机务人员就该起床进场拉飞机了。我抓起电话要通气象台。气象台新分配来的预报员小胡睡意蒙眬地说，她也只能看见1.5公里的水塔……没等她把天气实况"报告"完毕，我就重重地扣上了电话，心里嘟哝一句，小丫头片子，真是个"胡"预报！

我返身躺回到床上，微闭双眼，满脑子都是比浓雾还浓的焦虑情绪。迷迷糊糊中电话铃的叫声吓了我一跳："报告指挥员，现在起风了，预计能见度7时可达两公里，云底高300米……"小胡总算是报来了一个好消息。

命令部队按计划进场。为节省时间，我让值班参谋通知飞行员进场后再吃早饭，气象台也要随时报告天气变化情况……一切布置完毕，飞行楼的走廊里恰好响起了兴奋的起床哨声。

气象台对今天的低气象天气预报得很准确。当我乘车先于部队到达机场塔台时，跑道延长线左侧两公里的馒头山已羞答答地露出了真容。这座仅有85米高的小山包，是飞行指挥员在塔台上观测能见度的重要参照目标。在本机场飞行多年的老飞行员都知道，馒头山是机场开放的准行证，它若不露面，机场就得关闭。

联系备降机场。下达机前指示。飞行员直接准备。检查跑道。着陆雷达开机。塔台指挥班子协同……一切准备工作全部就绪，我看一下手表，6时50分。

"报告团长，请示开飞！"当值班参谋按照我的意图向团长请示开飞时，团长紧皱着的眉头刚刚有舒展开来的迹象，脸上笼罩着的乌云也仿佛露出了缝隙，但心情的能见度依然很低。我用坚定的目光与团长对视了一下，无声地表达了我的意见。"开飞吧！"团长把刚点燃的那支软玉溪往烟灰缸里用力一掐，同时也掐灭了心里的犹豫。

绿色的信号弹让沉寂了几天的机场顿时欢腾起来。开车。滑出。起飞。一架架精神抖擞的战机仿佛要把早晨潮湿的空气撕裂开来，携带着阵阵轰鸣声冲向了天空。

天气状况稳定。飞行顺利。最后四架飞机已做好了各项准备，昂首待命于起飞线。我尽可能掩饰住自己内心的喜悦，但跷起的二郎腿还是忍不住在指挥台底下轻轻地打起了拍子。

气象预报员小胡不知什么时候从我身后凑了过来，尽量贴近我的耳朵说："副团长，这四架飞机就别放飞了吧，天气可能要变坏了，东部海域已上来低云了……"我猛一回头，面带愠怒："你说什么？！"小胡吓了一跳，后退一步，马上立正："报告指挥员，天气将要变坏，气象员建议停飞！"然后，又委屈地补充一句："这也是我们台长的意见。"我刚想说叫你们台长来报告天气，一抬头，透过塔台巨大的玻璃，看见气象台台长老刘正在观测台上满脸忧虑地向馒头山方向张望着……

沉默。我心里马上有两个小人儿激烈地辩论起来：一个说，你又不是团长，担这份风险干吗？按气象员的建议停飞，见好就收吧！即使错过了可飞天气，完不成训练任务也不是你的责任。另一个说，顶多再有40分钟整个训练计划就可完成，这样的气象条件多不好遇啊，正好锻炼飞行员的低气象飞行技术，放弃太可惜！

我看着红蓝相间的计划纸，红色的"P"字下团长的飞行架次正在"穿云上升"呢，20分钟后他才能变成红色的"B"字而平安着陆。与团长商量一下的念头只好打消。时间，宝贵的时间正在流逝。不能再犹豫了！

我一边命令领航参谋通知着陆雷达加强对穿云下降飞机的监控，一边让训练参谋通知最后四名飞行员立即上飞机，并特意强调一句："把571调整为最后一架起飞！"571是一名技术不错的飞行中队长，让他最后压阵，一旦有意外情况，处置起来我比较放心。

这四个家伙像抢着登台表演一样，动作迅速，不到两分钟，第一架飞机就从无线电里兴奋而嘹亮地报告："……准备好！"我也毫不犹豫："开车！"口令洪亮、坚定，颇有点孤注一掷的意味。

小胡在我身后怔怔地站着，满面涨红。她是在为飞行员们的安全担忧，还是对我一意孤行的行为愤恼？我已顾不上去理会了。

当我用红蓝铅笔在团长的飞行架次上重重地画上一个红色的"B"字时，心里仿佛更添了胜利的信心。我知道，5分钟后，从停机线跨出飞机座舱的团长就会拎着头盔急匆匆地登上塔台，和我一起关注、指挥这最后的四架飞机，齐心协力完成我们心中共同的愿望。

第一架飞机已经报告"穿云下降"，后三架飞机依次间隔4分钟沿"穿云图"飞行。20分钟之后，今天的飞行计划就可胜利结束，这批飞行员的低气象训练任务将宣告圆满完成。

我的目光一直关注着天气的变化。能见度似乎比开飞时差了些，但变化并不明显。我担心的是东部海域那些正在集结的低云，它们一旦围攻上来，遮盖了机场，可就很难处理了。

这些海上形成的低云，云底高一般一二百米，最低时甚至仅几十米高。它们集结迅速，行动诡秘，一旦登陆后，很快就会把整个机场封锁得严严实实，让返航归来的战机找不到回"家"的路，而类似的险情兄弟部队和本部队都曾经历过。

刚担任新飞行指挥员时，我曾天真地想：低云跑得再快，还能比飞机飞得快？但当我亲历了这种不可思议的意外天气变化后，确信：在本机场，海上低云是最危险的气象条件，尤其是在刮东风的时候。庆幸的是，现在刮的不是东风。

不大的工夫，最不希望出现的情况还是出现了。第一架飞机的飞行员急促地向塔台报告："1号，海上低云发展很快，位置已接近陆地！"这时，一直站在观测台上的气象台台长老刘也跑了进来："快看！往东看！地平线上那些发黑的东西就是低云，很快就会压过来了……"我问他现在风速、风向是多少，他说非常不好，正转东风，6米/秒。我追问他，15分钟能坚持住吗？他摇摇头说："凭经验，用不了10分钟低云就会漫过我们头顶了……"最后又压低嗓音说："可能还伴随着降雨！"

团长与我对视一下，双眉紧锁。我遂向空中发出指令："各机严格控制数据，保持好飞行状态！严格按两个罗盘修正，直线着陆，争取一次成功！"并通报了海上低云的发展情况，让飞行员们有必要的心理准备。

当第三架飞机通过远距导航台，报告"襟翼放下"请示着陆时，低云已涌至远距导航台上空了。远距导航台距离机场4公里，而再有5分钟，中队长驾驶的第四架飞机才能飞达远距导航台上空。但毕竟飞机离机场不远了，也许他会赶在低云遮蔽机场之前安全着陆。

我一边指挥第三架飞机修正方向、调整速度、做好着陆动作，一边询问这位中队长起落架是否放好。因为，按时间推测，他应该已经放好起落架报告"穿云下降"了——可塔台一直没有听到他的报告！

团长一着急，抓起另一个并联的指挥话筒，大声问："571，起落架放下没有？注意飞机状态！"无线电中传来一阵刺耳的噪声，中队长的无线电一定是受到了云中电波的干扰。几秒钟后，大家终于听清了他比团长更急促的报告声："571主液压下降，起落架放不下！"

整个塔台本已紧张的空气一下子凝固了。

我曾成功地指挥过一起高气象条件下发生的因液压系统泄漏而造成起落架放不下的特情。但那是在晴空万里的高气象情况下，我可以目视着飞机，指挥飞行员每一个具体的操纵动作。因那架飞机液压油泄漏严重，最后采取了六项超常措施，终于使飞机平安着陆，飞行员毫发无损。

可现在不同！中队长的飞机正在云中穿行。在这种情况下，作为飞行员，保持好飞机穿云下降的状态，按照各种仪表修正好飞行数据已很忙乱了，何况又出现了如此严峻的特情……

低云以急行军的速度向机场推进，像是发疯了的敌军在抢占我方的阵地，而作为战场指挥员的我，却眼睁睁地无力阻挡——哪怕是减缓一些低云进犯的速度。

我和团长不约而同地下定决心：令中队长应急放起落架，继续穿云下降！如果起落架放下，就能赶在低云遮蔽机场之前直线着陆；若起落架放不下，再令其复飞，并做好最坏的处置准备——飞行员跳伞。就在团长向中队长下达指令的同时，我向值班参谋下达了另外两项指令：一、消防车、救护车、抢救车立即发动起来，听令行动；二、迅速通知灯光班打开跑道灯。

中队长真是好样的！在这么复杂的条件下，他居然在短短两分钟内用应急方法把起落架放了下来。这简直不可思议！接着，团长发出一连串的口令，对中队长实施帮助、提示。

馒头山已被低云占领了，85米高的山头上，乌云正在耀武扬威。这群气势汹汹的云团乘胜直奔机场而来……"571通过远距！"我"不假思索"地随即下令："不放襟翼着陆！"其实，我早已在心里打定主意，尽可能减少中队长的操纵动作，想尽一切办法让他尽快着陆！

"571看不见跑道！"

"不要寻找跑道，注意观察两侧的跑道灯！"天黑沉沉的，塔台里的人们似乎已听到了远处传来的雨声。在这种"暗无天日"的昏暗环境里，跑道灯就显得格外明亮！"看到了！看到了！"中队长的声音激动得有些颤抖……

　　在高度约50米的时候，我和团长几乎同时看到了中队长下滑的飞机，我们知道，中队长也一定同时看到了敞开亮晶晶的双臂准备迎接、拥抱他的机场跑道！

　　中队长平安着陆。飞机停在了跑道的尽头。因飞机液压油漏光导致刹车系统最终彻底失灵，中队长已无法完成他操纵飞机的最后程序——均匀地控制飞机滑行脱离跑道。

　　雨，气急败坏地下了起来。低云最终没能拦截住中队长的战机，意外的险情也没将他钢铁的翅膀折断。此时，整个机场泼下漫天的大雨……

　　中队长打开座舱盖，并没有立即跨出飞机座舱，而是昂首从座舱里站了起来，任恣行无忌的雨滴在他的头盔上噼噼啪啪地溅射着。继而，雨水淋透了他草绿色的飞行服……他满脸湿漉漉的，雨水、汗水，抑或是泪水，已说不清楚……远远望去，他和战鹰像是一尊挺立于风雨中的雕塑，气势逼人。

超低空

超低空飞行是一个非常带有刺激性的飞行课目。它对飞行员的技术、心理具有巨大的挑战性，并能使其激发、产生出强烈的征服意识。我个人体会，超低空飞行时所产生的速度陶醉和征服危险时的快感，是其他任何飞行课目所不能比拟的。

各国空军都十分重视对飞行员进行超低空训练，这是未来战争的需要。为达成对敌突袭时的隐蔽性与突然性，敌我双方都可能会采用超低空隐蔽出航、接敌，然后突然上升高度，对敌人目标实施猛烈攻击的战术动作。

1981年6月7日，举世震惊的以色列空军成功地对伊拉克核反应堆实施空袭的"巴比伦行动"，是世界各国空军对飞行员进行超低空飞行训练重要性的最好注脚。当以色列十四架F-16和F-15飞机组成的空袭编队经过长途奔袭进入伊拉克境内后，为了保证袭击的最大突然性和防备遍布伊拉克的苏制"萨姆"导弹的反击,以色列机群又拿出了它惯用的低空突防战术。带队长机巴哈里上校一推操纵杆,紧随其后的另外13架战机骤然降低高度,钻进了伊拉克雷达的"盲区"。他们以离地面仅几十米的"一树之高"的超低空姿态飞抵奥西拉克核反应堆上空,将其一举摧毁。

飞机在真高仅有50米的低高度飞行,并且还要进行特技动作时,对空中的飞行员和地面的仰望者都构成了巨大的心理挑战。

这种巨大的心理压力绝不是凭空产生的。譬如说,在超低空俯冲飞行时,飞机在下降率30米/秒的情况下退出俯冲,如果飞行员操纵飞机动作不准确,稍有迟缓,只需延迟1.7秒钟,飞机就可能触地。当飞机以700公里/小时~800公里/小时甚至更大的速度飞行时,一旦突然触地,不知要比高速公路上的车祸悲惨多少倍。

我喜欢超低空飞行这个课目。每次,我都力争操纵飞机飞到所飞空域规定的最低高度。尤其是在海上飞超低空,做大坡度盘旋时,几乎竖立起来的机翼像一把银色的利剑插向碧蓝的大海,好像是翼尖在机身后划出了一丛丛雪白的浪花。这时,我就会感到,涌动着无际波涛的海水甚至比飞机还高,仿佛飞机不是飞在天空,而是在海水构筑的巨大盆地里穿行……

再没有比因害怕死亡而产生的恐惧心理更能让人心惊胆战的了。但是,当你一旦战胜了这种恐惧,仿佛死神只不过是一个胆怯而又淘气的孩子,它会在你的威严和逼视下,乖乖地听从你的训导。

Skywalker 查地图

新飞行员在进行超低空飞行前,通常要进行两天的地面预先准备。飞行员们不仅要认真准备、精心研究超低空飞行时的注意力分配、操纵要领、特殊情况处置预案等等,更主要的是要查证、熟记每个空域、航线阶段的最大标高。最大标高就是"最高的地标高度"。超低空飞行时，飞行员要根据各空域的最大标高不同，决定不同的飞行高度。如，1号空域的最大标高是一座324米的西大山，而2号空域位置则是一半在陆地一半在海上，陆地上最大标高是三座20米高的高压线输电塔。如果飞行员把它们的最大标高记错了，飞行时，飞机在1号空域误降到50米高度飞行，就有可能与西大山的山腰相撞。

我们找来大比例尺地图对空域地形、地貌进行研究。在这样的地图上，可以查到中等的桥梁和高压线输电塔，还能看到水库的大坝和很小的自然村庄。按理说，这样精确的地图对飞行这种一闪而过的"概略任务"来说，其细致程度是足够的了。但是，这些地图的图例下边，一行小号的黑体字却明确地标注："本资料为：1972～1974年出版的1:××万航空图。于1975年修编，1976年出版。"二十年前的地标名称绝大多数没有发生变化，像王家村、李家店、夹皮沟、毛甸子这类村镇名是多少辈子都不会变化的，变化最多的是一些县级市。这些在地图上被涂黑的面积稍稍大一些的地标，一个个像盛开的花瓣一样悄悄绽放出了自己新鲜光彩的名字。"县变市"对我们飞超低空并无影响，重要的是那些跟随着这些县城名字的变换而悄然长高了的高大建筑物。这些高楼和烟囱，还有耸立在山头上的电台、电视台的转播塔，仿佛是一群群施足了底肥又赶上好墒情的庄稼，一年四季地往上拔节。它们往上蹿得越快，对飞机飞超低空时的安全影响越大。

为了弄准超低空空域内的地标高度变化，特别是对那些鹤立鸡群的高大建筑物，必要时应进行逐一咨询和实地勘测。在辽南某机场，飞机下降线3公里处的右侧，有一座20世纪80年代后期修建的发电厂，厂内有并肩耸立的两座50多米高的烟囱，若在沙盘上看，它们就像两根筷子一样插在跑道延长线的右侧。如果飞机以正常下滑线下降、着陆，飞机至烟囱侧方的高度约为300米，对飞行安全根本没有影响。但是，若飞超低空通场，飞机下降至烟囱侧方时的高度已不足100米，且要继续下降，直到降至高度10米，并以800多公里/小时的高速呼啸着从跑道上空通过，这两座耸立的烟囱就对飞行安全构成了潜在的威胁。如果飞行员把握不准下降高度的时机和下降率大小，过早、过快地下降了高度，飞机就可能会从两座烟囱的"肩膀头"旁穿过。飞机的航迹哪怕再偏右一点点，危险就将骤然增大。

这两管耸立在大地上的冒着白烟的巨大毛笔，在蓝天上日夜书写着中国城乡工业发展的自豪和成就，也默默写下了对飞过它们身旁的飞行员们保证飞行安全的忠告与警策。

Skywalker 海上超低空带飞

第一次带我飞超低空特技的教员是老司，河南平顶山人。老司复姓司马，但大家包括他自己在内都已习惯把复姓中的那匹"马"牵走。

加入2号空域后，我操纵飞机柔和地下降高度。这是一个非常适合飞超低空的空域。陆地上很平坦，连一座馒头样大小的小山包都没有鼓起来。一条大河扭着腰肢从远处的大山里走了过来，在空域中心由一片大草甸构筑起的舞台上做了个回翻身亮相动作，转身就奔向了大海。而空域的东边，就是铺展开来像一匹揉皱的碧绿缎面一样的大海。飞机在这样一幅风景画上面做超低空飞行，飞行员的心中一定是充盈着惬意的感觉。

老司晃动了一下后舱的驾驶杆，示意现在由他来操纵飞机。他平衡好飞机，渐渐下降到高度50米，用机内通话器对我说："我先来一个盘旋！"此时，我的心情像机翼底下的这幅画一样漂亮，遂也仿着老司的河南口音说了声："中！"话音未落，老司压杆蹬舵就把飞机的机翼整得一下子翘立了起来。飞机以72度的极限坡度迅速旋转起来。在这么低的高度做这样的大坡度盘旋，《飞行训练大纲》规定，只有在带飞时才能进行。飞机像一匹放飞四蹄的赛马，在圆圈形的赛道上疾雷迅电般地呼啸着奔跑起来，这让骑在马背上的驭手一开始多少还有点眩目的感觉。

我一边观察飞机风挡投映在天地线上的高低位置，以判断飞机的俯仰变化，一边快速扫视一下座舱里升降速度表的指示。升降速度表的指针一直指在"0"刻度上，针尖就像焊在仪表盘上一样，一动不动。老司的飞行技术的确高超，竟把飞机的高度保持得几乎一米不差！我在心中暗暗伸出了大拇指。

超低空大坡度盘旋时，最关键的是保持好高度。"宁可上升10米，决不下降1米"，这是老飞行员传授的超低空飞行中必须牢记的原则。

飞机旋转到360度，老司将飞机改平了坡度。我说了声："我来！"遂也按照地面准备好的操纵要领，使飞机进入了右盘旋。由于是第一次做超低空大坡度盘旋，我只把飞机的坡度"压"到了60度。我感到飞机的旋转角速度比中高空盘旋时大多了，飞机风挡在天地线上迅疾划过，整个海平面似乎也发生了严重的倾斜……这与我在中高空做盘旋时的感觉完全不同。此时，我快速收回视线，扫了一眼升降速度表指示：上升率5米/秒。飞机上升高度虽然更有利于保证安全，但整个盘旋的轨迹将变成一个被扭曲了的铁环，非常难看，成绩当然就要减分。

我一边观察外界判断飞机盘旋的动态，一边压杆抵舵使飞机增大一些坡度，让升降速度表的指示由上升转为缓缓下降，以恢复到进入盘旋时的起始高度。也许是由于操纵飞机时动作量偏大，也可能是我在低高度上控制飞机的要领不正确，飞机很快转入了下降盘旋。当我再次回头观看座舱里的升降速度表时，指针已变为了下降率5米/秒！飞行高度一共才50米，若每秒损失5米，用不了10秒钟我们的飞机就该钻进海里和鱼群做伴了……我一激灵，正要反杆反舵减小飞机的坡度上升高度，后舱的老司同时在机内通话器里大喊了一声："注意高度！"并及时参与操纵飞机，将坡度改平，中途退出了盘旋。

我的心怦怦跳得更厉害了。刚才加入2号空域时的漂亮心情被一下子涂抹得灰突突的没了亮色。空中的一念之差，往往就是阴阳两界的那道门槛啊！

后来，在老司的帮助下，我又反复几次操纵飞机进入大坡度盘旋。我一边及时发现偏差，一边按老司的口令提示修正偏差，渐渐摸索到了做好超低空大坡度盘旋的操纵要领。终于，我也可以在仅有50米的高度上标准地做72度极限坡度盘旋了，而且，升降速度表的指针也基本达到了一直指"0"不动。

当我们的飞机上升高度准备退出2号空域的时候，左机翼下方闪过了一群白色的影子。这群飞鸟，可能是被我们飞机的轰鸣声从河口湿地上惊飞的海鸥吧，它们一定不会理解，一架银灰色的钢铁雄鹰，为什么要在这样低的高度上一次次冒着巨大风险练翅、低翔。

Skywalker 第一次超低空单飞

第一次超低空单飞，指挥员特意把我安排在处于陆地上的6号空域。6号空域不在海上，飞超低空时对飞行员的心理压力相对小些。这种压力，只不过是一种自我心理暗示的结果，就像人落水后手里抓不抓一根稻草其实并无多大区别。6号空域有起伏的丘陵，虽然大多只有几十米高，但在空域的最北边界处，则有一座小山，高度142米。《实施方法》规定，第一次单飞该空域最低飞行高度不低于250米。地面预先准备时，老司向我们传授快速记住各空域飞行高度的方法，说："凡第一次超低空飞6号空域的飞行员，就是二百五！"大家哄笑，一下子就记住了6号空域的最低高度是骂人的"二百五"。

我非常谨慎地由高到低、循序渐进做着每个飞行动作。飞行时，精力高度集中带来的后果往往是，手心不知不觉地往外冒汗，何况这又是夏天。超低空飞行时，由于飞机设计上的原因，座舱内气温调节装置工作效率下降，即使把调温选择开关扳到蓝颜色的"冷"的位置，舱内温度依然是居高不下。我似乎感到握驾驶杆的右手白色棉线手套都变得潮乎乎的了。

每个特技动作,我都力求数据精确,尤其是底边的高度,宁高勿低,决不含糊。最后,我准备做高度250米的大坡度盘旋。进入超低空盘旋前,我先平衡好飞机,有意将驾驶杆上的"调整片"滑动开关向后抹动了两下,使飞机在平飞状态时微微有一些抬头趋势。这样,在动作中,飞行员一旦忽略了飞行状态,飞机便会自动缓缓上升,绝不会悄悄下降而危及安全。

夏季空气潮湿,气温升高,中午前后极易产生对流云。所谓"对流云",就是指我们平时经常看到的那种飘升高度不算太高、洁白如絮的漂亮云朵。许多浪漫的诗人一次次把云朵摘回到自己的诗句里,然后对着心爱的人泛滥地抒情,其实他们并不知道这些云的名称。由此似可断言,诗人的表白和抒情大多都不太可信。

一团对流云正从北边山区向6号空域的丘陵地带散步而来。白云悠悠,小学生们都喜爱把它们比喻成草原上的羊群。只是,那条牧羊的鞭子握在谁手,为何又风一样让人看不见摸不着呢?飞机正在做大坡度盘旋,我必须关断这些旁枝逸叶的联想,集中精力操纵飞机。

一大朵先头部队的云团迎面扑了过来,我未及躲闪,飞机就从小山一样的云朵半腰里穿了进去。超低空飞行时,《安全规定》上写着,飞机不准入云。飞机在云中穿行,飞行员观察不到地形和高大障碍物,极易发生撞山之类的事故。在这种"眼不见,心却烦"的心理作用下,飞机"不知不觉"就开始上升高度了,直到我从高度500米跃出了云团。

飞机由水平盘旋变成了上升转弯。看着这个四不像的飞行动作,我心中一阵惭愧!不就是一朵云吗?竟被"吓"成这样?座舱里有高度表,又明知空域内山头的最高高度,为什么还心中打鼓,害怕与山头相撞呢?一看就是个新手,这样的心理素质是不能打仗的。打,也打不赢!

这使我想起了在航校时教员讲过的一起奇怪的事故。某学员首次单飞起落航线,在二转弯位置遇到一大团对流云,而航迹下方正好是一座叫首山的并不太高的小山,飞机钻进云里才几秒钟工夫,这名学员却感到漫长得至少有两三分钟了，担心与山相撞，精神过度紧张，忘记了按仪表指示上升高度，居然跳伞了！几年过后，教员讲到这里时，还气得直咬牙跺脚。

在和平年代，只有训练才是提高战斗力的有效途径。尽管训练中会有一些损失，且有些不应该发生的损失还很惨重。

Skywalker 超低空通场

超低空通场是超低空训练中所飞高度最低的一项内容，飞机距地面真高10米。

为使飞机提前对正跑道，不使下降高度时航迹偏离跑道延长线，我在返航的时候故意往机场外侧撇开了一个角度，目的是增加下降高度的距离。这样，我既可以有更充裕的时间修正航迹，使飞机尽早准确地对正跑道，避开延长线右侧两座高耸的烟囱，又能缓缓下降，控制好各"点"的高度。

当飞机下降到高度30米的时候，由于超低空通场时的飞行速度比正常下滑着陆的速度大1.5倍以上，飞机不仅在高速气流作用下上仰力矩增大，机头像不愿饮水被强摁头的牛一样，向上拱得厉害。而且，我感到观察地面时相对运动的感觉也发生了意想不到的变化。从座舱两侧望去，那些机场外的树梢仿佛一下子都长高了许多，好像小树们只要再踮一下自己的脚尖就能触摸到我飞机的翼尖了。我很担心，高速飞行的机翼一不小心就会变成左右挥动的两把大刀，把这些树头倏然斩下。我右手握紧驾驶杆，用力向前顶住，迫使飞机继续抵近地面。我要控制飞机在跑道头位置降到15米以下，力争在机场塔台侧方像通过阅兵观礼台一样，让飞机以10米的高度、800公里/小时的速度一声呼啸掠过跑道上空，然后，再来一个漂亮的急跃升，结束超低空通场。

飞机继续下降。此时，我收回视线，用极短的时间观察了一下座舱里的高度表。高度表已经指"0"！从理论上讲，我虽然明白这是大速度飞行时飞机仪表产生的严重的少指误差，但心里还是顿生出几分不安。飞机再下降高度，仪表指示将成为"负高度飞行"。所谓"负高度飞行"，就应该是飞机在地面底下飞行……即使科幻大师也不可能构思出这样的荒诞情节！我暗暗强迫自己，一定不能装熊，硬着头皮也要继续下降高度！只有坚持下降，才能最终达到飞机10米高度通场时撼人心旌的威风效果。就在飞机将要接近跑道头的时候，我极快地扫视了一眼速度表：800公里/小时。我心中掠过一丝即将大功告成的得意。

一群黑影突然像子弹一般向我的飞机扫射而来。这些"子弹"在我眼前一闪而过。几乎同时，我听到"嘭""嘭"两下闷闷的声响，飞机突然颤动了一下，座舱的前风挡防弹玻璃上便出现了两摊紫色的血迹。不好，撞鸟了！我在飞机即将完成超低空通场全过程的时候，提前两秒钟拉杆转入了跃升。

原来，飞机通过塔台后，与一群斜刺飞来的麻雀相遇。在这样的低高度大速度情况下发生鸟撞，非常危险。幸好，飞机只撞上了两只质量很轻的麻雀，并且是撞在了座舱盖最坚硬的部位——防弹玻璃上。

当上升至500米高度时，我改平飞机，仔细观察眼前两摊模糊的血迹，心中依然余悸未消。两只小小的麻雀即可让近百吨重的飞机猛然一颤，若是一两只再大些的鸟类撞进了发动机，必然会酿成大祸。这一切，均缘于飞机的高速飞行。

……

超低空飞行对飞行员的勇敢精神、机敏程度、守纪遵章、心理素质、目测判断等综合能力素质有着极高的要求。作为一名战斗机飞行员，要想使自己成为一只在长空翱翔的猎鹰，若没有经过超低空飞行的严格训练和磨炼，他的钢铁翅膀就像没有被淬过火一样，虽展翅而不能高翔。这样的插翅者，顶多算是一只供观赏的鸽子，而非守卫祖国蓝天的苍鹰。

超低空飞行并不可怕，就像高压电线虽然充满着危险，但只要保持适度的间隙，不去触碰它的安全底线，鹰的翅膀就永远不会被击伤。

已是深夜，我再次打开电脑，观看每次都让我的心灵震撼不已的法国电影《迁徙的鸟》，那一只只从荧屏上轻轻滑过的低翔的翅膀，再次满足了我与它们默默对话的深切渴望……

鹰南飞

Skywalker 壹

飞机穿出云层后，颠簸明显减弱。

我喜欢飞机在空中飞行时轻微颠簸的感觉。无论是我自己驾驶飞机时，还是像现在坐在别人驾驶的飞机上，只要飞机在空中出现有节奏或无节奏的振幅不大的抖动，就会使我对驾驭的这架庞然大物有一种征服感。有时候，在这种振动中，心中还会莫名其妙地悄悄分泌出一种叫"窃喜"的情愫。得意。快感。妙不可言。

在我固执的感觉中，四平八稳的飞行不能算作真正的飞行。对于歼击机飞行员来讲，像窒息一样的平稳飞行无异于是对自己坐骑名声的一种"羞辱"。"歼击机"是干什么的？是翻着跟斗、拉开架势跟敌人拼命的，它能"平稳"得了吗？

座舱外的阳光有些刺眼，而我正回想着几分钟前在细雨中的穿行。机翼上疯长出的那些看不见的巨大升力把飞机从阴云密布的包围中托向了高空。四架飞机鲤鱼打挺般依次跃出云层后，悠然飞翔在一片艳阳天下。

上飞机时，整个机场细雨蒙蒙，湿漉漉的空气在机翼上凝出了水珠。机械师用白手套轻轻擦去三角风挡上的水汽，以防止起飞时影响前舱飞行员的视线。

我和一名新飞行员驾驶一架歼教×飞机作为四机带队长机，后边跟随编队的是三架战斗机。为了便于穿云上升，起飞后不久我即下令后三机编成楔队。这种左边一架右边两架的楔队队形，既便于长机回头观察指挥僚机，又便于僚机编队时对飞机的操纵，还有利于机群之间穿云时保持好规定的安全间隔。

插翅者的神圣也许就在于其翼尖上挑起的那份与众不同的使命。这使命，使他的每一次飞行都具有与普通鸟群不同的意义。也许祖国、使命、意义这样的大词太沉重了，把它们坠在飞翔的翅膀上会成为一种负重，但如果把它们熔炼在一起，浇铸成翅膀坚韧的筋骨，这样的翅膀在飞翔时就会更加强劲有力。

南方，阴雨绵绵的南方，一直在遥远的江南窥视着北方的晴朗天气。它似乎要故意测试一下这些来自北方的战鹰的胆识与技艺。习惯于在碧空万里的舞台上翻滚、跃升的北方雄鹰，一旦钻进南方云雾的迷宫里，还能施展得开拳脚吗？

Skywalker 贰

一切担心都不是多余的。

尽管在地面准备阶段，我们已查看了目的地方向几乎所有机场的气象、导航、穿云资料，但飞行员们心中仍然对陌生的南方天气心怀几分忐忑。

一则《事故征候通报》更加重了飞行员们的心理负担。

战鹰用最默契的翼尖
在天空写下对大地的深情

摄影■刘应华

兄弟部队赴南方某机场执行与我们相似的任务。一架飞机在飞行途中遇到了危险天气，由于新飞行员对南方复杂多变的天气不适应，处置不当，飞机在着陆时发生了偏离跑道的严重飞行事故征候。所幸的是，飞机和飞行员都只是受了点轻伤，没有导致更严重的后果。

出师不利。可想而知，这当头一棒的事故征候对这支执行任务的部队来讲，该形成怎样的心理阴影。本来，在一张白纸上，他们正踌躇满志地准备描绘一幅美丽的图画，但是，在尚未正式挥笔开画之前，却被一个愣头愣脑的坏小子不小心碰翻了墨水瓶，一摊墨迹无可挽回地泼洒在了白纸上，后边的画该如何继续描绘下去？领导和飞行员们都感到窝火、窝囊、窝心。反正是都"窝"到一起了！

上级命令，继续执行任务。那架受伤的飞机和那位受伤的飞行员一并被"扣留"在了中途机场。

想象力再差的人，也不难猜出那位"碰翻墨水瓶"的新飞行员此刻的懊丧心情和沮丧表情。而我，更多的是猜想了一下带队长机的复杂心情。他心里一定是恨不得上去踢那个"惹祸"的坏小子两脚，可嘴里却还得像哄孩子似的说："没关系，吃一堑长一智嘛，你以后飞行的路还长着呢，好好接受教训吧！我们要赶路了……"

Skywalker 叁

机群穿云破雾后跃上了云顶，迎着阳光向南方飞去。我所带队的四机是整个转场机群中的第五批编队。今天是整个部队的转场大行动，在雷达荧屏上一定能看到蓝天上摆开的雄壮鹰阵所折射出的一个个亮点。这样的阵势，一定会让有过飞行经历的人感到血热、眼亮！

我和新飞行员083同飞一架教练机。作为长机，083这是头一回当"领头雁"。他在无线里报告的声音似乎都有点与平时不同了。兴奋。紧张。渴望。还有几分美滋滋的得意。也许，新媳妇第一次上花轿时都是这样的心情吧。

我一边扫视着后舱仪表盘上各种仪表的指示参数，一边不断地提醒前舱飞行员的操纵动作。但我做得更多的还是一次次回头观察跟随在身后的那三架僚机，唯恐丢掉他们中的一个。

一切都在按计划进行着。但昨天晚上的一场虚惊，还是让我对今天的飞行心有余悸。

熄灯哨吹过之后，整个飞行大楼的窗户都齐刷刷闭上了明亮的眼睛。可我关灯上床后依然毫无睡意。身体翻了几次烧饼后还是忍不住开灯跳下了床，摊开地图，目光开始沿地图上的航线一寸寸飞行。熟悉航线地标，默记航行诸元，标注检查点和各种符号……这些"七量八标"必须完成的工作程序早已在三天前完成并烂熟于心，可是，我仍然不太放心。我并不是对某一项具体飞行的程序、环节不放心，而是因为这次执行任务的心理压力太大了，对整个行动的成败仍像脚下踩着柴草垛似的感到不踏实。这种莫名的焦虑情绪每逢执行重大任务前总是不同程度地显现出来。以前在航校当新飞行学员时，教员就曾挖苦我们这些"小飞"们，上飞机前尿多，下飞机后话多。不曾想，现在我都已是"老飞"了，心理上还是根除不净这种奇怪的临阵反应。

虽然这些标注在地图上的各种颜色的符号、数据早已与我的眼睛对视过十几遍了，但此刻在灯光下它们的面容仿佛仍生出了几分陌生。我忍不住再次与它们眼瞪眼地一一对视，明知是在无效地重复，也仍然做得聚精会神、一丝不苟。干飞行这一行的人都知道，认真就是飞行员的生命。飞行无小事。飞行员平时就要养成一个良好的职业习惯：把一切假设的情况也要当成真情况来对待。

四架飞机在平展的云层上披着银亮的阳光斗篷向前飞去……雪橇一样的副油箱在机翼下蹭着云层的头皮轻轻滑过。飞机像高山滑雪一样稍微有些颠簸，这正是我飞行时最喜欢的感觉。

……我像小时候看过的一部抗美援朝黑白电影里的美国飞行员克拉

克一样,头上戴着鼓得高高的像青蛙眼睛一样的飞行帽,风镜是墨绿色的,扣在眼睛上天空一下子就变成了一块望不见边缘的蓝色水晶。我一边"傲慢"地驾驶着飞机,一边口里还嚼着什么,那时肯定还没有口香糖,反正一副牛气十足的架势。飞机的座舱在特写镜头里正在穿云破雾,云团从我身边一闪一闪向机翼后飞驰而去,这让我心中顿生几分惬意。我微微回头观望,三架僚机正像影子一样紧紧追随着我。我们一起呼啦啦向前飞着,一派威风凛凛的阵势。

天空很静,静得绝对不像当年朝鲜战场上那样风起云涌、炮火连天。

我按照地面指挥员的意图,四架飞机在离云顶500米时,调整好队形和数据,做好依次分开、穿云下降的准备。我清晰地记得,所有飞过的数据与航空地图上标注的数据完全相同。这和几天来我们在地面准备时的内容一模一样,就像演员把练好的台词和动作搬到舞台上演出,和平时练习的套路没啥大的区别。

当我再次回头观察僚机、准备下达"解散"的口令时,四号机086突然不见了。我越是着急越是寻不见他。是他提前下降高度"掉"进了云层里,还是观察不周丢失了自己的长机?我一着急,便在无线电里大喊:"086,你的位置?!"没人回答。耳机里却叽里呱啦传来了一连串急促的外语声……我听不清086在说什么,也不知道他为什么要改用"外国话"来回答我。他的语气听起来已分明很慌张了。他说的这些"鸟语"肯定不是俄语,因我学过两年多俄语,不可能连一句都听不懂的。

瞬间,我的后背开始冒汗了。心想,坏菜了——这下我们把"人"丢大了!空中竟然丢失一架飞机!这可比兄弟部队在执行任务中出现的飞机偏出跑道的"洋相"糟糕多了……

当我气急败坏又气势汹汹地从这个离奇的噩梦中突然惊醒时,手里还紧紧抓着那张飞行地图。我沮丧地洗了一把脸,想驱驱这噩梦带来的晦气,可起伏的心绪让我依然不能马上入睡……

肆

我们此次执行任务的目的之一，就是把在北方炼就的钢铁翅膀于南方多变、恶劣的天气环境中再一次淬火。临行前，军区空军的一位副参谋长来检查工作，当然也是来为我们送行。他操着浓重的山东口音说："当一辈子飞行员，若不到南方去飞飞低气象，那他还算个球飞行员！"

部队是用来打仗的。未来战场上可能会出现各种各样的复杂情况，我们只有在平常尽可能多地飞到、练到，才能在战场上赢得主动。这就叫"平时多流汗，战时少流血"吧。

进入赣南某机场后的第一个低气象飞行日就这样"猝不及防"地来临了。早晨起床时，玻璃窗还泪流满面地"诉说"着窗外的天气实况——大雾弥漫，三十几米远的大樟树只能看见一个模糊的身影。这样的鬼天气，恐怕连孙猴子也飞不起来！

早餐后的飞行员们三五成群地站在飞行楼前聊"天"。有的说，今天的飞行看来又得泡汤了，"飞行日"还得改成"睡觉日"；有的说那可不见得，"十雾九晴天"嘛，说不定今天下午还真能飞上呢。飞行待命对于南方机场来说是家常便饭，急也没用，一切得听从老天爷的安排。

梅雨季节。连续几天的飞行待命把飞行员们的手都憋痒痒了。南方的老天爷远不如北方的老天爷性格豪爽，他整天腻腻歪歪、磨磨叽叽的让人心里感到不痛快。樟树叶子上滴滴答答的水珠并不是天上掉下来的雨水，而是浓雾中的细小水粒聚集成水珠后，忍不住从树上集体跳了下来。飞行员们只有靠想象来回味一下云雾之上的明媚阳光和晴朗心情。

躺在床上闭目养神、养精蓄锐的飞行员们被训练参谋鼓足腮帮子吹得震耳欲聋的哨声惊了一跳。这哨声像兴奋剂一样迅速注入了每个飞行员的神经末梢。他们听到哨声，一个个像屁股上安了弹簧似的跳起来，蹬上飞行靴、拎起飞行装具包就往外走。大家不约而同、心领神会，像是把哨声同时翻译成了一道命令：进场。准备开飞！

Skywalker 伍

今天的低气象的确是"低"——刚刚达到本机场的气象开放条件。

按照既定的飞行日计划，我和083驾第三架教练机起飞。今天飞"大航线"。大航线是一个高度低、留空时间短、操纵动作繁多的飞行练习，专门用来训练飞行员在复杂气象条件下直线着陆的技术。083在前舱，是学员；我在后舱，当然是教员。可是，我这个"教员"在南方这样"真"的低气象条件下也是第一次当师傅。临上飞机前，按照规定程序，我和083进行了"十分钟预想"。其实，我们早在进场后的两个十分钟前已悄然开始了协同准备。当猎豹吉普车把我们送到飞机跟前时，披挂整齐的083例行向我敬礼："请示上飞机！"我心里"嗳"了一声摆摆手示意他算了，少整这些没用的礼节，还是多腾出点精力把座舱设备再检查一遍吧，尤其是飞复杂气象必用的几项关键设备。

飞机起飞后好像刚刚收好起落架就一头拱进了云雾里。飞机突然入云，083的注意力分配和操纵动作显然有些忙乱。我开始动手和083一起操纵飞机，帮助他保持好规定的坡度、速度、上升率。高度500米很快就要到了。这是该机场大航线飞行规定的标准高度。可083不仅没有做收油门减小发动机转速、前迎驾驶杆操纵飞机改平飞的动作，却反其道而行之，猛地拉动驾驶杆使飞机进入了大角度跃升状态！这一突然动作令我来不及反应也无法制止，飞机"噌"的一个鲤鱼跳龙门跃上了850米的高度。我头皮猛地一紧，大声命令："你松手，我来！"在这样的复杂天气里，083的这个反常动作的确是很"要命"的。

原来，083在飞机入云的时候产生了严重的俯仰错觉！他的身体强烈地感到飞机在向地下钻，所以就不由自主地猛烈向后拉动了驾驶杆。飞机一仰头，就多上升了350米！

错觉是飞行安全的大敌。有许多飞行事故就是由于飞行员空中产生错觉、处置不当造成的。产生飞行错觉的原因很多，注意力分配不当、操纵飞机动作粗猛、飞行前睡眠不足、精神高度紧张等等，都可能会使飞行员在飞行中产生错觉。083在这样的复杂天气里是第一次飞行，我和他其实一样，心情都有些紧张。

严重错觉中的飞行员往往都表现出异常的"固执"。他不再相信飞机仪表的正确指示，而是眼睁睁地明知错误却依然屈从于自己身体的感觉。发生严重错觉的飞行员甚至无法克制住自己的感觉，彻底丢开仪表的指示而去错误地操纵飞机，"一意孤行"，最终酿成机毁人亡的后果。

083依然固执地用错误的身体感觉来操纵飞机。我再次用机内通话器大声命令他："把手松开！"我用右手紧紧握住驾驶杆，像紧握着我们两个人的生命。我生怕一撒手，飞机就会从800多米的高度跌落到地上……

大航线课目对飞行数据的要求非常严格。只有严格的飞行数据才能保证准确的航迹，飞机也才能不偏不斜地降落在跑道上。而我们现在的飞行数据早已谈不上"严格"、"准确"了，GPS屏幕上的小飞机已远远偏离了预定的航迹。

待我将GPS屏幕上的小飞机重新修正到"骑"上航迹线时，飞机已飞到了"进入着陆航向"的三转弯点上。我一边用机内通话器提醒083检查好起落架，一边操纵飞机进入了三转弯。

今天的云很系统。飞行员所说的"云很系统"就是指云很密实，没有云缝和空隙。飞机一直在云中飞行，地面上的村庄、河流、樟树林和黄腾腾的油菜花都被云层遮住了，座舱四周被白茫茫的云雾包裹着，飞行员只能看见机头上那杆长矛似的空速管在前方刺破云雾为飞机开辟道路。我试探着让渐渐恢复正常感觉的083操纵飞机，而我的右手却握成筒状绕在驾驶杆上"监视"着083的每一个操纵动作，一旦出现偏差，我便能及时地进入角色参与操纵。

083飞得不错。下滑。调速。拉开始……飞机一次着陆成功。这让我和083同时信心大增，本欲取消连续起飞的念头顿时打消。随着塔台指挥员"连续起飞"的口令传来，我和083同时用左手向前推动了油门。伴随着发动机发出的闷雷般的一声吼叫，飞机在强大的推力作用下再次拔地而起，直刺云天。

Skywalker 陆

两个月的赣南飞行任务就要结束了，转场前的准备工作正在紧锣密鼓地进行。

083采回了一束尚未凋谢的油菜花插在罐头瓶里，蜜蜂一样地把鼻子凑近花蕊闻了又闻，一副恋恋不舍的样子。他说已喜欢上南方的天气了，恨不得把江南整个搬回东北去。

回想起刚从北方飞来时，遍野欲绽还羞的油菜花迎接了我们。伴随着飞机的轰鸣声，机场周围的油菜花愈开愈烈，直到把机翼下的田野盛开成了一片黄花的海洋。而此时，黄灿灿的油菜花渐渐收起了稚气的笑脸，每一棵油菜的枝头上已结出了一枚枚鼓溜溜的青荚，它们枝连着枝，手拉着手，正悄然从青涩走向成熟。

机翼下，青里泛黄的油菜田一片片连在了一起，一个可以预期的丰硕金秋即将到来。

有一种怀念叫伤痛

Skywalker 壹

老曹，三年前，你在黄海上空那团火光中的远行，还常常飞回我的梦中。

今天是端午节，是那位投江的诗人给人们留下的一个按农历纪念的节日。而阳历，今天是5月28日，是你随着那团火光坠向大海而与我们永别的忌日。三年了，老曹，你飞翔的灵魂真的已随着身体的坠落而降回到了地面吗？

无论是汨罗江上龙船荡起的浪花，还是黄海中长山列岛激起的波涛，都在默默地纪念自己曾"亲眼"送别过的一位英雄。老曹，你在黄海上空充满诗意的飞翔和火光中的迅疾坠落与屈老夫子在汨罗江岸的纵身一跳，都是扑向水的。水，难道才是你们生命的最后驿站吗？也只有在水中，你们的灵魂才会得到永生吗？

我不相信三年前夜空中的那一声巨大的

轰响和垂直的坠落，从此使一双钢铁的翅膀在灵魂深处真的敛翅、消亡了。昨夜，确切地说是在今晨的几个小时前，我分明还看见你在那片夜空中展翅飞翔的身影……你全副飞行着装，银色的头盔在月光下熠熠闪亮，橘红色的救生背心透过飞机的座舱显得格外清晰，氧气面罩虽然罩住了你的多半个脸部，但你专注的眼睛里还是透出了对飞行的自信。但你似乎又不是在夜空中飞翔，倒像是驾驶着飞机在海底穿行，而且越飞光线越暗……夜空中所有的星星都闭上了眼睛，仿佛它们已有预感，不忍看到长山列岛上空即将出现的那片火光和将会发生的那幕最悲壮的景象。

当我从梦中猛然醒来的时候，石英钟正无声地指向3点50分，大致可以说，我们在黎明前的这片黑夜里，至少用梦想的翅膀一起飞翔了一个多小时。老曹，我们是编队飞行的，飞的是什么课目、练习，你还记得吗？

Skywalker 贰

老曹，我向你保证，再也不向你发火、生气了。我很后悔。那天两架飞机刚落地，咱们四个飞行员拎着头盔还正在向塔台走的路上，我便憋不住怨气向你发火了……

"在教练机上飞双机复杂特技，老曹，我们可都是老教员了，你怎么放手量那么大呢？你想让那个兔崽子把我们两架飞机都撞下来啊？！"我虽是指着老曹带飞的前舱飞行员在"责骂"，可明明却是在责问老曹。

也许我和老曹太熟悉了，又是一起入伍的老同学，才能这么口无遮拦地向他一顿发火。可老曹并没有在我的火上加火，甚至在火上连一滴油也没添加，只是用一脸铁青的沉默表示着自己心中的复杂状态。老曹的这种无声的"愤怒"，一半是因我对他的过分责备，一半是因他带飞的前舱新飞行员违反地面协同规定，在空中进行的错误操作。

按照地面准备时双机间的协同,在空中时间到达15分钟时我们双机交换长僚机位置。

我和我的前舱飞行员先当长机,14分钟时,我下了预先口令:"改平飞,准备交换!"老曹,你在无线电里也明确回答了:"明白!"可为什么我们的飞机改平飞后,收小油门、减速,等待你们的飞机从右侧方追上来交换长僚机位置时,你们的飞机不仅不改平飞,反而带着大坡度——机翼像大刀一样砍向我们的飞机。你们这样大速度向着我们的飞机冲过来,多危险啊!幸亏我的前舱飞行员机灵,快速压杆蹬舵急剧左转,才避开了你们的飞机。不然,咱们两架飞机非撞在一起不可!我当时惊骇得头发都立起来了,你难道就没看见这样的险情?"你们俩人若想找死,也不要往我们的飞机上撞啊!"我当时没好气地又狠狠责怪了老曹一句。

空中出现这个险情后,心有余悸的我便决定停止继续执行任务,不再完成后边按地面协同要做完的特技动作了。这样,老曹他们的飞机"冲"到前边后,歪打正着,我们的飞机顺势后退就"交换"成了僚机。我用无线向老曹通报:"停止动作,耗油返场!"老曹犹豫了两三秒钟,也只好同意:"明白了!"其实,他当时并不一定完全明白我的担心。我是怕刚才的险情对我前舱的飞行员造成的心理压力过大,精神紧张,在操纵飞机进行后十几分钟的复杂特技编队时,技术不能正常发挥,一旦"失手"再出现什么操作上的意外,我们可就真的不好收场了。这是训练飞行,毕竟不是战场,我们还是知险而退吧,以防夜长梦多。在飞行中,有时"夜"短"梦"也多啊,别看仅有十几分钟,说不准会再出什么乱子呢!飞行这么多年,也听多见多了,哪一起空中的灾难不都是在一闪念中孕育、发生的?

直到我们走进塔台楼下的飞行员休息室,老曹见我发火的"炮弹"基本都打光了,才缓缓地对我还击说:"你火个屁!当时,我也是吓了一跳!"原来,老曹也发现了他们的飞机没有改平,而且带着交叉角大速度向我们的飞机冲了过来。他想收小油门、放减速板已来不及了,就下意识地向前猛力推了一下驾驶杆，飞机一低头，就从我们的飞机肚皮底下穿了过去。而飞机前舱里的新飞行员和后舱里的老曹，在瞬间产生的负载荷作用下，头盔"咣"的一声都顶着了座舱盖，整个身体都悬空了起来！如果，老曹反应再稍慢一点，他们的飞机就不是从我们的飞机肚皮底下穿过去了，而可能从我们飞机的肚皮里穿过去了！两架高速飞行的飞机突然在空中撞击在一起，将是什么后果？那还用去多想吗！

在双机完成一半的复杂特技动作后，出现这个本不该出现的险情，完全是前舱飞行员判断错误、消除速度差不及时、误听口令造成的。但老曹作为教员，制止不及时，也有责任。可能是前舱飞行员前边十几分钟的飞行动作让老曹很满意吧，他便放松了对前舱飞行员操纵飞机时动作中的"警惕性"。在即将"大功告成"的时候出现这个"邪门"动作，还真让老曹有点措手不及！可老曹毕竟是老曹，飞行二十多年，可谓是空中的"一根老油条"了，若换成一位经验不足的新教员，还不一定会出现什么后果呢！

这次空中险情再次证明了一句飞行行话的正确性：飞行员的命就攥在自己手里。因为在飞行中，所有的环节上都可能发生问题，一旦出现险情，飞行员在处置的瞬间，只能相信自己、依靠自己。

Skywalker 叁

昨天，妻子从市场买回来了"火炬粽"，还有艾蒿。一束青翠的艾蒿被挂在走廊外的门楣旁，标志着一个特殊节日到来了。

此刻，妻子和女儿还在睡梦中。她们以无忧无虑的香眠，来迎接这个诗意的节日。

我看了一眼在粉红色的窗帘映照下酣睡的妻子，窗外柔和的晨曦还没有足够的力量将她照醒。看来，她太累了。但我不太知道，在别人看来已拥有一种很安逸生活的人，为什么有时会过得如此疲惫不堪。也许,情感的沟通是可消除负累的。我两眼望着墙上悬挂的几年前与妻子补拍的婚纱照,若有所思,仿佛悟懂了些什么……妻子的臂腕很随意地摊开在双人床构筑的船头上,在梦的海洋里,她随时都可以揽过一副有力的双桨,帮她将噩梦中的惊悸摆渡到踏实的岸上。而另一只小船的船头上,一个失去男人的女人,三年来,已把泪水流成了永不可逆转的两条小溪……老曹的妻子现在还会倚靠在床头上回味曾经拥有过的"同舟共济"的甜美吗?

我蹑足潜踪地在黎明中赤足行走。在穿过客厅去书房的路上,经过女儿卧室的门口,我看到她的一双小腿白白地露在被角外边。我犹豫了一下,并没有像过去那样帮她拉过被角遮挡清晨的微微寒意。我竟愣在了门口,想象到另外一双同样充满活力的女孩的小腿——老曹那比我女儿刚好大两岁的女儿,再也期盼不来爸爸那双握惯飞机驾驶杆的大手了。女儿的双脚在我眼前幻化成了一对洁白的翅膀,因了我的注视,仿佛给她人生的飞翔速度和高度增添了无穷的信心……这一刻,我的心中填满了欣慰和怅然!

打开电脑,枯坐书房。清晨极度的安静,也是可怕的。当我再次翻开昨天下午整理出的那一叠与老曹在庐山疗养时的照片时,禁不住泪眼模糊起来……

太阳过不了多久就要升起来了。在人们推开窗户迎进新一天的阳光时,也迎接来了一个传统的节日。我不知道老曹家的一对母女,将以怎样的沉重心情共同挽着一只花篮走向大海的岸边。她们在这个日子,一定会再次去与不息的涛声做默默的对话……

老曹,在没有你的日子里,她们娘俩头顶上的阳光还会温暖吗?

Skywalker 肆

老曹,我把咱俩穿着大裤衩子、站在空军庐山疗养院疗养楼窗台上"合作"的这幅照片放大了一张,取名《庐山云》,摆放在了书架上。对这幅照片,其实你比我还喜欢。可是,由于我的磨磨蹭蹭和漫不经心,一直也未能给你送上一张。老曹,那一大片铺在庐山山坡上的云层,连我们这样的"老飞"在飞行中都不曾遇见过,当捕捉到后,曾让我们怎样的欣喜若狂啊!而此刻,比这幅云的照片更深刻的画面则是你揽着我的双腿,扶着我站在窗台上选取拍摄角度时的场景。这就像我们飞行中一样,每次都配合得那么默契!

老曹,在这幅照片的背面,我写下了两行数字。一行是我们拍照的日期:2005年7月28日。另一行是你沉入大海的手机号:13654202562。任谁也不会想到,从庐山回部队十个月后,一贯嘻嘻哈哈相处的我们,已是分处阴阳两个世界的人了。老曹,我无法将这幅你喜欢的照片再送给你了——若是送给你的妻子和女儿,睹物思人,一定会更增添她们对你的思念和失去你的痛苦;若是在今天夜里,选在你牺牲的那个时刻,我找一个寂然无语的角落,将这幅《庐山云》燃烧成一株赢弱的火苗,又怕你因见到火光再度联想起夜空中那团翻滚坠落的巨大火球——那团火光一定至今仍然灼烧着你的记忆,让你不得不无可奈何而又无可选择地扑向那片漆黑的海域。

老曹,为了寄托我的思念,今晚,我还是给你发条短信吧——"人间仍有真情在!有一种怀念叫伤痛啊……058。"文字的末尾,我无须缀上自己的名字,而只标注了我的飞行代号:058。因为,不用看名字,你也一定会牢记着我的代号,就像我一直牢记着你的手机号码一样。如果,现在,你的手机号码已转换成了别人的名字,那么,请今夜收到这条短信的那位朋友,一定原谅我在这个特别的日子里,传达出的这份无处安放的思念。

Skywalker 伍

老曹,我今天还是忍了忍没有给嫂子、侄女打那个例行的慰问电话。我知道，在这样的日子里对她们表达任何问候都是极其苍白无力的。我也没有赶往你家乡的小城去看望你的老父亲——你不知道，他老人家卧病在床已很久了，至今还不知道你牺牲的消息。这是遵从大姐的意见，才没敢告诉他老人家的。如果告诉了他这样的噩耗，无异于就要提前结束一位善良老人的生命。年近90岁的老人已辨不太清来人是谁了，但他见到穿军装的部队领导或战友时，就会发出声音低微的嘿嘿的笑，并喃喃地叫着你的小名，问是不是你回来了。大姐只好含泪打着圆场说："这些都是弟弟的战友……弟弟去南方执行任务了……就快该回来了吧……"老曹呀，你是在用自己的永无归期给老人家带来无尽的渴盼，而间接地延长着老父亲的生命啊。

老曹，你是一个出名的孝子。这么多年，你的家庭负累使你从不肯大手大脚地乱花钱。父亲常年有病，大姐下岗后，你的家庭负担更重了，可你一直默默地坚忍着，把心里的愁苦以憨厚的笑容呈献在部队领导和战友们面前。你从不对任何人"叫穷"，更不"哭穷"。"人活得要有志气！"你常对新飞行员说的这句话，自己已用行动做到了，并且，做得很好！

老曹，我们几个老同学心里都知道，三年前的今天，你是本不该离开这个世界的。

那架空中出事的飞机，按计划不应你去飞的。当时，飞行员们正在机场空勤灶里吃"间餐"，还没有来得及上飞机。恰在这时，指挥员派值班参谋来催问："空中有'位置'，谁现在可以上飞机？"你默默放下碗筷就站了起来，拎起头盔走进了黑夜……

老曹，你是位一贯顾大局、肯奉献的老飞行员。你一定心里在想，总不能让飞机和机务战友们在停机坪的夜风里苦苦等待着，而咱飞行员却因吃"间餐"迟迟不上飞机吧？这样不仅影响、拖延整体训练的时间，因占场太久，无形中也会给国家造成人力、物力的极大浪费！是的，是你自己"抢着"飞走了这架在空中突发故障而后凌空爆炸的飞机的，并且，你还按规定的航线驾驶飞机飞向了很深的夜间海域。如果——请允许我如果一下，这架飞机是在陆地上飞行，飞行员一旦发现无可挽回的异常情况后及时跳伞，结果完全可能是另外的情形。

难道这就是命运？而飞行员的命运又该怎样去把握呢？是真的握在自己的手中，还是被攥在另外一只看不见的什么巨掌之中？这些带有唯心主义色彩的问号，常让人一下子无法回答清楚"飞行安全"这道艰深的命题。

自从上级给飞行员们增加了"飞行时间补助金"后，从一定程度上起到了一些调动大家求飞积极性的作用。但是，老曹，你今夜"抢着"上飞机的飞行"积极性"不会是被那一二百元的"补助金"给调动起来的吧？尽管我知道你的家里很困难，但我至今依然固执地相信，你不是为了多"挣"那100多元钱才主动驾机飞向祖国的茫茫夜空去独自巡航的。

Skywalker 陆

老曹，今夜的9点10分，我不会拉上窗帘。我要在满天星斗中找到属于你的那一颗流星。即使夜空中密布着厚厚的云层，我也能凭借着想象的目光，追踪到你飞翔的身影！

轰然炸响的记忆

壹

半个月前已和几位朋友约定,这个周六去瓦房店的乡下吃杀猪菜。

据战友说,他每年冬天都要去乡下吃几次杀猪菜,吃来吃去,感觉瓦房店的杀猪菜味道最正宗。战友所说的"正宗",以我的理解,不单是指杀猪菜的味道让他可心,而且最重要的是吃饭的地点选择和相邀的朋友对他的"口味"。我和朋友们在面包车上一边颠簸一边开玩笑说,从周一开始,我就控制自己不吃肉了,就等着周六去吃杀猪菜呢,今天非要猛"造"一顿"正宗"的"笨猪肉"不可。

现在城里人吃东西可真是越来越挑剔了,吃什么都要拣"笨"的吃。"笨蛋"、"笨鸡"、"笨鹅"、"笨鸭"……这不,今天我们几个还兴致勃勃地不远百里驱车去乡下吃一顿"笨猪肉",若算算账,还不抵汽车烧掉的汽油钱。我在心里窃笑，看来人也是"笨"的吃香呢！

我曾听说，有些乡下集市上卖的"笨猪肉"，就是乡下人从城里买回去的。然后，又被城里人开着汽车几十斤、上百斤地高价买回，不仅自家人吃，还送亲戚朋友分享。当城里人乐颠颠地把肉分送给别人后，总是要得意地强调说，这可是我从乡下拉回来的"正宗"的"笨猪肉"啊！大家吃肉后，一见面，少不了啧啧赞许一番，到底是乡下农家的"笨猪肉"，香，比超市卖的吃化工饲料长大的猪肉香多了！唉，以后谁还敢再说只有猪才是"笨死"的呢。

今天请我们吃杀猪菜的朋友是一位地地道道的农民，他家就住在瓦房店市西边不太远的一个小村庄里。这个小村庄的名字我不能说出来，因为那里有我们部队一个非常著名的大型实弹靶场，靶场的名字前边就冠以这个小村庄的名字。一提"××靶场"，全国的飞行员没有不知道的。尤其是十年前那次特大轰炸事故后，这个靶场更是声名远扬了。

我们要去拜访的这位农民朋友，姓王，我们都随着战友叫他三哥。三哥是与我战友多年相交的老朋友。当年我的战友当连长的时候，三哥家与部队是最近的邻居，"两家"相处得一直很好。三哥家的小村庄坐落在大草甸子的最东边，靶场就修在平坦的草甸子上，也就是说，他家距靶场只有两公里远的样子。村子的南边，是这个村的小学。一条很深的人工护场沟把靶场与小村庄、学校隔离开来。

汽车离三哥家还有老远一段路程呢，我们就听见一头猪在声嘶力竭地嚎叫了。战友说，听哀叫的声音如此洪亮、悲壮，就知道是一头膘肥体壮的黑毛大肥猪。还是战友的耳朵"厉害"，他竟能只凭猪叫就断定出"黑毛"！大家哈哈笑了起来。

看来，这位三哥正如战友在路上介绍的那样，是位心地很实诚的朋友。他非要等大家都来齐了再杀这头猪，尤其是要给我们这些从城里远道而来的朋友看，以证明不是人们传说中的假"笨猪"。进了农家小院，迎面见了三哥，他热情地招呼我们进屋，自己却举着捋起袖子的手，不让握，说刚才抓猪了，太脏，还没顾上洗手呢。

三哥全家人一齐上阵，一个多小时后，就开始往炕桌上端杀猪菜了。菜主要就是肉，热气腾腾，盘子都满满的，还有两个小盆子，盛的是肘子。

我是第一次盘着腿坐在农家炕头上吃杀猪菜，有几分新鲜，也有几分感动。一位个头一米七几、长相文质彬彬的小伙子一直在为我们忙前忙后，拿碗筷、摆碟子、开酒瓶、递烟灰缸……小伙子看上去有十七八岁，人很机灵，也不多言语，给人以很有眼力见儿的感觉。他总是以恰到好处的时机为我们递过来即将需要的东西，比如往茶杯续水什么的。战友说，孩子，别忙了，一起坐啊！小伙子腼腆地摇摇头，用眼睛指一下外屋的灶台，意思是菜还没有上齐呢。再说，农家也有规矩，家长是不准许小孩子家上桌陪客人吃饭的。虽然见面时间不长，但我心里对这个小伙子已有几分好感，甚至还真有点喜爱上他了。他的举止和气质，正像是我在部队所喜欢的战士一样。我甚至一闪念地想，将来谁家姑娘能找到这样的小伙子，日子一定过得错不了。

贰

"喝酒，喝酒，喝酒啊！"三哥一边用毛巾擦拭脑门子上的汗，一边解下已不太洁白的围裙，满脸红扑扑地从外屋进来了。三哥没有上炕，只是半个屁股偎在了炕沿上。三哥说："还有一道'血肠'没出锅呢，你们先喝呀，我去看看。"这时，小伙子拽了三哥的衣襟一下："三舅，你上炕坐吧，我去看着锅里的血肠……"我们这才知道，原来小伙子是三哥的亲外甥。

大约过了几盅酒的工夫，小伙子在外屋轻声问："三舅，你看血肠还嫩不嫩，可以出锅了吧？"三哥应着，叹息一声，下地，自语说："这个孩子从小就倒霉，命大，命也苦，唉……"我用目光询问一下战友，想问三哥为什么一提起这孩子就叹息呢。多好的小伙子啊，打着灯笼恐怕都难找呢。但三哥很快就趿拉着鞋回屋了，劝大家接着喝酒，我也就不便再去多问什么了。

不大一会儿工夫，小伙子端着一大盘子切好的血肠进来了，上边还特意撒了些星星点点的青葱花，既点缀了色彩又调升了味道。从这个很小的生活细节中，我看出小伙子是个有生活能力的人，便在心里对他又多了几分欣赏。

因为心里喜欢这个小伙子，待他放下血肠后，我硬是把他拽到了我的身边。三哥欲言又止，但也没有阻拦。只是，我看见三哥眉头上的皱纹往一起挤得更紧了，仿佛有什么心事就锁在眉头的皱褶里，只要一舒展，就会掉出来。

小伙子很规矩地坐下来，给我续满了酒："叔叔，您是飞行员吧？"这是小伙子第一次和我说话，还有点怯生生的样子。三哥抬起夹菜的筷子，马上有制止外甥说话的意思，但还是被我的目光劝了回去。三哥就坐在我的对面，他的表情变化让我大感不解。我很想从三哥既兴奋又叹息的复杂心绪中找出答案，以解开他对外甥态度上的疑团。想必是战友事先跟三哥家里人说了，看来他们已了解我的职业。我随便和小伙子聊着："是啊。你今年多大了？上高几？将来想做什么？"小伙子迟疑了一下，回答我："叔叔，我只想当兵，但肯定是当不成飞行员了……"我笑着说："当兵好哇，你高中毕业就报名，当空军，说不定咱们还能在一个部队呢！"三哥终于忍不住了，插话制止外甥不要再多说。三哥长长地"唉"了一声，说："这孩子恐怕当普通兵也够不上条件的，他身体有残缺，是验不上兵的。"

我们都愣住了，不明白三哥在自语什么。好端端的一个大小伙子，身体能有啥残缺呢？

"叔叔，您别误会……我小时候受了点伤。那时，我特别恨你们飞行员……现在长大了，才理解干你们这样的特殊职业多么不容易。十一年了，都是过去的事了……"小伙子说出这几句串联在一起也让我不甚明了什么意思的话后，咬着嘴唇仰起了头，眼里已转动出了泪水。但，他忍着没让泪水流出来。

小伙子说了声"忘记拿餐巾纸了"，扑通蹦下地就去了外屋。三哥这才摇头叹口气说："这孩子真是命大，8岁那年硬是捡回了条小命，但裤裆里的小命根子却只剩下了半截……去年冬天，他妈妈，也就是俺二姐，又出了车祸，人没了……"

我的脑袋"嗡"地大了起来。捡回条小命是什么意思？十一年前一个8岁的孩子能与"飞行员"有什么切齿的怨恨呢？

靶场。炸弹。是那起轰炸事故？……我仿佛一下子什么都明白了，但又的确一下子还是想不明白。莫非，这孩子的不幸真的与那起全军有名的轰炸事故有关？

"谁也不是故意的，是意外事故嘛，人家飞行员也不想出这样的事故啊！"三哥歉意地向我举起了酒杯。我如鲠在喉，愣在了那里，思绪怎么也收不回来，更不知该对三哥说什么好……

叁

1998年11月5日。

这一天，对于强击航空兵某师来说，是一个极端黑暗的日子，甚至对于整个航空兵部队来说，也称得上是极其罕见的灾难日。我深信，全空军的飞行员，都会在记忆深处重重地烙下这个不光彩的伤痛。

机群远程奔袭，结合实弹轰炸。这是一次在特定的作战背景条件下组织的高难课目演练。

下午。14时30分。一批又一批编队的飞机从吉林某机场起飞，抵达预先设置的远程奔袭航线转弯点后，依次飞向辽南"××靶场"。飞机在空中经过一个多小时的远程航行后，一定要赶在黄昏之前飞临靶场上空，建立靶场航线，按靶场指挥员的口令实施双机投弹，随后再夜航飞回吉林某机场着陆——这才算完成了任务。

辽南，冬季的黄昏。橘黄色的阳光懒洋洋地照射在云层上，把云顶涂抹成一片金色的地毯，而太阳也做出一副提前收工的架势，缓缓地向西山落去。飞机在云上编队飞行，飞行员看不见地面上的村庄、河流和一切参考地标，只能按照预计的航向飞向靶场。地面雷达严密地监视着每一批机群的航迹。

低云越聚越多，太阳也越落越低。在辽南，冬季的下午四点多钟，已快进入黄昏了。此时，云下的能见度因云层的遮蔽，也变得越来越差了。在这样复杂的天气条件下实施实弹轰炸，是非常困难的。

最后一批双机终于飞达了靶场上空。靶场指挥员和指挥班子已从隐蔽部里听到了飞机的轰鸣声。透过观察窗口向外望去，满天已是低云。他们东张西望找了半天，谁也没有发现一架飞机的影子。靶场指挥员只能靠听飞机的声音来判断飞机的大致位置，而天上的飞行员同样焦急，因为隔着云层无法看到靶场里的靶标。

此时，靶场指挥员和空中的飞行员都犹豫了起来。如果决定按计划实施投弹，在飞行员看不见地面的情况下，就只能在云上"概略"地建立靶场航线，然后双机俯冲到云下，在极短暂的时间内完成寻找靶标、修正偏差、测距瞄准、实施投弹、退出俯冲等一系列的操纵动作；如果因天气变差而中止投弹计划，飞机就必须带弹返回吉林某机场。带弹返航，飞机耗油量增加，备用的安全油量就会减少，一旦有特殊情况需要"复飞"，将可能导致飞机燃油耗尽而空中停车，后果不堪设想。而更复杂的情况是，如果带弹返航着陆，每架飞机携带着两枚各500公斤、已解除地面保险的炸弹着陆，飞行员在操纵动作上稍有不慎，对飞机和整个机场的安全都将构成巨大的威胁。谁也不敢保证，这四枚各500公斤的炸弹会像听话的乖孩子一样，一声不响地平安回到吉林某机场的怀抱。

经过几秒钟的权衡利弊之后，靶场指挥员果断地下了决心——把危险留给自己："实施投弹！"空中飞行员听到指挥员的命令后，也迅即坚定地回答："明白！"

双机按照地面指挥，再次在云上凭感觉通过"靶场"上空，"概略"地建立投弹轰炸航线。这一切也只能是"概略"地进行。低云，可恨的低云，让空中、地面都不明底细地忙得团团转。

双机按投弹轰炸航线第一次进入了俯冲。几秒钟后，飞机出云，但飞行员一直没有发现标靶，靶场指挥员也没发现飞机，飞机已到了最低安全高度，飞行员只好拉起飞机退出了俯冲。

"再来一次！"靶场指挥员下达了口令。双机经过三分钟后沿预计航线又一次进入了俯冲。

"发现目标，请示投弹！"长机飞行员兴奋地向靶场指挥员报告。"注意条件，可以投弹！"靶场指挥员也同样兴奋地回答。当他把"可以投弹"的口令迅即发出后，依然没有看到两架俯冲而下的飞机。迟疑不到两秒钟，指挥员猛然懊悔起来——他意识到了自己发出的口令太冒险、太没有依据了。按照靶场实弹轰炸安全规定，靶场指挥员必须在目视看到投弹飞机后，才允许其投弹。

就在靶场指挥员决定向空中的飞行员收回投弹的命令，并且已按下指挥话筒上的发射按钮喊出"不要投弹"的同时，轰隆隆的巨大爆炸声伴随着剧烈的震荡波从隐蔽指挥部的后方传了过来……而隐蔽指挥部前方的靶标里，连一小股轻轻的白烟也没有扬起！

Skywalker 肆

靶场里的靶标，是用厚厚的生石灰铺成的大圆圈。根据不同的轰炸任务，靶标铺设的直钢径大小十几米、几十米不等。从空中看，轰炸靶标就像一枚五分钱的钢镚摆在了地面上。各部队的飞行员们每年总是要驾着飞机飞临靶场上空，一遍又一遍地对着这枚"钢镚"俯冲射击，或投掷实弹。

双机俯冲，迅速下降高度，大约高度800米时，飞机忽然冲出了云层。黄昏时分的大地在云层的遮蔽下，显得更加灰暗，村庄和田野已失去了阳光明媚时的分明色彩。整个靶场像一幅底色深暗、落满尘埃的古老油画铺在地上，给人一种苍茫乃至苍凉的压抑感觉。两名飞行员一边密切协同编队，操纵飞机继续俯冲，一边由近及远地扩展视野迅速搜寻靶标。

凡是大部队、多批次的机群行动，安排在最后两架飞机上的飞行员，一定是两名技术过硬的飞行尖子。他们担负着演好"压轴戏"的重任。这可不是一般的跑龙套的角色，能被委以重任的飞行员，都是能让领导放心的人——将来的"前途"一片光明。

长、僚机飞行员几乎同时发现了机头前下方的那枚白色的小"钢镚"！他们压抑已久的心情顿然开朗起来，长机急不可耐地向靶场指挥员报告了发现目标。僚机飞行员以对长机老大哥的绝对信任，迅速将观察靶标的视线收回，精心地调整好投弹时规定的队形，全神贯注地转入了编队飞行。长僚机都已悄悄地打开空中保险，放下扳机，做好了投弹前的一切准备。只要听到长机一声令下，长、僚机飞行员的右手食指便会同时按下射击投弹的扳机。

双机在以每秒100多米的下降率迅疾地降低高度。小"钢镚"转眼就长胖成了大"钢镚"，而且正向瞄准具菱形光环的中心光点位置移动，凭以往的投弹经验，顶多再有一秒多钟靶标就会"充满"光环——可以投弹了！

黄昏中，低高度的"靶标"变得更加模糊，它周围的白圈只能隐约可看，但飞行员还是看清了"靶标"的基本轮廓。否则，他将无法进行瞄准。高度约650米时，长机觉得椭圆形的"靶标"今天好像没有以往那么圆润了，倒像是有点长方形的感觉，中心点也稍微亮了一点点。但他转念一想，也许，靶标遭受到前边的数批飞机轰炸后，已变得面目皆非

每当我为**黎明**接生时
心里都会盛满阳光般的喜悦

摄影 ■ 郭天海

而彻底"走形"了吧！时间不允许他再三思忖下去。此时，他必须集中精力进行瞄准、测距，并判断下令投弹的时机。刚才靶场指挥员已下令允许投弹，这说明地面的指挥人员已目视看到了自己的飞机——长机对白色小方块"靶标"的稍稍异样不再去作怀疑。

"投！"长机飞行员的声音明显有些颤抖，仿佛错过了这次投弹机会靶标将会从此在地球上消失，再也找不回来了一样。四枚500公斤重的炸弹从机翼下方呼啸着向地面飞去，白色小方块"靶标"的四周迅速掀起一片高高的尘浪！

就在这时，长、僚机飞行员的飞行头盔耳机里同时传来了靶场指挥员大声的呼喊："不要投弹！"

晚了！仅仅晚了一秒钟。也许，还不足一秒钟……

Skywalker 伍

××小学二年三班的教室里已提前点亮了电灯。按说，这才是下午，刚接近黄昏，教室里是不需要开灯的。今天是二年级的语文考试，三班年轻的女老师怕阴云笼罩下的教室里光线太弱，损害学生们的视力，便悄悄打开了电灯的开关。

大多数同学正在埋头答卷，而几个平时学习成绩好些、答题速度快的同学已交卷走出了教室。他们在院子里小声地嘻嘻哈哈、你追我赶地玩了起来。

学校长方形的院子被一人高的砖墙围着，粉刷过白灰的院墙被教室里射出来的灯光照得白亮亮的，墙上书写的"好好学习，天天向上"的标语显得非常醒目。

这所由白墙围成的方块形的小学校，飞行员在高空远看，就是一个小白点；近些看就像一个不规则的小白圈；再近些看时，才感到它根本不是个圆圈，而是一个白色的小方块！

当四枚黑乌鸦一样的炸弹猝不及防地飞向这所小学校时，在院里玩耍的几个孩子并没有事先察觉到。他们已听惯了靶场上空飞机的轰鸣声，也听惯了各种炸弹、炮弹的爆炸声，他们甚至早已不再以惊奇的目光去抬头仰望呼啸而过的一架架各型战鹰。孩子们没有丝毫的理由应去担心、幻想，会不会有一天几百公斤甚至上千公斤的炸弹会突然落在自己的校园里。因为他们知道，头顶上飞过的是解放军叔叔们驾驶的飞机，是咱们中国自己的飞行员。他们都是自己心目中保卫祖国领空的最可爱的人，是从小就崇拜的空中英雄。

　　四枚炸弹轰然炸响，其中一枚就落在了小学校院子内的东南角上。炸弹爆炸时掀起了巨大的尘柱，黄土的波浪高过了房顶，整座学校一下子淹没在了尘烟之中……

　　教室里顿时尘土飞落，讲台上的粉笔盒也被震落到了地上，折断的粉笔滚了一地。没待尘埃落定，灰头土脸的女教师猛然醒过神来，领着孩子们就从教室里往外冲。校园东南墙角的一口大坑把她和孩子们惊吓得目瞪口呆。教室的窗玻璃已被震碎，惊骇中的电灯泡在房梁上打着摆子怎么也安定不下来。校园围墙边的一棵梧桐树被拦腰炸断，树头和上半身斜躺在尘土飞扬的院子中。女教师仿佛看见了什么，迅速跑过去，从炸断的树杈上摘下了一只红色的蝴蝶结，风中晃动的蝴蝶结像一个女孩子在与老师和同学们摆手做最后的诀别。她对这只蝴蝶结太熟悉了，这正是她平时最喜欢的语文课代表的啊！女教师捧着这只平日里经常在眼前晃动的蝴蝶结，一下子瘫坐在地上，"哇"的一声哭了起来……

　　幸亏四枚炸弹只落在院子里一枚，而且是落在了院子的角落上……若是有一枚炸弹赶巧落在了学校的任何一间教室的屋顶上，那该会造成多么可怕的恶果！黄昏。是黄昏的低云使地面能见度变差，太过自信的飞行员误将白围墙的小学校当作了靶标；同样是因为黄昏，飞行员匆促投弹中，也没来得及更细致地瞄准，才将其中的三枚炸弹投在了学校的院墙外边。真是不幸中的万幸！

这些平时学习成绩好、今天提前交考卷在院子里玩耍的几个学生中，就有三哥老王的外甥丛晓斌。但丛晓斌此时恰好并没在院子的中央，是一泡憋急了的尿挽救了他一条生命——他刚跑进院子西角的旱厕所，解开布腰带正要放松身体，只听一声巨大的轰响，倾倒的厕所墙和飞来的弹片使他一下子便什么都不知道了。

Skywalker 陆

这个从此只能蹲着撒尿的小男孩，脸上再也没有了灿烂的笑容。

生命是捡回来了，可丛晓斌在同学们面前被炸飞的那一截"自尊"却一直无法挽救回来。爱搞恶作剧的调皮学生总是拿他的"短处"开玩笑、取笑他。尽管他的学习成绩一如既往地好，后来还当上了语文课代表，可他总感到在同学们面前矮了一截。这"一截"心理上的落差，已整整伴随了丛晓斌十一年。也许，这种内心的煎熬、挣扎、沮丧、无望……还要继续对他无休止地折磨下去。

当年，他在医院的病床上曾哭着问过奶奶，长大了是不是真的就不能娶媳妇了？奶奶哄他说，别瞎说，慢慢还长呢！他是听到实习护士们在走廊里的轻声议论后才哭着问奶奶的。奶奶心里最清楚，自己的孙子长大成人后将承受怎样的精神痛苦。一想到这些，她就背着孙子悄悄地抹眼泪。一声声叹息伴随着年迈多病的奶奶走完了她最后一段人生之路。

小时候，晓斌还是相信奶奶的话的。每次解手时，他都下意识地抻一抻自己的"短处"，想让它长得快一点，像自己落下的课程一样，尽早地赶上同学们。半年过去了，一年过去了……他的学习成绩不仅赶上了同学们，而且主科还在全班名列前茅了，可他那一截被隐蔽得严严的"短处"却怎么也看不出有什么"进步"。这使丛晓斌开始暗自沮丧、无望起来，小小年纪的他脸上渐渐只剩下了沉沉的抑郁。

他因承受不了个别同学的取笑，转到了另一所离家较远的学校念书。可还没等小学毕业，他的"秘密"不知怎么还是被同学们知道了。他哭着跑回家，委屈得再也不想上学了。

自从上中学后，他便不和同学们一起上厕所了，就连放暑假时也不和同学们一起到河里游泳。他也很少去浴池洗澡，即使洗澡，也多带一条裤衩，穿着洗。他不愿让别人再看见自己那处羞愧的疤痕。

谁也说不清晓斌究竟多少次从噩梦中沮丧地惊醒。他一脸驱不散的郁郁寡欢，使他过早地失去了一个少年本应有的那份无虑与天真。

Skywalker 柒

我不想再去追忆这场噩梦般的严重轰炸事故了。上级下发的"事故通报"上每一个飞行细节，都像钢丝一样穿过我的心脏，牵扯着我痛苦的神经末梢。一提起这起事故和那所小学校，我就会周身感觉痒疼，仿佛有十万只小虫子在啃噬我的身体。尤其是周六从三哥老王家吃杀猪菜回来后，我的心情糟糕到了极点，怎么也翻不过个儿来。

当事的两名飞行员和靶场指挥员已受了部队内部最严厉的处分。那所被炸毁的学校也早已迁移到了离靶场很远的地方。

但我在饭桌上没有告诉丛晓斌，那名下令投弹并自己也投下炸弹的长机飞行员就是和我同年入伍的老同学。他早已被停飞。有一次在路上碰到他，他喊我的名字，我迟疑、凝视了好大一会儿才认出原来是他。他的头发已由前几年的花白几乎变成全白了，目光里也早已没有了四十几岁的男人应有的活力与光泽。他曾给我说过，总想出家去寺院里念经礼佛，也许那里才能让他的心境早些平静下来。我知道，他的满头白发都是被一场心病折磨出来的。他至今也无法原谅自己当年犯下的严重过失。追悔。懊丧。也许这个"悔"字将永远伴随着他的心灵走下去，谁也不知道还将这样沉重地走多久……

临分手，我对站在马路边上白老头似的老同学说，有机会我带你去乡下吃一顿杀猪菜吧，只有那个村子里的杀猪菜味道才是正宗的。老同学没有理会我的邀请，怔怔地站着，像一截没有表情的木桩。我本无心的客套话似乎让他想起了什么，也许，他脑海里又响起了十一年前的那声巨响……

Skywalker 捌

女儿也没吃过正宗的杀猪菜，当她一脸羡慕相地缠着问我吃杀猪菜是什么滋味时，我还是忍不住讲述了刚认识的丛晓斌和当年那次特大轰炸事故。那天临别时，我悄悄塞给晓斌一些钱，让他买书或买衣服，可这孩子说什么也不肯接受，最后追到车上硬是塞回了我的皮包。一路上，我一直回想着晓斌期待而忧郁的眼神。这是一个比我女儿刚好小两岁而又多么有志气的好孩子啊！

"爸，放寒假时我想和你一起去看望晓斌。告诉他，以后我当他的姐姐吧……"女儿一边替我拭掉腮边的泪水，一边自己也含着眼泪说。看着女儿红红的眼睛，我轻轻地摸了摸她的头，像一下子摸到了那条扎着蝴蝶结的发辫。那个蝴蝶结女孩若还活着，也会和女儿差不多高了吧？

女儿接着问我："晓斌今年能当上兵吗？"我说："还不知道，这得问问征兵办，弄清体检的政策规定。"她一听就有点急了："晓斌多可怜、多无辜呀！你们部队就不能破例帮帮他吗？一点同情心都没有……"

我生气地制止了女儿的牢骚话，但也不想过多地责怪她。毕竟她才是一名大二的学生，对生活的复杂知道得还太少。

我终于在电话本里找出了一位刚高升的老同学的电话号码，我想给他认真地打个电话，也许，他能想办法帮帮这个虽与他素不相识但却让人怜惜的丛晓斌……

复杂状态

Skywalker 壹

送飞行员进场的大巴车在塔台门前停稳后,飞行员们一边下车一边习惯性地抬头望一下天,好像刚才坐在车上隔着窗玻璃没把天气看仔细似的。天空遮着一层军毯一样的云,不厚,但很黑,整个机场的光线比平常暗淡了许多,在提前点亮的紫色滑行引导灯的衬托下,天空阴着的脸更加难看了。在这样的天气里飞夜航,让人感到心情有些压抑。

夜间编队特技飞行,即使对于飞行经验丰富的老飞行员来讲,也是数得上的"高难度课目"了。它的难度并不在于编队飞行中飞行员操纵飞机时的剧烈程度和动作量大小,而在于编队中的特技飞行要在夜间进行。如果在白天,两架、四架甚至八架飞机的编队,或是四机飞特技,对老飞行员来讲也不在话下。可现在是夜间,编队飞行中飞行员之间彼此看不见对方飞机的真面目，飞机与飞机间的编队要素"间隔、距离、高度差"完全靠灯光的强弱、位置来判断，稍有不慎和失误，就可能出现双机空中相撞的严重后果。何况，今天的天空里还铺着一层云，像一张打开的网，等待不知深浅的鱼儿的贸然闯入。

按照飞行的"四个阶段"划分，现在已进入直接准备阶段。飞行员们披挂整齐，列队于塔台前边的广场上。大家神情肃穆，等待飞行指挥员前来下达"开飞前指示"。

这样的天气飞夜间编队特技，的确让飞行指挥员不好下定开飞的决心。今天的飞行指挥员不是飞行现场的行政最高首长，飞或不飞，他也要看看首长沉默的表情后面是什么意思。

我能充分理解飞行指挥员所下达的每一条"指示"的潜在含义。他所讲的五项内容十三条注意事项对今天的飞行都是有用的，但又是没用的。说它有用，是指他在按规定履行指挥员的职责，把该提醒到的内容一项不落、不厌其烦地强调了一遍；说它没用，是他所提醒的这些内容飞行员在预先准备阶段早已背得滚瓜烂熟，且经过考试合格后才允许参加飞行的。我敢肯定地说，在飞行指挥员的嘴唇像蚌壳一样上下翕动的时候，绝大多数的飞行员只是贡献出了自己的一双耳朵和一副默不作声的沉重表情，而在他们的心里，一定正在进行着更高频率的心理活动，并不停地盘算着：一旦开飞，夜间编队特技中该怎样对付这样的鬼天气！

但是，飞行指挥员在这个时候的讲与不讲，以及讲得全面与不全面，"效果"却大不一样。这既可表现出他的工作责任心和业务水平，也表现出了他考虑问题的复杂和缜密程度：比如，一旦飞行中发生了严重问题，甚至摔了飞机、出了事故，这些记录在案的"指示"便是他的工作能否经得起上级检查的有力证据。

保护别人和保护自己看似一对矛盾，但有时又是完全统一的。尤其是在情况复杂、很难决断的时候——就像现在的下达开飞前指示，飞行指挥员其实也在密密实实地为自己织就一张安全的网。

Skywalker 贰

单机仪表飞行,尤其是在教练机上飞行时,每个飞行员都要模拟训练"复杂状态"的判断与改出方法。复杂状态是飞行的天敌,和飞行错觉一样难以对付,而大多数时候是在复杂气象条件下产生,这无疑又增添了飞行员处置情况的难度。所以,它是飞行员必须训练的一项内容。天有不测风云。一旦飞机进入了复杂状态,飞行员在精神高度紧张的条件下,能否迅速做出正确的判断并采取有效的改出方法,是挽救飞机也是挽救自己生命的关键。

上级考核组要对我们这批新进入夜航训练的飞行员进行例行性的检查考核。分工考我的教官是我的老大队长,他现在是上级机关的技术检查主任,代号007。007技术精湛,尤其是按仪表飞行,是他拿手的绝活,他可以飞到"三针不动"。所谓"三针不动"是指高度表、速度表、升降速度表的指针像焊在规定数据上一样,分毫不差。可见,他把飞行数据保持得多么严格,潜台词是:他的注意力分配该是多么的迅速、周到,而操纵飞机的动作又是多么的及时、准确。那时,还不像现在时兴玩游戏机,他若当时会玩什么游戏大战,一定是位超一流的高手。

考核复杂状态的判断、改出,往往结合检查考核仪表技术进行。一架教练机,我前舱,007后舱。

按照考核复杂状态的要求,飞行中要遮蔽指示飞机飞行姿态的"仪表之王"地平仪。把地平仪盖住后,再把座舱里的特制黑色暗舱罩"啪"地关上,飞行员就完全处于"暗舱"状态飞行了,像进入夜间似的。在这种地平仪"故障"的气氛和环境里闷着头飞行,全靠其他的辅助仪表来判断、保持飞行状态,注意力分配稍慢的飞行员,就会手忙脚乱，眼神显得不够用了。飞行员在保持飞行数据时常常会摁下葫芦浮起瓢，急得满脑门子直冒汗。若是在夏天飞行，飞行员下飞机后，只要看一看他后背上的飞行服湿没湿透，就知道他仪表飞得怎么样。

我用在地面制作好的仪表罩把地平仪扣上。仪表罩是一张厚厚的白纸板，剪裁得跟地平仪的表蒙子一样大，中间穿一条猴皮筋，套在地平仪两侧耳朵一样的"起动按钮"和"调整旋钮"上。我用机内通话器向007报告："遮盖好了！"007便开始操纵飞机为我设置"复杂状态"。飞机像喝醉酒一样开始左摇右晃、前合后仰，仪表盘上的各种仪表指针顿时也神经错乱般地上下跳跃、摆动。我知道此时的007醉翁之意不在酒，他要趁我心绪不宁、没有防备之时突然将飞机置于不易用辅助仪表判明的复杂状态，然后下令："改出！"而我则要依据辅助仪表迅速判明飞机状态，采取合理操纵程序，将飞机改出复杂状态，并恢复到遮盖地平仪前的高度、速度、航向。

也不知是我一开始就没把遮盖地平仪的白纸板固定牢靠，还是由于007操纵飞机时出现了负载荷，反正那张本来严丝合缝扣在地平仪上的白纸板不知被什么力量悄悄撬起了一条缝，圆圆胖胖的地平仪便露出了小半个肚皮。别看只露了一点肚皮，我已能清楚地看到地平仪指示飞机坡度的"子午线"和象征飞机俯仰状态的棕蓝相间的球体。地平仪是专门指示飞机的飞行状态的。我像是接到考卷的学生同时窥探到了标准答案一样，心里一下子踏实了许多。试想，面对有答案的考卷，哪个学生还会精神紧张呢？

我用比平常快得多的速度迅速改出了"复杂状态"，把用来"判断"情况的时间完全省略了，并操纵飞机逐渐恢复到了进入前的"原始数据"。007显然对我的表现非常满意。我在心中也为自己的成绩打了个5分。

007坐在飞行员休息室的沙发上，果然在我成绩卡片的"改出复杂状态"一栏里打了个5分。他递给我成绩卡片时，脸上洋溢着赞许的微笑，我没敢用自己的目光去迎接这份由衷的赞赏，而是赶紧把脸转向了空洞的窗外……

Skywalker 叁

老史心里知道今天真的回不去了。

在飞机高度仅有200米的复杂情况下，眼看着回天无力的险局，他在无线电里自言自语地骂了一句："妈的，老子今天是回不去了！"几秒钟后，他与这个世界便永远中断了通话联络。

老史是和我一起当兵的同学，是河北老乡。那年我去沈阳开会时，老史拉上另外两个老乡一起硬要请我喝酒。我说心意领了，冰天雪地的，就别出去了。老史就瞪着大眼珠子骂我，你小子少跟我装！那天晚上，老同学们因太高兴把酒喝得实在太多了，身体摇摇晃晃像是飞行中飞机进入了复杂状态。但酒精确实对我们很真诚，它让我们几位老同学都颠来倒去地说了许多只含酒精的炽烈而绝无半滴水分的真话。临别，我硬着舌头对老史说，下次去大连，我请你们喝酒！并一再强调，这绝不是"酒话"。

还是说句唯心主义的话吧，今天也可能真是该着老史倒霉。他驾驶的飞机起飞后不久发动机就出现了严重故障，飞机必须立即返航着陆。而今天的天气又很糟糕，云层很低，离机场不远就是有名的能把麻雀染黑的重工业区，常年烟尘弥漫，整个机场都被笼罩在烟雾尘天之中。老史心里清楚，机翼底下就是这座大都市的城郊，只要发动机还没停车，他就要操纵飞机能飞多远是多远，尽量避开下边的工厂和居民区。他此时不能选择跳伞，只能哄着病重的飞机一步步往机场方向挪。机场就像救命的医院，跑道就是手术床，飞机只有落回了那里，才能转危为安。

祸不单行。就在老史脱离了城区的建筑群望见机场旁边那片辽阔的玉米地时，飞机的液压系统压力开始急剧下降。中央仪表盘上不停闪烁的红色信号灯向老史发出了雪上添霜的警告：液压油就是飞机的大动脉，没有液压油的飞机便无法实施正常操纵。偌大个庞然大物在空中一旦失去操纵，一头栽向地面，也就只需几秒钟的时间。何况，老史的飞行高度越来越低。

在操纵极其困难的情况下，飞机迅速陷入了复杂状态。老史眼睁睁地看着即将在机头前方出现的机场跑道，发出了垂危病人般的最后一声哀叹！他同时决定向塔台指挥员报告，请示跳伞！老史此时比谁都会更加痛心，自己的坐骑保不住了，几秒钟后，地面上将卷起一堆冲天的火光……

对于老史所飞的飞机来讲，高度200米是飞行员跳伞的最低高度。如果低于这个高度跳伞，飞行员则无异于跳楼自杀——因为降落伞还没来得及张开伞翼，人的身体就已经着地了。

老史再一次大声请求跳伞，可他仍然没有听到塔台指挥员同意跳伞的指令。很快，飞机的高度已低于200米，老史永远失去了跳伞的机会。

谁也不知道老史为什么不自行决定跳伞！当人们找到老史的飞机残骸时，却永远也找不回这位性情爽朗、为人诚实的老飞行员了。战友们看到的只是一架飞机的残骸在一个小村庄的旁边继续燃烧。村民们听到爆炸声后，自发地赶来，远远地将烧焦、变形的飞机零部件围拢起来，像把老史保护在他们中间，不让死神将这位挽救了整个村庄人性命的英雄掳走。

我永远欠着老史一顿酒。如果他真的还能过来喝酒，我愿意用最好的茅台请他喝一百顿、一千顿……

Skywalker 肆

已转业到民航飞行了多年、早已成为国际航班机长的大于，托一位飞大连航班的飞行员朋友给我捎来一件小礼物。这位年轻的飞行员朋友是位副驾驶,办事认真,说大于让他把这个小盒子亲自交到我手里。我打开精致的包装盒,见里边端放着一张金光闪闪的镀金佛像。尺寸不大,比香烟盒小些,很薄,好像还没有信用卡厚。我不明就里,遂打电话向大于询问。

大于说他现在刚到上海国际机场,从什么个小国家飞回来的我没听清楚,反正是才下飞机。我说大于啊,你托人捎来的礼物我收到了,你小子什么意思啊?老同学之间还用送礼呀?有啥事要我帮着办吗?大于在电话那头一听,便一贯性地骂骂叽叽地说开了,滚蛋吧你,我还用求你办事?给你送礼?你没看清那是一张佛像吗?我是专门给你挑了一张薄型的,装在飞行服的衣兜里不占地方,是在普陀寺开过光的啊,保平安的,很灵验……我心里虽然很高兴,却故意嘴硬,说,得得得,这么个金属片能保平安,那给飞行员人人发一张揣在怀里不就得了?大于在那头明显生气了,你少啰唆,飞行时一定带上,别忘了!

大于有自己的一套理论。他在部队当飞行员时就常有惊人之语。比如,他说干飞行这个行当,保证安全"一半靠工作,一半靠运气"。为此,他还挨过团政委在军人大会上的严厉批评。政委批得对呀,飞行是门严密的科学,怎么能说是靠运气呢?但在一些飞行员的心里,还是摘除不干净这种"对半分"的错误思想。

大于还说,人一旦走进了飞行这支队伍,就像进入了命运的复杂状态一样,对人生、对爱情乃至对自己的个性都会构成一种长期的考验,甚至可以说要重塑自己。飞行中的许多复杂情况容不得你去细想,也不允许你有半点犹豫,甚至没有机会让你去犯下一个错误。大于自负地说,他常把这些思想灌输给自己带的徒弟和机组人员,对增强他们的安全观念很管用。

我理解并很乐意地接纳了大于的礼物。这是一个老飞行员、老同学赠送给我的一份美好的祝愿,我必须珍视。他是在用这张佛像提醒、劝诫我们这些已过不惑之年的老同学,热爱生活,更要珍爱自己的生命。

伍

整个中午,我写字台上的两部电话争抢着吵吵个不停。

今天,我在指挥所担任指挥员。下属某飞行团的一名飞行员在飞行中遇到了液压下降、应急放起落架的空中险情。飞行员处置果断,塔台指挥员指挥正确,飞机安全着陆。口干舌燥。疲惫。我终于长长地吁了一口气……

朋友在北京天坛给我发来短信,说买到了长安大戏院七点半的京剧票。

我不知今晚在长安大戏院的舞台上,将是哪位名角登台献艺,用他咿咿呀呀纯正的京腔演绎出一段感人的历史故事。但我却能猜想出,今晚,坐在豪华剧场里的朋友一定拥有一份陶醉的表情和心情。这样美妙的夜晚,是属于远方的。也许我们这个行当中的许多人还要走很长很长的路,才能抵达那样温馨的夜色。

我静静地扫了一眼钟表,等待七点半这个时刻的到来。在七点半之前,我必须提醒自己做完两件事:一是在心里默默为远方的朋友送去一份祝福;二是督促有关人员尽快将今天处置空中险情的《情况报告》传真发往上级机关,并通报所属部队。

窗外的夜空是黑色的。我不知道在这样的夜色中,包藏着多少看得见和看不见的星光……

永远的伤痛

北方的初春在人们的印象中仍然是寒风呼啸、雪裹冰封，可1993年的春天似乎醒来得特别早，怎么看也不像是北方春天的模样。人们熟悉的小北风，捉迷藏似的一转身就改变了方向，本来该是从北边山坳里钻出来的，一下子却从辽南的海面上涌向了机场。那一阵阵从海上吹来的光溜溜、湿润润的风团，像要把机场旁那一排排舞动的树梢提前孵化出含羞的鹅黄。

春天匆匆的叩门声让那些在机场周围以耕种为生的农人略微显出了几分措手不及。他们纷纷执犁拖耙走向田间，用一以贯之的勤劳侍弄起视为生命的土地。几百米外，飞机起降时的轰鸣声已不能引起他们的好奇，像草原上专心俯首食草的牛羊不再惊奇于身边骏马的驰骋，最激越的事物与最静谧的事物在这里和谐地相处在了一起。

而不合季节的气候变化总是让人心中有种说不出的惶然。南风使起降的飞机由习惯中的逆风变为了顺风,塔台指挥员不断地用无线电提醒每架下滑着陆的飞机:注意减速、及时放伞、握紧刹车……

像风筝总是迎风放飞一样,飞机也总是在逆风中才好起飞和着陆,这不仅可以使起飞的飞机在跑道上尽快离陆,也使着陆的飞机在减速滑跑时的距离变得更短,尽管机场的跑道通常会有几千米长,但对于快速起降的飞机来讲,也常会遇到捉襟见肘的不富余情况。

"009可以着陆。地面顺风5米/秒~6米/秒,注意下滑调速!"指挥员一边向飞行员下达允许着陆的指令,一边谨慎地提醒飞行员要及早采取措施调整下滑速度,以防止飞机因着陆速度过大而冲出跑道。

009是名新飞行员,23岁,娃娃脸,个不高,说话时脸上总是带着稚气的笑,好像生来就不知什么是忧愁的滋味。我很喜欢他。他是刚从某训练基地分配到这个机场的,我是他的大队长。今天是他在本机场的第一次放单飞,一个小时前我还带着他飞了一个特技练习。我在心里说,这小子的飞行悟性还真不错,有培养前途。

009的飞机下滑曲线很标准,高距比也很适中,看得出下滑速度调整得也不错,如果照这个趋势完成整个着陆动作,应该是一个标准的5分!我站在塔台上目不转睛地望着009的飞机,在这种很不理想的气象条件下,对于初次单飞的一名新飞行员来讲,他这一连串漂亮的操纵动作的确给我这个带飞教官的脸上增添了几分光彩。指挥员回头用赞许的目光望了我一眼,一语双关地说:"真不错!"

飞机的两个主轮张开双臂轻轻地投入了大地的怀抱,轮胎接吻道面的瞬间发出一声"吱"的轻叫,随后甩出了两股淡淡的青烟。我的心里就像小时候伸着舌尖轻舔了一下糖葫芦的糖皮,顿时也掠过了一丝甜甜的幸福感。就在我长舒一口气刚想转身走下塔台的时候,指挥员却一改刚才温和、坚毅的口气,大声惊呼:"放伞!放伞!009放伞!"

009的着陆减速伞没有放出,飞机以300多公里/小时的速度向跑道北头冲去!接着听到009急促的报告声:"伞放不出!油门杆也被卡住了,

大地上升起的朵朵白云
把鹰翅和蓝天擦得更加明亮

摄影■沈玲

收不回来！"

顺风！控制飞机有效减速的伞又放不出！！减小发动机推力的油门杆收不回来！！！这所有的意外情况来得太突然又太集中，使我和指挥员一下子都有点发蒙。塔台上所有人员都伸长了脖子望着失去控制的009……

不知谁喊了一声："抢救车！"指挥员这才猛醒过神来，下达指令：消防车、救护车、抢救车……各种应急救助车辆和人员立即出动。这时，跑道北头已升腾起了一团冲天的尘烟，翻滚的烟浪使人们看不见009的飞机……

以100多公里/小时的速度急驰前往的抢救车队，看起来却像几只蜗牛一样不慌不忙地排着队向跑道北端爬行。我在心里一边愤愤地责骂着这些慢腾腾的家伙，一边奔下塔台，顺手招呼了一辆小车也向出事的现场赶去。车开出几百米后我才反应过来，这是来部队检查工作的上级领导的车子。此时，我已顾不了那么多……

飞机没有着火。我高悬着的心才稍感平和了些。狂奔的飞机冲出跑道后若与障碍物相撞，势必要导致飞机起火，其后果通常是机毁人亡，因为装在飞机里的炮弹、油料、电源此时就会像混乱中的"阶级敌人"一样，趁机出来捣乱破坏，而类似的悲剧在其他部队已经发生过了多次。

但现场还是让我触目惊心！飞机冲出水泥跑道后，在几百米的"保险道"草坪上硬是"犁"出了一条两米来深的大沟。这个庞然大物仍像头蛮劲未尽的野牛，一头窜进了苞米地里。这是块去年的苞米地，地垄上还残留着一排排断剑似的秸秆。

早有几个人顺着机翼爬上了倾斜的飞机，急得团团转的人们却怎么也打不开已经变形了的座舱盖，满脸是血的009闭着眼睛将脑袋歪在了座舱壁上，早已打开救护车门并放出单架的女医生在机翼旁急得直哭。我大吼："用消防斧砸碎座舱玻璃！"一名年轻军官不一会儿连滚带爬地取来了消防斧，他怕砸碎座舱盖后伤着飞行员，就抡圆斧子砸向了前风挡玻璃，因为前风挡玻璃距飞行员身体稍远一些。"咣！"一斧砸下去却被反弹了回来。"笨蛋！前风挡是防弹玻璃，炮弹都穿不透……"另一军官一把抢过了消防斧。

009被拖出座舱抬上了救护车。"等等！等等！还有一位老大爷也受伤了……"两个年轻战士正抱扶着一个满身泥土、痛苦呻吟的老人朝救护车方向边跑边喊。原来，飞机冲进苞米地时，把正在地里干活来不及躲闪的老农给扫倒了，翻起的泥浪将老人的身子几乎全部压进了土里。

昏迷中的009终于微微地睁开了眼睛，他吃力地想对我笑笑，可面部的血迹已让我看不清他的表情变化："大队长，对不起……但飞机总算保住了。"原来，这个平时就很机灵的小伙子在飞机即将冲出跑道时，做了一个绝对英明的动作：打开了发动机应急断油开关！这使得气盛而不可一世的飞机一下子像泄了气的斗牛，只能靠惯性向前冲撞了，否则，在发动机的巨大推力助威下，这头"蛮牛"决不会这么老实地停下来，而再往前不远处就是砖厂取土挖下的壕沟，飞机若一头栽进去，后果不堪设想……

三个月后，009出院归队，但他因颈椎损伤和轻度的脑震荡再也不能飞上蓝天了。一向活泼爱笑的他开始变得沉默寡言，有时独自在足球场边望着天空久久地发呆……我知道他是舍不得离开蓝天，也舍不得相处的战友。在离开机场去其他单位报到的前一天，009含着眼泪央求我："……我想请你领我去看看被撞伤的老大爷……"部队领导为了不让其他飞行员的情绪受到过多影响，规定任何个人不准私自与当地的老乡接触，一切由组织出面处理善后事宜。我犹豫了一下，说："走！"

我们打听到了那位受伤的老大爷家。老大爷姓丛，两个儿子都已成家，他一人独住，老伴已去世多年。部队已为他送去了煤和生活用品，还为他整修了房屋，两间土砖房还算利整。当我们说明来意并向他真诚致歉时，他连连摆手阻止，说感激部队还来不及呢，儿子们不孝，以前也从不管他，自从出事后部队已来过好几拨领导看望他了，还说每月送给生活费。他说种了一辈子地，临到老了却再也不用下地了……我们留下300元钱（当时这是我一个月的工资）表示一下心意，老人说什么也不肯收，连说够用了够用了，倒是闻讯赶来的大儿子抢先替他爹"收"下了。009眼圈一直红着，临别前在老人的屋门口，我用事先准备好的"傻瓜"相机为他们俩合了一个影。老人拉着年轻飞行员的手很满足地笑着，而009却一脸哭相，找不到半点平日里的笑容。

又过了半个来月吧，我骑自行车去给老人送照片，老人还在叨咕，说那个小飞行员心眼真好，硬是让飞机使劲拐了一个弯才没轧上他，不然自己早就没命了。出门的时候我见屋檐下的煤堆没有了，问他煤呢？老人轻叹一声，说是让两个儿媳硬给"分"走了。

前天收拾书柜时，我在日记本中又见到了那张一老一少的合影，也不知道009现在工作怎样了，每年的春天当南风吹来时，他的颈椎是否还会隐隐地疼痛？那位丛大爷日子过得可好？我忽然又担心起他家里会不会又没有煤取暖做饭了……

黄昏中的坠落

Skywalker 壹

老谷把大成跳伞的消息悄悄告诉我时，已是夜里九点半了。当时，老谷并没有在电话里直接说大成跳伞了，他只说了一句你快过来吧，就把电话扣死了。他让我快过来，是指快点回到飞行楼。说话一向温和的老谷今天显得很急躁，还没等我问清是怎么回事就把电话撂了。我当时一愣，预感到一定是飞行中出了什么大事。

吃过晚饭，黄昏里的飞行大楼已安静下来，只有几个与我一样没有夜航飞行任务的"小飞"在大楼的门口聊天。而机场，飞机的轰鸣声已此起彼伏地覆盖了渐浓的夜色——今晚的夜航已准时开飞了。

夜航训练课目渐渐复杂起来。起初，飞行员们只飞夜间单机仪表，后来飞夜间单机特技，而现在已进入到黄昏双机编队特技飞行阶段。飞行员们都知道，黄昏飞行也是夜航飞行的一部分,而且是夜航中最难飞的一个训练课目。它要比天色完全黑下来后真正的夜间飞行复杂得多。何况,在这样的时间段里飞行,双机还要进行编队特技。

老谷与大成是第一批起飞的双机。老谷是长机,大成是僚机。今天是他们首次飞黄昏编队特技。明知山有虎,偏向虎山行。对飞行员进行黄昏编队特技的训练是必须的。因为在未来的战争中,谁也无法"劝阻"敌机不要在黄昏的时候来袭击我们的目标。

我在从家里赶回飞行楼的路上,心里一片慌乱。满脑子在不停地猜想,飞行中究竟能出什么事呢?

Skywalker 贰

黄昏飞行,是指日落至天黑这段时间的飞行,总共半小时左右的时间。飞行员们常说的"抓天气",就包括"抓住"黄昏飞行这半个小时。

当然也有"抓不住"的时候。前两天,飞行教员们先进入了黄昏飞行。进场后,按飞行直接准备的程序,飞行指挥员下达完开飞前指示后,政委要对今天的飞行提几条原则性的要求,无非是思想重视、严密协同、精心准备、保证安全之类的套话。黄昏飞行的第一天,上级首长很重视,还派来了一名机关领导亲临现场指导工作。也许是今年的第一次黄昏飞行太重要了吧,也许政委同志想在上级领导面前展示一下自己的工作责任心,他今天提要求时讲得特别细,连飞行员上飞机后如何针对黄昏特点检查座舱设备都提醒到了。待他言犹未尽地讲完,焦急中一直不停地抬腕看手表的飞行指挥员只好无奈地说:"大家直接按夜间飞行准备吧!"因为,黄昏飞行短暂的半小时已被政委的讲话占去了一大半。

关于黄昏编队飞行的特点,教科书里写得很清楚,六条,每个飞行员都能背熟、记准。但实际飞行中,千变万化的情况远比这六条的条条框框复杂得多。从背熟教科书到成为一名合格飞行员,其间还有很遥远的距离。

老谷与大成的双机迎着缓缓下坠的太阳起飞后，队形一直保持得很稳定。他俩都是老飞行员，飞行指挥员安排他俩第一批起飞，是有着不言自明的用意的。他俩不负众望，双机起飞做得很标准、漂亮。此时，橘黄色的太阳已渐渐坠入了地平线，山脉上还剩下月牙一样的一弯明亮在向大地作别。两架飞机向着夕阳坠落的方向飞去，像是挽留，也像是送别。

双机的高度在渐渐升高。在飞行员的眼里，脚步缓慢的太阳又清晰地被托举在了地平线的上边，只是脸庞更加羞红了。此时，坠落于茫茫雾海中的太阳，像一只橘红色的皮球，被飞行员们用不断升高的翼尖又一次挑了起来。飞机和太阳像一对在黄昏里不忍分别的情侣，迟疑着久久不肯转过身去。

老谷向大成下令："左转！"双机按预定飞行路线由向西飞行转向了东北方向的海域，那里有与海岸线相切的5号空域。

在飞往五号空域的途中，要经过一座美丽的海岛，它就是美名远扬的黄海明珠——广鹿岛。在黄海上空飞行过的飞行员，大都欣赏过这座海岛的倩姿丽影。我每次飞经广鹿岛，都会多看它几眼，甚至飞越过了它的上空，还要恋恋不舍地再回头一两次。老谷与大成的飞机，此时已飞近了广鹿岛的上空。老谷故意将航向往左修正了5度，以使飞机的航迹不压在广鹿岛上。这样，他们便可从飞机座舱的右侧很从容地观赏到广鹿岛的全貌了。

由蔚蓝渐渐变成暗灰的天幕上，老谷与大成驾驶的两架战鹰在夕阳余晖的映照下，像强弓射出的两支闪亮疾驰的利箭，向远方飞去。他们的左翼尖上挑着红彤彤的夕阳，右翼尖下坠着沉甸甸的海岛。天空中这幅颇具象征意味的画面，令地面上的仰望者一定会浮想联翩，甚至感慨不已。这样的飞行，即使不去言谈诸如使命、责任的大词，在他们身后那条看不见的航迹里，也早已注入并凝结了足够的崇高。

老谷稳稳地驾驶着飞机，尽量减少一切多余的动作，以便给僚机的编队创造更多的方便条件。黄昏编队，操纵飞机时是不能像白天那样大刀阔斧地做动作的。在黄昏，即使单机飞行，飞行员操纵飞机也都很谨慎，动作非常柔和。因为飞行员操纵飞机的动作稍一粗猛，注意力分配就容易忙乱，在黄昏飞行中极容易产生严重飞行错觉。何况，现在又是双机编队飞行。

Skywalker 叁

天色渐渐暗了下来，西边的地平线在夕阳余晖的映照下，上红下黑，显得格外明晰。此时，西方天边上那一抹橘红色的晚霞轻轻地附在了黑色的山脉上，像为躺倒睡下的山脉盖了一床红缎面的新被子；而东边大海上，由于光线变得更弱，已是灰蒙蒙一片，比暗绿的军毯还黑。西亮东黑，这样的明暗反差，常常会使飞行员感到飞机在倾斜着飞行，而座舱里的地平仪指示却一切正常。飞行员只有通过观察仪表指示才能确认飞机并没有带坡度飞行。这时，飞行员要靠顽强的毅力，坚信仪表的指示，正确保持飞行状态。

每隔一两分钟，作为长机的老谷就要回头观察一下僚机大成。这既是《飞行条令》对长机职责和责任心的要求，也是老谷多年来编队飞行时养成的经验做法。长机观察僚机时，若间隔时间过短，长机飞行员频繁回头，精力消耗太大，不利于自己操纵飞机和检查座舱设备；间隔时间过长，则又不利于准确掌握僚机在编队中的位置，更不能及时发现偏差，实施正确指挥。老谷每次回头看到僚机的标准队形，都在心里发出暗暗的赞佩。

黄昏飞行中，尽管飞行员们都已非常谨慎，但意外的事情还是在今晚发生了。

当老谷向右回头，再一次观察僚机时，他没有看到僚机，只看见了右机翼下逐渐燃亮的稀疏灯光。他知道，机翼马上就要掠过广鹿岛了。老谷心想，大成这小子的脑瓜一向挺灵活，他一定是由原来的右梯队变换成了左梯队——这样，在向右前方观看时，既便于与长机编队，又可顺便欣赏夜色中美丽的广鹿岛。老谷微微笑了一下，不紧不慢地将头扭转过来，尽力向左后方望去。但是，老谷在左侧同样也没有观察到僚机，顿时心里"咯噔"了一下。

经验丰富、警惕性很高的老谷，迅速地又一次向左后方观察。尽管老谷的头部回转的角度达到了极限，但他仍是只看见了自己飞机的左翼尖上，红色航行灯在黄昏中发出的淡淡光芒，而没有发现僚机航行灯"左红右绿"的影子。老谷不再犹豫，立即按下无线电发射按钮："072，你在什么位置？注意编队！"代号为072的大成并没有回答，无线电耳机里一片沉寂。老谷连续呼叫三遍，僚机仍然杳无音信。

肆

当长机故意向左修正航向，将机头避让开广鹿岛时，聪明、机敏的大成果然迅速操纵飞机由右梯队变换成了左梯队。双机向北方的5号空域飞行，僚机在这样的位置编队，是侧顺阳光观察长机，虽然坠落于地平线之下的太阳光已很微弱，但那些余留在天空中的飞白，仍然可将长机的轮廓依稀映照出来。作为僚机飞行员，不要说还能看见长机的轮廓，即使隐约还能看见长机的黑影，编队时心里也会踏实许多。而真正的夜间编队飞行，双机间是相互看不见对方"影子"的，只能依据航行灯投影在座舱上的角度、明亮程度来观察、判断编队的情况，其难度可想而知。

黄昏编队飞行的突出困难是，僚机既看不太清长机的机体形状，也看不太清航行灯的光束指示。而且，天空西亮东黑，稍有不慎或忙乱，飞行员就可能产生倾斜错觉。在编队飞行中，僚机一旦产生错觉，是极难处置的。

　　大成当然还有自己的另一番打算。他主动变换到左梯队位置，将长机置于自己的右前方，不单是为了便于编队，而是为了好好欣赏一番右前方的海上明珠广鹿岛。他心里的这个小九九，果真被老谷猜中了。黄昏里，广鹿岛在点亮起来的各色灯光的映照下，已渐渐凸显出了美妙的身姿。最拙劣的比喻可能是：今夜，广鹿岛就像是镶嵌在黄海这匹黑绸缎上的一颗璀璨的夜明珠。其实，我曾多次想为广鹿岛的形状寻找一个最恰切的比喻，却终因词不达意而自我否定，只好打消了这个念头。广鹿岛是美的，它让空中鸟瞰它的人笨拙得无以言表。

　　大成取出高度差，将飞机操纵到长机左侧后，正在满怀惬意地观赏广鹿岛的迷人景象，却感到长机的左机翼突然上扬了起来。他的第一反应是长机要向右转弯了。当他压杆蹬舵也使自己的飞机形成坡度，并准备跟随长机一起右转时，猛然发现长机却向自己头顶呼啦一下子"压"了过来。两架飞机间的距离迅速接近，大成头皮一阵发紧，吓了一跳！

　　即使经过严格训练的人，当猝然面临意外的变故时，也常会做出一些失常的反应动作。大成见"压"向自己的长机来势迅猛，稍有迟疑双机就要撞在一起了，不管三七二十一，他条件反射地粗猛向左前方压下了驾驶杆，并狠狠地蹬出了左舵——飞机迅疾地向左下方翻滚过去。

　　大成犯了飞行中的大忌。如此粗猛地操纵飞机，即使不是黄昏飞行，也是极少遇见的情况。

　　这一切错误的行动都是因大成产生了飞行错觉造成的。其实，老谷驾驶的飞机依然平稳地在向5号空域飞行，并没有向右转弯。大成感到长机"压"向自己，是由于编队位置变化后，空中光线的方向变化造成了视觉上的错觉，更主要的原因是，他观察广鹿岛的时间太久，足足有二十几秒钟没有检查飞机状态，飞机已悄悄转弯而不自知，还误以为是长机突然转弯了。当大成操纵飞机转向长机时，双机间产生相对运动，所以，他就感到长机朝自己"压"了过来。这种慌不择路时的本能反应，使飞机在超常操纵下迅速进入了复杂状态。

大成的飞机从高度1200米向黑暗的大海翻滚下坠。慌乱中他试图改平坡度，恢复平飞，但由于判断状态不准，又急于寻找丢失的长机，而无法驾驭这架在惊恐中如野马般狂奔的飞机。正当大成收小发动机油门，减小速度，并欲拉杆制止住飞机疾速下坠时，眼花缭乱中忽然发现发动机转速表也出现了异常摆动。这可是更危险的信号，如果发动机此时也发生了故障，即使飞机退出了复杂状态，也将无法保持正常飞行。在这短暂又漫长的十几秒钟内，大成已无法顾及，也没有多余精力对发动机的工作状态做出进一步的判断了。他只感到飞机像一只断翅的白色蛾子，仍拼命地往大海的黑火焰里扑去。大成握驾驶杆的右手被急得微微发抖，面对险境而又无计可施。他甚至已判断不清飞机到底坠入了一种怎样复杂的状态，只感到随着高度降低，大海变得更加阴森而漆黑了。

跳伞！高度再低可能就来不及了……大成的脑海里迅速闪过了这个念头。当他以最快的速度扫了一眼高度表时，高度表的指针正从600米的刻度上一路小跑地继续往下掉。大成猛地打了一个冷战——高度太低，真要来不及了！他毫不犹豫地抬起双手用力向下拉动了弹射跳伞布帘把手，0.3秒钟后，安装在座椅后下方的专用火箭弹"砰"的一声将大成连同座椅、降落伞一起"打"向了茫茫的夜空。

伍

伞开了，大成的双眼里只有一片黑暗。强大的气流把降落伞吹转了一个角度，使他终于望见了一片灯光，那一定是广鹿岛！大成看到灯光在迅速地抬高，而且速度越来越快，便知道，自己快该接地或是接水了。

大成对几秒钟后的命运无法判断，更无法把握。所幸的是，他的降落伞在离机后打开得很及时，伞衣张开得也很正常。

大成多想操纵降落伞跳到岛上啊，但已不太可能。他只能在最后时刻操纵降落伞，尽可能离岛近一些着陆。地面或海面上的一切大成并不能目视判断，在接近地面的低高度，天色已经彻底黑了。

在当时的救生条件下，夜间海上跳伞，飞行员生还的可能性几乎为零。尤其现在又是寒潮袭过的深秋，如果跳进较深的海域里，人身体里的那一点点微不足道的热量是根本无法抵抗海水的寒冷包围的。在自我生存能力方面，人类永远无法与冬天里游在冰层下的鱼相比。

当大成企图操纵降落伞转向灯光方向时，一股强大的冲击力猛然从他的左脚传向了全身。剧烈的疼痛使大成的腿部无法支撑倒下的身体……大成跳在了悬崖下一片礁石之中。他最先挫在礁石上的左腿已不能动弹，几次想挣扎着爬起来，都没有成功。大成从决定跳伞到身体着陆，时间还不到一分钟。

大成没有看到飞机触地爆炸后的冲天火光，也许，是大海包容了飞机爆炸时迸发出的四射的烈焰。

大成的运气还算不错。他毕竟没有跳进冰冷的海水里。但从漆黑的礁石丛中传来的高一声低一声的怒涛，使大成有点心惊胆战。他可是从来没听见过这么激烈、悲壮的涛声啊！

大成下意识地摸摸自己的脸，有黏糊糊的东西，可能是血。但他在脑海里瞬间竟闪过了一种庆幸与狂喜的念头：我跳伞成功了！我还活着！

巨大的孤独与恐惧感迅速将大成包围了。强烈的求生欲望使他已顾不得巨大的疼痛。大成快速地拉开飞行服的拉链，从内兜里摸出了手机……他为自己违反飞行中的规定、私自携带手机这种"外来物"的行为感到无比窃喜和庆幸。而此前，兄弟部队已有飞行员因不慎将手机掉进座舱里遭到了上级的通报批评。

在没有渔船、没有灯火、没有人烟、没有其他通讯工具的礁石丛中，手机就是大成唯一的救命工具。他握着没有被摔坏也没有进水的手机，就像一下子握紧了爱人温暖而柔软的手臂……

陆

飞行员的爱人，在部队被统称为"空勤家属"。飞行事故使空勤家属们养成了一个习惯，或者说，是所听到的一次次悲壮、悲痛的故事使她们形成了一种特有的警惕，只要天气正常，若稍长一段时间听不到机场传来的飞机起降的轰鸣声，就会有人沉不住气了。她会想方设法绕着圈子与老公通个电话，以证明他现在是平安的，心才能放下。

而每次飞行中一旦出了事故，恰恰是要对空勤家属进行一定时间的"消息封锁"的。此时，部队上上下下都在争分夺秒地展开对失事飞机和飞行员的搜寻、救援，如果一个女人发疯般地跑到机场，并痛不欲生地哭喊起来，那只能是乱中添乱、火上浇油。"事故让女人滚开！"团长说过的这话一点没错。

大成的家属不久就知道了自己老公跳伞的消息，她甚至比机场指挥塔台上的许多人得到的消息还早。她亲手为大成挑选的金立手机终于极不情愿地被派上了用场。为买这款高容量电池的手机，大成还笑骂过她是"乌鸦嘴"。她不嗔怪，也不争辩，只丢了句"你见过这么爱你的乌鸦吗？"，就让服务员开票买下了。大成通过总机接转向塔台报告情况后，也向家属报了几句"平安"。大成以压过涛声的高喊，告诉她少啰唆，就挂了。大成的家属高悬的心悬得更高了。虽然她听到了大成的声音，知道他还活着，但其他情况一概不知，巨大的担心与无尽的猜测使她的泪水滂沱不止。

她知道，自己是不能连夜和部队人员一起去寻找危难中的丈夫的，那样，不仅会添乱，还会让领导知道大成犯下的另一条严重错误——向家属提前泄漏事故的消息。

一个止不住泪水的女人，和一个不谙世事已昏昏欲睡的小儿子，紧搂在一起等待天亮。夜，真长啊……

柒

在上级工作组宣布事故结论之前,与调查事故无关的人员,谁也不准去医院看望大成,也不能通电话。飞行员们都能理解这条不成文规定的潜在内涵,尤其是经历过一些事故处理的老飞行员,更是深谙其中的奥秘,彼此心照不宣。

大成经过几天的再三回忆,终于与事故调查组和部队领导达成了一致性意见,事故直接原因是"发动机仪表摆动"。仪表摆动属于飞机的机械问题,非人为因素。大家终于长长地舒了一口气。

大难不死,必有后福。大成出院回到飞行大队,我和老谷为他摆了一桌压惊酒,以祝愿他的"后福"从今往后大大地光临。在家属院,我们是近邻,平时关系又比较亲密。那天晚上,大家喝了很多的酒。即使醉意蒙眬,大成依然不多说一句关于对这起事故结论的看法。大成说,过去的事情就让它过去吧!他不说,谁也不会再去多问。此时此刻,没有什么能让大家对珍惜生命更加感慨的了。于是,大家就彼此轮番敬酒,说了一大堆充满酒气但又绝对真诚的祝福话。

大成今晚的心情显然是复杂的。在酒精的作用下,他的身体仿佛又一次进入了复杂状态,而且,这次复杂的程度似乎比空中的还要严重。

捌

疗养一个月后,大成的左腿已恢复正常。政委与他单独谈过话后,大成即主动向团里提出恢复飞行的申请。这是一个令所有飞行员都很吃惊的高姿态决定。但也有老飞行员私下劝阻大成,你应该好好再准备几天,这么急忙恢复飞行,太不稳妥,"做"给谁看呀?

正如大家猜测的那样,大成只象征性地在教练机上飞了一次后,便没再参加飞行。之后，领导对大成说，上级对你主动要求恢复飞行的举动非常赞赏，感谢你为大家做出了好榜样。

就在大成出事故的当年年底，领导决定让他转业到地方工作。当一只高飞的雄鹰终于完成了最后一次降落，心才能踏实下来。可大成的心似乎仍被什么牵扯着、高悬着，也许，只有在梦里才会缓缓向下坠落。我发现，大成每天黄昏中下班回来的疲惫身影，在小区暗淡灯光的映照下，很像一片随风飘动的叶子，还没有最终找到自己的家。不到半年，他的头发比以前已明显花白了许多。

偏航

终于盼到飞航行课目了。飞完航行，我们这个期班的飞行员就将由"初教团"转入"高教团"训练——由飞行螺旋桨的"大刀片"飞机改为尾部"冒烟"的喷气式飞机了。

我曾多次从老飞行员的言谈中，感受过飞航行课目时的惬意与神秘。他们像讲述一个个传奇故事一样，把我的耳朵诱惑得直痒痒。

飞行大楼宽敞但不明亮的教室里，大队长正手执教鞭在幻灯机投射出的彩色航线上讲解着飞航行时的注意事项和安全规定。教室的两面墙上由黑红两种布料合成的防空窗帘被拉得严严实实，仿佛怕外边的人窃走什么军事秘密似的，连一缕探头探脑的光线都不准挤进来。

航行课目不像刚刚结束的特技课目，它是对飞行员进行的一种离开机场的"家门"飞向外边世界的领航能力的训练。而特技就是在家门口的空域里练杂技、翻跟头,待人和飞机都折腾累了,按时间返航,回家里喝口水、歇歇脚——落回本机场对飞机进行加油、充氧、各种检测,然后,再次冲上蓝天的舞台,又是一场比训练有素的猴子还灵动十倍的上下翻飞、左滚右旋的尽兴表演。航行则正好相反。航行不需要也不允许像李逵那样大刀阔斧地一顿狂砍,而是要像黛玉绣花一样细密、严谨,屏气凝神,一丝不苟。大队长用教鞭用力地敲着钢化玻璃的黑板,"响当当"地进行着最后的总结:"航行是个细活儿,大家要认清特点,好好准备,不能像打铁似的粗粗拉拉,一定要飞好这个看起来简单而实际上很不简单的课目,谁也不准掉链子!"

教室的窗帘"哗"地拉开了,窗外阳光明媚,碧空如洗,而我们这些新飞行员则一个个兴奋得像怀里揣只小兔子,连走出教室时的脚步都变得蹦蹦跳跳起来,你看看我,我看看你,好像刚刚完成了一桩天大的"密谋",笑容里也透有几分藏不住的诡谲。

三天时间的地面准备。

剪贴地图,画航线,标注航行诸元,记数据,填卡片,画草图,默画重要地标,演练特殊情况,背记安全规定……这些必须做的准备工作一一做完,时间才过了两天半。下午的这半天时间大队长一点也不让我们放松,他命令各飞行中队组织飞行员们进行复习和安全预想。可半天的一半时间还没过完,我们这些聪明透顶的机灵鬼们已像小和尚念经似的把上百个数据、数十条规定滚瓜烂熟地各自背了一遍,中队长以"老飞行员"的口吻很夸张地赞扬我们:"你们这些年轻人就是脑瓜子好使,一个个跟肩膀头上扛了台电脑似的……明天是个好天气,好好准备吧,祝你们飞行顺利!"你瞧瞧,听他这口气哪像28岁,倒像是82岁。装老卖老。

看见中队长今天脸上终于露出了久违的笑容,那个全中队反应最灵敏、说话快嘴快舌、大家当面叫他小孙而私下叫他"猴子"的飞行员就忍不住问:"师傅哎,是女朋友来信了吧?瞧你脸上的天气多么晴朗啊！能见度比窗外强多了，大于幺洞（10），不，简直是大于幺洞洞（100）耶！"中队长抬手以揍小孙的架势用力摸了摸这"猴子"的头，一边说："严肃点，下边的时间安全预想。"一边犹豫了一下，"好吧，讲个我自己的故事，不准外传啊，否则，口头处分！"

大家都知道中队长平时不吸烟，但他手里的白粉笔现在分明已变成了抽烟时烟卷的姿态。我想，如果他是个烟鬼，这时有谁不失时机地递上一支香烟，再殷勤地帮其燃着，在青烟袅袅升腾的氛围里，他讲述故事时的神态一定会更加动情。我还是第一次看见朝夕相处的中队长竟有如此丰富又这么投入深情的面部表情。我知道，这是他涌自心底深处的清洌泉水，终于寻找到了渴望被浸润的土地。

中队长简明扼要，其实是偷工减料地讲述了他与女朋友交往的故事梗概。他说，女朋友很爱他，但承受不了飞行的风险给她带来的巨大精神压力，几经反复，最后还是提出与他分手了。当他突然收到女友为他们的恋爱关系"画句号"的那封信时，正值他们那个期班的飞行员进行夜间航行课目训练。他意味深长地说："你们年龄小，还不懂，爱情其实是个好东西，但弄不好就会变成恶魔，吞噬掉你的生命！"我们一边瞪大眼睛听着从他嘴里说出的这句"骇人听闻"的话，一边在脑子里打出一串问号，心想，你不就是比我们早谈了几天恋爱嘛，用这"恶魔"的比喻也忒夸张了吧！

他叹口气，接着说："我越是告诫自己飞行时不要去想这件闹心事，真他妈的邪门了，这件事就像刺猬滚进了棉絮里，怎么也摘不干净它。最后一次夜间航行，上飞机前，我还在心里提醒自己，编筐编篓全在收口，这最后一次，一定要飞好！等不飞行时，再心平气和地好好与她'理论理论'！可偏偏在第三转弯点改平飞机后，我的注意力鬼使神差地集中不起来了。我扫视一眼磁罗盘，心不在焉地例行公事检查了一遍应飞航向，航向刻度盘上的小飞机垂直向上指着，我还以为正好指示90度呢。往前飞了整整六分钟吧，地面雷达发现我严重偏航，报告了塔台，指挥员就连续下令让我检查航向，这时，我才发现飞机实际飞的航向竟然是110度！我当时惊得打了一个冷战，怎么会是这样子呢？！指挥员后来不停地按雷达标图指挥引导，我才终于把飞机平安地飞了回来。当时，幸亏离机场近，雷达发现还算及时……真玄啊！落地后我的背心都湿透了……"

"猴子"也张着嘴巴合不拢，这下和我们一样，哑巴了。但毕竟还是他嘴快，没等中队长气喘匀，又率先追问："那后来呢？"中队长瞪他一眼："什么后来？哪儿还有后来！"原来，那次偏航使当时还是飞行员的中队长受到了全团通报批评，与女朋友之间的"句号"也由他下定决心彻底画封了口。

正像中队长预言的那样，今天是个少有的好天气。在进机场的路上，面对秋高气爽的蓝天和远山，我想起了一位老飞行员讲过的一个因相互"吹牛"而挨批的笑话。一个说，今天的能见度真好，都能看到100公里以外的山头上站着一个人了。另一个紧接话茬也不示弱，山头上的那个人哪儿是站着，分明是蹲着在看我们机场上的飞机呢！前者不服，说不是看飞机，是在看一张报纸。后者更不让步，对啊，我可看清了，是一张昨天的套红《人民日报》……结果，那位"吹牛"说看清套红《人民日报》的飞行员，因精力分配不当，观察不周，在飞机返航着陆时，操纵飞机动作不规范，险些造成偏出跑道的事故征候！他俩在飞行现场"吹牛"的事后来也让大队长知道了，真是火上浇油，"两罪"并罚，大队长召集全体人员开会，把这两头小"牛"犊子在全大队飞行员面前狠狠宰了一刀——勒令他们对飞行现场注意力不集中、飞行中发生危及安全的严重问题做出书面检查，并贴墙警示，直至该期班训练结束才能揭掉。

我按照飞行计划显示板上的时间，提前20分钟就穿好了救生背心，在飞行夹板上工整地抄好了第二条航线的飞行数据，并检查好航行时必须携带的伞刀、手枪、图囊、氧气面罩等各项飞行装具，整装待发。由

我用炮弹**播种**正义
责任田里便绽放出**胜利**的花朵

摄影■郭天海

于今天专机过往太多，上级命令我们避开专机航线，临时调配计划，改飞第二条航线（这条航线转弯点的名字都很有意思：沟帮子、二介沟、双羊镇……）然后，飞回本机场。出航点是颇有点"诗情"的白云山，返航点则是很有些"画意"的紫荆山。航线上的名字有点土得掉渣，而诗情画意的两座山的名字又文绉绉得让人的审美一下子转不过弯来。

由于航线上各转弯点的地标相对较小，我在地面预先准备时，特意在大比例尺地图上观察了它们各自与周围地标、地貌的位置关系和辨认特征，以防一朵飘移的云（就足以）把它们遮住的时候，不至于迷失了回家的路。但毕竟这是我第一次"出远门"啊，整条航线要飞行几百公里呢，心里多少因高度重视而诱发出了一些紧张的气氛来。大队政委在开飞动员时鼓励说："大家要满怀信心，胸有成竹，完成好今天的飞行任务……"也不知谁小声嘀咕着把政委的话"翻译"成：把心揣在怀里，再插上一根竹筷子，就能完成好今天的飞行任务了……我忍了忍还是把想笑的表情给憋了回去。

一切顺利。"072到达第二转弯点！"我声音洪亮地报告。

第二转弯点是二介沟（有的地图上标成二界沟）。在飞机上，我看不到任何一条想象中的"沟"形的地貌，只看到在陆地与茫茫碧海相接壤的凸出处，有一小堆像小孩玩剪纸丢下的碎片片，这些不规则的碎纸片摊放在那里，好像一阵海风就能把二介沟吹跑。我透过座舱玻璃向左侧下方看去，大海像一匹巨大的蓝绸子铺展开来，风吹浪涌，波光粼粼。而右侧青黄相间的陆地上，仿佛向我的机翼后边滚动着一枚巨大的绿色鸭蛋。我知道，这是一个椭圆形的大水库，因在大洼县境内，飞行员们就叫它"大洼水库"。这枚绿鸭蛋是个绝好的检查航迹的地标，它独一无二的个性特征让人无法与别的水库混淆，即使冬天里绿色乘着翅膀飞向了南方，"鸭蛋"以冰一样的素色依然会在原地坚守。它甚至像一块卵石，心有定力地躺在岁月的河床上，决不会跟风四处游荡或跟水随波逐流。

一路美景。盘山县和双台子河口隐约就在前方。我用事先选定好的检查点来判断飞机的航迹，并及时修正未飞的航向。如果，地面雷达测报得没有太大偏差的话，我的飞机此刻一定会像一枚银色的纽扣，正好沿着预定航迹这条标在地图上的蓝"线"向前徐徐滑动着。即便是再缺乏想象力的人，此时也完全能够想得出，担任塔台指挥员的大队长看到如此标准的航迹后脸上会呈现出怎样欣慰的表情。

更美的景色还在前边。我下意识地往前推了推油门杆，试图增大些发动机的功率。虽然发动机的转速并没有大幅度地增加，但我分明感到自己身上增添了一股兴奋的劲头，心和飞机一起"加速"向前飞去。也许是想尽快看到辽河口的风光吧，我感到此刻世界上扇得最慢的翅膀要属飞机了——而且是我正在驾驶的这架飞机。

我说的"辽河口"，地图上的名字应叫双台子河口，但飞行员们私下已约定俗成——其实是想当然地给这段美丽的河口另起了个"名副其实"的航空名字。想想也是，辽河入海处就该叫"辽河口"嘛。

在座舱前风挡玻璃的下缘，渐渐显出一抹绛红色，这条时隐时现的红色绸缎，沿着海岸飘动，仿佛一把巨大的火炬要把大海点燃。若细致辨别，这片带状的红色又像是围在辽河口脖颈上的一条保暖的围脖，使辽河口两岸的秋天顿增几分红红火火的生机。我听人说过，这是经海水浸泡而变红的一种碱蓬草的颜色。每逢秋天，上千亩的海滩就被碱蓬草燃成一片绵延百里的红色海洋。此时，我飞机的投影正好在这片红海上掠过，像是接受一次最庄严的检阅。座舱右侧则是一片白皑皑的平原，一望无际的芦花与海上的浪花隔"火"相望，高一声低一声地仿佛在遥相呼应着什么。蓝、红、白这三种个性独具的颜色，像三支不同着装的部队聚集在了同一地域，它们不规则地向我的机翼后方蔓延而行，这种异常和谐的"大兵团作战"场面，为这片神奇的土地增添了独特的美丽和威仪！

辽河口越来越宽，它已大大地宽出了我的预想。我在地图上用红笔标注的航迹检查点盘山县不见了。我扫视座舱仪表，仔细检查飞机航向，再对照领航夹板上的飞行数据，完全一致——飞机正沿271度的预计航向飞行。但我还是不放心地重新把各种航行参数检查、校对了一遍，没有发现问题。奇怪了，按照预达时刻，这座不算太大，但也绝不能算太小的县城怎么就捉迷藏似的从地面上"消失"了呢？我把陶醉的目光从那片美景中警惕地收了回来，按照地面三天准备时背熟的寻找、辨认地标的方法——先线状后点状，先概略后细小，先远距后近距——一遍遍在机翼下搜索。终于，我惊喜地在座舱右侧很远的地方模模糊糊看到了一座城镇。辽河蜿蜒的绿飘带引领着我的目光顺藤摸瓜地往前寻找，从城镇与辽河的相对位置来判断，这个比预计航迹至少偏离了5公里的地标，应该就是我要寻找的盘山县了。越来越宽阔的辽河口使我恍然大悟，飞机的航迹并没有正确飞越辽河较细的那段腰身，而是由于偏航，渐渐飞向了辽河通向大海的喇叭口。

我在心里不停地嘀咕，飞机是怎么偏航的呢？莫非是在我观赏美景时没注意保持好飞行状态，飞机趁我溜号、贪玩的时候也朝美丽的方向调皮地转了一个弯，而导致了偏离预定航线？

"072，位置？"我隐约听到有人在无线电里急促地询问我。这肯定不是本机场塔台指挥员的声音，一是因为我太熟悉今天担任指挥员的大队长的河南腔调了，二是我驾驶的飞机与机场的距离早已超出了机载电台与地面塔台联络的有效工作距离。可以说，现在我才真正是"将在外军令有所不受"的自由状态。但是，此刻又是谁在询问我呢，而且恰好在我偏航的时候？我一边压杆蹬舵操纵飞机右转，一边用左拇指按下无线电发射按钮："072回答：位置辽河口！"接着，这个声音又似带愠怒地说："什么辽河口？072，注意检查你的航迹！"我一听，坏了，谁能够在这段航线上如此明察秋毫地掌握我的行踪呢？我来不及多想，但也还是想了想，平静地回答："072明白！正在修正。"

我心中掠过一丝庆幸的感觉。毕竟我偏航"不多"，且"及早"发现，没造成更严重的后果。否则，就会重蹈那两位在飞行现场"吹牛"的飞行员的覆辙，挨批评不说，还要在大会上做检查，在大家面前灰头土脸地丢人现眼啊！

心中的疑团不仅没有解开，反而加重了。我好像变成了在如来佛手掌中翻跟头的孙悟空，一举一动都躲不过他的眼睛，也逃不出他的手心。

飞机顺利返航。回到飞行楼后，我心里还是为自己的这次侥幸而惊诧、后怕。假如我发现偏航再晚一些，假如这一段航线的天气不像今天这样好，假如没有那个神秘声音的及时提醒……也许我会惹下大祸，危及飞行安全。

航行训练结束的喜悦很快淹没了偏航带来的沮丧，何况，这是在本机场训练的最后一个课目，明天，也许是后天，我们就要转移到几百公里外的新机场，进入"高教团"阶段的训练了。

晚上会餐的时候，中队长过来敬酒，大家兴奋得嗓门一下子抬高了好几"米"，好像飞机着陆时"拉飘"了一样，喜悦的音符怎么也降落不到地面上。中队长与我碰杯时，欲言又止的神情一闪而过，然后高兴地说："072，祝贺你！"并用左手有力地握了握我的左手，而右手端着的酒杯亲切地向我倾斜了一下。我心里一阵热热的，想说的话挤到了嗓子眼又犹豫地咽了回去。中队长仿佛看出了我的心理活动，摁了摁我的肩膀，示意我坐下，说了句"以后飞行的路还长着呢"，然后又挨个向其他飞行员敬酒去了。

锣鼓喧天的欢送仪式上，我们一一向为培养我们而付出辛勤劳动的"师傅"敬礼并握手道别。我在与中队长握手时，偷偷塞给他一个纸团，然后就匆匆登上了大巴车。那个纸团上面，写着我偏航的经过和教训，并向他做检讨。中队长仿佛看透了我的心事，只是笑笑，什么也没说。

2007年"五一"节前夕，我终于与分别二十七年的中队长取得了联系。其实，也不是刻意地去寻找他，而是他退休后几经搬家，最后正好搬到了我家的邻院。一次在路上偶然相遇，他居然还能认出我，仍高声地喊我072，看来，我的这个飞行代号已深深地印在了他的脑海里，连同我们朝夕相处的那段青春岁月。

过节期间，我领女儿去看望老中队长。他家住的是将军楼，确切地说，是他岳父家住将军楼。我们当年分别后，听说他娶了个将军的女儿。将军也是个老飞行员，他们一家子都热爱蓝天，他为自己的女儿取名叫天天。将军楼就是与众不同，跃层，宽敞，装饰华贵。进门落座后，没等那几句久别重逢的寒暄话声音落地，老中队长就从书柜里找出一只发黄了的旧飞行图囊，从中取出一个同样发黄了的旧信封，递给我，仍然像他二十七年前那样子微笑着说："留给你的礼物！"我疑惑地打开一看，这张褶巴巴、右下角还被撕掉一大块的红格信纸，正是我当年塞给他的那个纸团———份在我心中永远难忘的检讨书。

老中队长告诉我，为防止新飞行员偏航、迷航，接受以往航行课目训练时的教训，大队长"私下"做出了一个别出心裁的大胆决定：在每一边航线的关键地段上空，派出一架负责监控、"架桥"的飞机。这三名"空中警察"的角色自然由三名中队长来担任，他们各负责把守一边航线。而在辽河口上空盘旋的那架飞机，是另外一个中队的中队长驾驶的，自然，我的偏航一直被这位中队长看在眼里。而在我写检讨书之前，我的中队长早已详细了解到了我偏航的情况。

他还说，每逢新飞行员训练航行课目时，他都把我的检讨书拿出来给大家看，并用我的事例和他自己偏航的教训警示大家。只是，他特意撕下了我的名字和日期。他常对弟子们说："飞行员重要的优良品质是诚实，不然，国家把那么贵重的飞机交给你，谁放心？"

我把自己二十七年前偏航的故事讲给女儿听，她现在的年龄正是我当年偏航时的年龄。我还答应女儿，一定带她去看看辽河口那片永远在我记忆里燃烧着的海……

鸟撞

Skywalker 壹

鸟是人类的朋友，也是人类的老师。当鸟与人类栖息在同一片绿荫下的时候，鸟翅曾轻轻牵动了人类飞翔的目光，让人类的想象比翅膀飞得更高、更远。谁都承认，是鸟教会了人类飞翔。鸟用它们扑扇着的翅膀启发了人类的想象，最终使人类借助于身体之外的翅膀，实现了飞翔之梦。在人们的想象中，能和鸟相处在一起是浪漫的。鸟语与花香并论，足见人们对鸟的钟爱。由此，人们也对人类中的插翅者充满敬意，这许是飞行员的职业备受人们青睐、敬慕的主要原因之一。

人类中的插翅者与鸟群在蓝天上齐飞，使钢铁的翅膀与轻柔的羽毛和谐共舞，这当然是很惬意的画面。可是，在特定的场合下，鸟，却变成了人类的敌人。或者，反过来说，人类成了鸟类的杀戮者。

哪怕是一只不太大的鸟，在飞机起飞时与之相撞，尤其是鸟撞进了发动机的关键部位，就足以致飞行者于死地。我的数名飞行战友皆因被鸟撞而机毁人亡。如果不是面对这样的可怕事实，谁若说鸟能致人或飞机于死地，恐怕包括我在内的飞行者和更多的人是难以置信的。但是，鸟与飞机相撞的事件屡屡发生，其结果又总是让人心惊胆战、惨不忍睹。鸟与飞机相撞的瞬间，并不像人们幻想的那样，是同在一片蓝天下的两个飞翔者亲密友好地拥抱了一下，而是轰然间将彼此的飞翔之梦迅即毁灭。

法国著名大导演雅克·贝汉拍摄的电影《迁徙的鸟》是一部让人看后心情久久不能平静的大片，我已看过多遍。在他拍的100多部电影中，《迁徙的鸟》是我最喜欢的一部。这无疑是因了这部影片自始至终都描绘着与飞翔有关的故事。我甚至相信，每一个飞翔者都会喜欢看这部影片，哪怕他仅仅是为保证自身飞行安全才去了解鸟类的飞翔习性。我个人认为，这不仅是一部关于飞翔艺术和技巧的"教科书"，还是一部关于插翅的族类与其生命追求的励志"教材"。雅克·贝汉说："飞翔对鸟来说不是人们想象的什么乐趣，而是为了生存而拼搏。它们要穿越云层，迎着暴风雨，许多困难不是我们能够想象的。"人类的插翅飞翔又何尝不是如此呢？飞翔中各种各样的风险与高处不胜寒的孤寂时刻坠挂在每一副翼尖之上，只要展翅，就必须承载这样的负重。这种看不见的沉重，才是最沉、最重的。

在为生存而展翅的拼搏中，鸟与人类不可避免地在同一片天空下相遇了。

Skywalker 贰

作为一名飞行员，能被选进试飞大队，而且是进入空军某厂这样的飞机研制机构，那是件很荣耀的事。像喜欢开汽车的驾驶员，从开"夏利"变成了开"宝马",虽然还都是双手握方向盘,但心里的感受已是不一样的了。我的这位关系很要好的老同学就在某厂试飞大队当试飞员,几年后,他还当上了大队长。每次去省城开会,我们一帮朋友就会相互串通,扎堆聚在一起,吆五喝六地喝一场大酒。酒桌上,当试飞员的老同学美美地讲完工厂里试飞员的待遇如何高后,接着就会讲一些他试飞中遇到的险情。不用猜,他每每都是处置果断、转危为安。虽然那些离奇的经历博得大家唏嘘不止,并一次次举杯祝贺他"大难不死,必有后福",但那些故事背后的"潜台词"我们也听得明白:他飞行技术超群,命大,牛。后来,每逢再聚会,一帮人都戏称这位同学"大牛"。大牛听了也并不介意,有点欣然接受的意思,酒过三杯,就又继续开始"牛"他的试飞经历了。

其实,嘻嘻哈哈过后,大家心里还是很感激大牛的。大家都是搞飞行的,既然命运让我们选择飞行作为自己的职业,也可说得再神圣一点,把飞行当作我们一生的事业,那么,将青春和汗水洒向蓝天白云间便是一种自觉的行为。离地三尺,非同小可。谁也不敢保证在几十年的飞行生涯中,不会遇到"过不去的沟沟坎坎"。老同学不厌其烦地讲述他在空中试飞时遇到的各种险情,介绍自己正确处置的方法、经验,其用意是要大家以后飞行中"多长个心眼"和"少走弯路"啊。因为,飞行员的一生中,只能发生一次严重的失误,而且很可能再也没有机会依靠自己去纠正,其血的教训,只能由后来者吸取。

背投式的电视机里飞过了一群鸟的身影。我对这样的画面太熟悉了,这一定是电影《迁徙的鸟》中的镜头。酒桌上的吵吵嚷嚷淹没了电影中的解说词,我只能看清画面在流动。

一群洁白的翅膀有序排开,形成一个"人"字。它们的翼影紧贴着河面掠过,翼尖在浪花丛中犁开一道看不见的航迹,把翅膀的渴望引领向远方。低翔的鸟群映衬在碧水之上,像一匹绿色的绸缎上滑过几朵洁白的碎云,使起伏的画面显得更加动人。河中有一两只船扬帆驶过,鸟儿在穿过帆影之后，继续向前奋飞……

职业中的忧患意识像顽疾一样潜伏在我的体内，即使在喝了不少酒之后依然会顽固地储存心中。我居然鬼使神差地把帆影幻想成了飞机的翼影，当鸟儿穿过的瞬间，神经末梢被刺激得激灵了一下——它们撞在一起可咋办？这样的担心明知是多余的，但又禁不住这个念头常常在脑际一闪而过。

我借着酒力感慨："鸟群在空中长途飞翔时，为什么都要编队成一个'人'字？除了在空气流动中彼此的翼尖相互借力之外，是否还有着对人类表达敬畏与敬意的意思？"大牛酒气冲天地说了句粗话，一下子"噎"断了我神经兮兮的联想："滚你个蛋吧！就算中国的鸟认识'人'字，外国的鸟难道也认识？是你给鸟上的外语课呀？"但大牛讲的前不久发生的一起鸟撞事故，把大家的酒劲至少惊退了一半……

Skywalker 叁

4月的北方，春天踩着姗姗的脚步终于来到了机场。那些从冬天里回心转意的小草们，像参加一个隆重的集会一样，从跑道两侧的开阔地里穿着鲜亮的绿衣裳聚拢到了机场旁。尤其是今天，雨后的清晨，整个机场仿佛都涌动着看不见的春潮，似乎让所有的翅膀都按捺不住心里的渴望，痒痒地想振翅高飞。

4月12日。空军驻某厂试飞大队歼×型飞机组织昼间训练飞行。根据气象预报，今日南风，指挥员决定向南起飞。

这是一个难得的好天气。雨过天晴，飞行员们进场的时候，机场联络道上的水泥板里还偶尔残留着一两汪未被扫净的积水，云朵就停泊在这些水汪里，一动不动，像洁白的鸟儿对着清晨的镜子仔细欣赏心爱的羽毛。这时，有几只不知名的鸟从跑道上空箭一样穿过，它们也许是看到停机坪上列阵的战鹰了，心里便明白，一架架飞机即将轰鸣起飞。它们这些柔软的翅膀必须把机场这方天空奉让给钢铁的翅膀。

第三架起飞的是一名中队长,代号078。078的飞机缓缓滑行,进入跑道后,并没有立即向塔台指挥员请示起飞,而是锁住前轮刹车,将油门推到"最前"位置。飞机顿时怒吼起来。此时,银灰色的歼×飞机像一头被激怒后咆哮的野牛,憋足了浑身的蛮劲要往前冲。几秒钟后,塔台指挥员下达口令:"起飞!"078回答:"明白!"随即飞机便"嚯"的一下就蹿了出去。

滑跑。加速。抬前轮。离陆。起飞动作一切正常,且非常漂亮!

正当指挥员用红铅笔在飞行计划纸上为078的起飞轻轻画上表示该飞机已升空的"P"时,"嘭"的一声巨响从078起飞的方向传了过来。塔台指挥员和其他工作人员几乎同时将头转向了飞机的起飞方向。此时,078的飞机刚刚离陆。飞机离开跑道的高度看上去还不到一个机身的长度,大约在6~7米,这架正在上升中的飞机尾部喷射出了一条长长的火龙。

飞机失火?太危险!指挥员来不及多想,当即按照飞机低高度失火的处置原则,果断下达命令:"078跳伞!跳伞!"就在指挥员声嘶力竭地连续对着话筒高喊078跳伞的时候,飞机突然下坠,机翼带着右坡度向前栽了下去……可人们没有看到期望中的那一朵伞花在空中倏然绽放。塔台上的指挥员和其他人员的面部表情突然凝固了一样,一片茫然。大家伸着脖子目不转睛地张望着一头栽下去的飞机。旋即,人们便看到了飞机在跑道延长线方向掀起的几丈高的泥浪。这一情景使大家高悬着的心变得更加惊惶,一个个目瞪口呆,张大了嘴却忘记了合拢。

飞机栽下去之后,发动机已经处于停车状态,但在强大的惯性力作用下,继续像一头脱缰的公牛向前横冲直撞。非常不幸的是,飞机在下坠过程中,刚好蹭着拦阻网钢索的上缘,飞越过了设置在距离跑道南头220米处的拦阻网。拦阻网是专门用来阻拦冲出跑道的飞机的,如果飞机被拦阻网拦住,即使飞机受到一些损伤,飞行员也还是有望保住性命的。可是，飞机刚好越过了拦阻网，这就使得这架发疯似的飞机失去了唯一一次被"劝阻"停下来的机会。当飞机坠入到拦阻网外边的阻机沙坝上后，扭伤的机翼在飞机身后犁出了一条两米多深的大沟。高高扬起的泥土把飞机淹没在了一团黄尘之中。此时，飞机依然余怒未息，越过了机场边界的护场沟，闯进了一片老百姓正在培育的大苗圃。苗圃顿时被这个庞然大物践踏得一片狼藉。飞机冲破苗圃虚张声势的木围栅后，左机翼撞在一块大石头上，当场被折断。稍后，右机翼又撞在一棵大树上，碗口粗的树干被拦腰斩断。机身后甩下了被崴断的起落架和被土坎撞掉的副油箱。装满航油的两只副油箱此时就是两枚加重的"汽油炸弹"，只听"轰""轰"两声巨响，苗圃外迅即卷起了翻滚的浓烟。最后，已是残肢败体的飞机一头扎进了一所距离跑道南头557米的民房，倒塌的房屋将飞机几乎全部埋进了瓦砾之中。一愣神的工夫，飞机内部的炮弹、各种油箱便开始发泄怨气似的轰轰隆隆地燃烧爆炸起来。塔台上的人们看到一团火光裹挟着浓浓的黑烟腾空而起，其他便什么也看不见了……

　　由于飞机离陆高度太低，情况过于复杂，飞行员根本来不及按照指挥员的命令完成弹射跳伞动作，最终在飞机燃烧爆炸中壮烈牺牲。这是人们眼睁睁地看到的一起鸟撞飞机而酿成的灾难。

　　事后，通过对飞机残骸进行分析，断定："飞机起飞后，发动机吸进了较大质量的飞禽，致使压缩器叶片弯曲，发动机进气通道大面积堵塞，引起发动机严重喘振、停车。"这时，飞机尾后就会出现因发动机严重富油燃烧而喷火，并伴有强烈的爆音。

　　人们终于在飞机离陆附近的跑道上，找到了13处鸟羽及鸟的血肉分布点。由此可见，除被吸入飞机发动机的那一只飞禽外，鸟群中的其他十几只遇难者也与起飞加速中的飞机在不同机体部位发生了相撞。一切都是在瞬间发生的，飞机不可能来得及避让鸟群，鸟群也来不及躲避飞机。因两种靠翅膀在空中行走的同类，在缺乏默契沟通和观望的情况下,赶路时的脚步都走得太匆忙了!

后经专家测试分析,推断出撞进飞机发动机的这只鸟,翼展约800毫米,质量约为1.5公斤,属鹰科类猛禽。

这群鹰科类飞禽,家住机场的草窠里,还是住在附近村庄的树林里?作为机场战鹰的近邻,它们似乎没有想到,一次粗心大意的横穿跑道飞行,不仅葬送了本家族十几个兄弟姐妹的生命,也击碎了一架战鹰腾空而起的神圣使命。牺牲的飞行员078在生命意识的最后瞬间,不知是否发出了一声怅然至极的哀叹——他高飞了近二十年的辉煌航程,竟然因几只低翔的鸟戛然而止!如果,人和鸟死后都还有灵魂存在的话,078一定会怒不可遏地去找这个"违章飞行"的鸟群算账!

人们怎能相信,一只1.5公斤重的鸟,竟然"撞击"掉了一架近百吨重的飞机!但,谁又能否认这一悲惨的事实呢?

Skywalker 肆

而另一起发生在南方某机场的鸟撞事故,飞行员的最终结局却幸运得多。

这起事故的通报是这样写的:

"8月23日,某部组织跨昼夜飞行。天气实况:云量10个,云底高2000米,东风5米/秒~6米/秒,能见度6公里。19时34分20秒,师副参谋长高××(前舱)和中队长石××(后舱)驾歼教×134号飞机实施特技、仪表综合练习(穿云飞行),飞机离陆后高度2~3米尾喷口喷出火球,并伴有强爆音,随即发动机声音迅速减弱,推力急剧下降。19时34分59秒,飞行员判断发动机停车,报告跳伞,两名飞行员跳伞成功。飞机在距跑道头117米处触地,右翼起火,滑行83米被拦阻网拦阻后前冲52米停住,烧毁。"

这是又一起由飞鸟制造的令人惊恐、后怕的空难。飞机起飞离地瞬间，一只迎面飞来的大鸟与飞机相撞，不偏不斜，飞鸟像子弹一样准确射中了只有一米左右直径的飞机进气道的靶心，瞬间，导致发动机剧烈振动，喘振，尾部喷火，发出强烈的爆音，直至停车。飞行员在高度仅有5~7米的情况下果断跳伞成功，把事故的等级降低到了最低程度。空中遇到不可抗拒的险情时，飞行员只要保住了自己的生命也就是保住了国家的主要财产。因为，国家为培养一名合格的歼击机飞行员，至少需要花费几十公斤重的黄金。人们常说的"飞行员的身体是用黄金堆成"，一点也不过分。

检查飞机残骸时发现，飞机发动机一级压缩器叶片有九片进气边缘弯曲变形，其中有五片叶片的叶盆内有明显的羽毛质附着物和血的痕迹。发动机压缩器变形的叶片呈现出典型的被吸入的软物体打伤的特征。后经当地省公安厅法医物证检验，得出法检报告确认，134号飞机发动机压缩器烧灼残痕中的血液成分，系飞鸟的血液。

当人们在距跑道头512米处寻找到几处鸟的羽毛、残翅和撞扁的头颅残迹时，便不难想象出，与那只撞进发动机的鸟一起向飞机迎面飞来的是一个鸟群，它们的飞行高度距离地面仅几米。这些"安全意识淡薄"、对人类制造的钢铁翅膀的威力缺乏足够估价的鸟们，在与飞机瞬间相撞之际，已来不及悔恨自己的不堪一击和自不量力。无畏者勇。鸟们的无畏，则完全是缘于对庞大的飞机的无"知"。

经进一步查证，134号飞机撞死的飞鸟，学名叫灰头麦鸡，俗称海和尚。据测算，该鸟平均体重约350克，身体长420毫米，翼展770毫米。

去年夏天，我碰巧在空军杭州疗养院见到了与飞鸟相撞的航空某师高副参谋长。一问，他和我居然还是同一个飞行学院毕业的校友，只是比我晚了一届。我问这位"师弟"的鸟撞经过，他绘声绘色地描述给我听时，可比事故通报惊险得多了。他一开始就大大咧咧地用调侃而又夸张的口吻说："我们浙江海边的飞鸟，比他妈的'响尾蛇'导弹还厉害！"他接着说："由于那天是夜间飞行，飞机刚起飞离地，当时也不知道是撞鸟了,只感到飞机猛烈一震,随后'嘭'的一声爆音,飞机像要爆炸了一样。我还没来得及检查座舱内仪表的指示情况,紧接着'嘭'又出现了一声爆音。我马上意识到情况万分危急,刚想用无线向塔台指挥员报告情况,瞬间又出了第三声爆音。飞机像中了三发炮弹一样,座舱里冒出了呛人的黑烟,火光也映照在座舱盖上,我脸上已感到了灼烧的热浪。我脑子里迅速闪过一个弃机跳伞的念头。遂下定决心,拜拜吧!我在无线电里高喊了一声'跳伞',就举手用力拉下了跳伞弹射装置上的布帘把手。你别说,这种零高度跳伞座椅还真好用哩,多亏是它救了我的命。后舱的小石反应比猴子还机灵,见我跳伞了,他二话没说,也'嘭'的一声弹射了出来。事后我问小石,你听到我下令跳伞了?他说没有啊,只看见前舱有一条火龙蹿了出去,便也抬手拉下了布帘把手。小石很牛地说,在那样的紧急关头,只有傻蛋才会患得患失地去想那么多!"

在空勤灶的餐桌上,老高一边喝藕粉莲子粥,一边问我:"老宁你猜,我跳伞后落到哪儿了?"我摇头说猜不出来。他就得意地笑着说:"还是我有福气啊,落在了一块刚插过秧的水稻田里了!由于跳伞时高度太低,感觉伞衣刚一张开人就接地了!虽然在稻田里弄了满身的稀泥,但稻田像海绵一样软,我连脚都没崴着。小石的运气就稍差了点。他跳在了一条土路旁的水沟里,崴伤了脚,左踝骨骨折,住了两个月的院后,还一瘸一拐的,身体飞行不合格,就停飞了。对了,小石的家就住在余姚,离杭州不太远,哪天我打电话叫这个'瘸子'过来,咱们一起喝顿酒!"

Skywalker 伍

看来,我的确是一个幸运的飞翔者。也许,是我曾用诗句赞美过不同鸟类的飞翔吧,所以,鸟儿总是避开我的飞行航迹。飞行近三十年来，我仅有过一次鸟撞的经历，并且，自己毫发无损，化险为夷。

我的飞机是在高度600米与鸟相撞的。当时，我完成课目从登沙河机场的海上2号空域返航。当我下降高度至600米转弯准备通场时，只听"嘭"的一声响，座舱盖的前风挡玻璃就被涂成了紫红色。我马上意识到，飞机与飞鸟相撞了！

一般的鸟群飞行高度是达不到600米以上的，它们更多的只能在低高度上飞翔。我判断，只有体重较大的鸟才能飞到这样的高度。也许是海鸥，也许是大雁吧。

被血迹和肉酱涂抹过的座舱前风挡玻璃，恰是一块防弹玻璃。所以，我的飞机座舱盖丝毫未受到损伤，只是，这些污物被强大的气流吹干后依然遮蔽着我向前观察的视线。我只好用左右摆头的办法来观察地标了。

事情就怕假设。假设这只大鸟飞行高度仅仅再低半米，就会撞进我的飞机发动机进气道里，结果必然是空中停车，我只能被迫海上跳伞。情况再严重些的话，也可能发动机压缩器叶片扭曲折断，当以8500转/分高速旋转的叶片折断飞出后，就会产生比一把锐利的刀还要锐利百倍的穿透力，将飞机机身击穿。若叶片恰巧击中了机身内的四个油箱中的任何一个，都可能会引起空中起火、爆炸。那样，我就会像我曾写过的老同学老曹一样，在一只巨大火球的伴随下，扑向永远收留我的大海。

这样的侥幸有时更禁不起细细的回忆。它像一只暂时沉睡的饿猫，随时都可能醒来抓伤或咬疼你的记忆。

Skywalker 陆

"驱鸟队"是空军场站场务连里新编制的一个小单位。虽小，但很专业。他们使用的仿声设备具有足够的现代高科技技术含量。小小的机器可以模仿发出不同鸟类的鸣叫声，企图使那些听懂或听不懂这种"鸟语"的鸟群"闻风丧胆",或至少可以起到吓唬小孩时喊的"狼来了"的作用。

鸟儿们听到这些刺耳的人造"鸟语"之后,就会轰然飞去。不知它们是由于受到惊吓而在惊恐中逃生,还是听到了这种奇怪的哀鸣,而对这片栖息过的家园有些失望……此时,它们的飞翔不再是抒情、浪漫,而是惊心吊胆中的匆匆逃离。看来,"天高任鸟飞"也只不过是一个充满诗意的美好祝愿而已。

有时,我会莫名其妙地悯怀鸟类的生存危机。人类作为与鸟类共同在蓝天下飞翔的翅族,也许彼此之间应该建立起更多方式的沟通和达成更广泛的谅解。

当宇航员在太空中遨游时,回首便可看到人类自己的家园。在那片生命的绿色和蔚蓝色的海洋上空,虽然他看不见飞翔着的鸟群,但一定可以想象得到,那些和人类拥有着一个共同家园的人类飞行的启蒙老师,在春来秋去的不断迁徙中艰难地繁衍着生命。

如今,在现代工业文明的助推下,由鸟的启示而制造的飞行器几乎达到了极致。莱特兄弟作为人类飞行的始祖在那次短暂的飞行之后,留给了每位插翅者一个必须思考和面对的问题,那就是我们该如何善待人类飞行的启蒙老师——鸟类,并与之和谐相处。

现代的航空航天技术让人类由此飞得更快、更高、更远,地球因此变得越来越像一个村落。在这个村落里,鸟究竟是我们的邻居,还是我们的亲人?

不管鸟儿们怎样误解或愤慨人类的某些"霸道"举动,但在机场附近驱逐鸟群还是必须的。这不仅保证了飞机起降时的安全,同时,也保护了鸟类在机场附近的飞行安全。那些从机场周围的浓密草丛中一批又一批迁徙而去的鸟,在飞机为其送行的巨大轰鸣声中,开始了寻找属于自己的另一方蓝天的艰辛征程……

螺旋

Skywalker 壹

所谓螺旋，是指飞机的一种非操纵的危险状态。飞行员因操纵失误，使飞机的迎角超过临界迎角后，飞机失速，如果遇有侧滑，飞机就会像喝醉酒的酒徒，一个趔趄栽进这种危险状态。此时，进入螺旋的飞机，就像一只小船陷进了大海巨大的旋涡之中，随时面临灭顶之灾。假如你是一位技术精湛、反应迅捷的飞行员，在历尽千般挣扎之后，也许会逃逸出螺旋设下的魔窟。这当然是一种幸运。而另一些遇事惊慌失措的飞行员则会沦陷其中而无力自拔，遭遇的往往是一场坠机的灾难。

如果回放一下各国空军，尤其是战斗机的飞行历史，就会发现，有许多触目惊心的空难镜头会瞄准螺旋。因螺旋而带来的严重飞行事故在各国空军的历史上，都是一个惊人的数字。

那幅惨不忍睹的画面又一次映现在了我记忆的屏幕上。

一架我也曾驾驶过的歼×飞机坠毁在了一条并不宽敞的土山沟里。这是一条约有七八十米深的土山沟。沟壁很陡，几乎垂直，缓坡处的坡度至少也在70度以上。如果在沟顶上盖一块巨大的木板，这条沟简直就是一副天然的大棺材。恰恰是在这副"大棺材"里，埋葬了一名新飞行员22岁的青春年华。他是在单飞一个"不该出事"的课目时出事的。这一切仿佛都是宿命，但悲惨的事故背后却又隐匿着一定的必然。

现代化程度极高的飞机能否原谅飞行员的操纵失误而从设计上彻底杜绝螺旋？就目前的航空技术发展水平看，世界上的绝大多数第二代以前的战斗机会摇着身子回答说：不能。

在这条土山沟的沟底，这架歼×飞机像从摩天高楼上坠下来的一个人的身体，被平拍成了筋骨断裂又皮肉相连的几节，如同碰倒的积木一样散落在了沟底。机头与机身被几块扭曲变形的飞机蒙皮勉强地连接着，而机身后段与尾翼部分，已是彻底身首离异。飞机的躯体摆在了直径不超过40米范围的沟底里，像一副残损的骨架平躺在棺椁的底部，一切都没有声息，只剩下想象中的荒凉与寂静，以及残骸的狰狞面容。

飞机坠地时，几乎没有任何向前运动的痕迹。像一块坚硬的砖，生生被平拍在了沟底。飞机头部的空速管已被折断为三截，左右两门航炮像两根粗壮的铁胳膊平摊在机身的两侧，圆圆的发动机延伸管像被用脚踩过的易拉罐空盒，扁扁地嵌进了黑色的土地里。那名年轻飞行员的灵魂早已在寻找他的人们到来之前，乘着一团浓烟和烈火，翩若惊鸿地飞向了永远不再降落的天堂。如果真有天堂的话，上帝一定会专门划拨出一块清静之地，用来安放飞行员们的灵魂。不管是哪国的飞行员，在与灾难遭遇之后，都会在奔赴天堂的路上相见，也许他们还会摒弃前嫌，携手而行。

事故现场告诉那些具有丰富航空事故处理经验的专家们：飞机坠地时下降率很大，而前进速度却很小。这种几乎看不出有前进速度的"平拍"坠地，正是在失速螺旋状态下坠地时呈现的典型特征。

干飞行这个行当，对飞行员的综合素质要求一向是苛刻的。今天，我无意于再对那位牺牲的年轻飞行员进行一番"事后诸葛亮"式的指责。但的确，他所飞的课目是绝"不该"进入螺旋的。他出事的这次飞行，课目是动作极简单的"暗舱仪表单飞"。仪表飞行是最柔和的一种飞行，他居然能把飞机操纵到失速、继而进入螺旋的严重境地，不能不说是一个"奇迹"。上级对这位飞行员以往的技术检查记录表明，他在飞行中，注意力分配存在着严重的问题：转换慢，单打一。这种精神上的全神贯注、"一根筋"状态，对于在地面上从事某些科学研究的人可能是很大的优点，而对在空中飞行的飞行员来说，则是致命的缺陷。反应敏捷，眼观六路，多方兼顾，决心果断……这些看不见摸不着的内在素质，不仅会成就一名飞行员的飞行前程，有时，还会挽救他的一条生命。

贰

我第一次在训练中体验螺旋飞行，是在1980年的秋天。初级教练机训练团。锦州流水堡机场。初教六飞机。那时，我刚过完自己的17岁生日。

对于安定性极好的初教六飞机，进入螺旋不仅不是一种危险境遇，而是训练中的一种必飞的"特技动作"。我的教员曾说过，要想在初教六飞机上进入螺旋，别说是无意中的操纵失误，就是有意去"犯"操纵错误，也还真得有那么两下子"虎劲"呢！

初教六飞机的安定性太好了。说一架飞机的安定性好，就像是说一个人的脾气好一样，不论你怎样对他耍态度、施手脚，他总是忍让着，不哼不哈，也不引发出隐藏很深的暴脾气。以至于在航校毕业后，我们这帮年轻飞行员在议论找对象时，就说，看谁谁谁找的对象，脾气真好，像初教六似的。就连飞行大队的田政委在上政治课时都说过，你们这些年轻飞行员将来找对象，眼睛可不能只盯着姑娘的漂亮脸蛋，要找就找像初教六那样温柔、贤惠的妻子，这对飞行事业有好处。他阐释说，若找个脾气暴躁、性格乖张的女人，一天到晚总跟你干仗，看你还咋去飞行！那时，我们的年龄还不大，心里虽然也愿意听听这样的话题，但却不好意思去公开参与讨论，大家只是抿嘴笑笑而已。

经过三天的地面准备，我们的特技飞行训练终于开始了。

在地面准备时，教员不厌其烦地一遍遍为我们讲解进入和改出螺旋的操纵要领：先收光油门，上升减速，待速度减小到临界速度时，猛地向后拉动驾驶杆，使飞机出现严重抖动，在这种失速状态下再用力蹬舵到底，飞机就会因产生侧滑而进入螺旋。教员不仅让我们每个学员重复口述这些操纵要领，还让我们在黑板上画出飞机的螺旋线运动轨迹。每画一遍飞机的螺旋线轨迹，就像是画一个饮酒过度的醉汉在铅垂面上走"S"形脚步。我甚至觉得，进入螺旋的飞机还像是一片从树上飘下的落叶，打着旋儿往下掉。我心里暗想，飞机在这样的旋涡里往下掉，一旦改不出来怎么办？教员仿佛看透了我们这些新学员的心思，对大家说，初教六这种飞机，不存在改不出螺旋的情况。你若是实在没招了，手脚全部松开驾驶杆、方向舵，飞机在强大的安定性作用下，自己就会退出螺旋。一个胆大的学员嘻嘻哈哈地问："那就是说，我动手打了好脾气的媳妇，也不用去哄劝，她自己的气就消了？"教员狠狠地瞪了一眼这个不识趣的家伙，没有理睬他。

至今我还清楚地记得，教员为了把螺旋中飞机旋转下降的动态演示得更清楚，左手握着一架绿色的初教六飞机模型，右手握成"空心拳"象征握着驾驶杆，把飞机的机头翘得高高的，示意是在上升减速，口中还念念有词："看速度啊，速度到了——拉杆！抱到怀底，用力蹬左舵！"这时，教员就会很投入地把左腿伸出去老远，以表示蹬舵到底的决心和程度。他的整个身子甚至都因"用力蹬舵"而倾斜出了至少10度。

飞机进入螺旋的瞬间，教员简直把手中的模型飞机挥舞成了一副大刀片。飞机模型从机头高高翘起的上升减速状态"唰"地向左侧下方砍去，接着又"呼"地上仰了起来,如此上下两次往复后,他大声说:"改出!松杆——反舵!"就将"空心拳"向前松出,并迅疾收回左腿,而将右脚猛地蹬出去好远。这种活灵活现的夸张表演,起初曾把我们这些学员搞得几乎笑出声来。但后来,我们也只好"上行下效",和教员一模一样,在球场上勾画的空域里比画着这种夸张的"耍大刀"动作。

这是一个刚下过雨的清爽天气。机场的草叶上湿漉漉的,沥青跑道两边还不时汪着几洼浅浅的雨水。我和教员登上飞机后刚刚穿好降落伞,开飞的绿色信号弹就射向了天空。我已有了30多小时的空中飞行体验,对飞行已渐渐有了些信心。所以,尽管今天是第一次飞特技,我也并没有心理紧张的感觉。当教员和我依次做完水平特技动作后,飞机开始上升高度。教员用机内通话器告诉我:"上升高度,做螺旋!"我回答:"明白!"但心里却在犹疑:是谁来做螺旋?难道教员不做示范了,而让我直接去做从未做过的螺旋?当飞机上升到规定高度时,我调整好进入方位与速度,硬着头皮静静地等待着……足足等了五六秒钟,教员见我仍没动静,显然有点不耐烦了,说:"算了!你看着,我来做!"教员几乎将驾驶杆向后猛拉到底,飞机猛一仰头,接着整个机身就迅速抖动起来。随后,他好像没好气地"咣"的一声蹬出了左舵,飞机便真像大刀一样"劈"向了大地。我还没来得及看清飞机的俯冲角度,因螺旋桨飞机"进动"的缘故,飞机便像从水底蹿出水面的一条鲸鱼,一下子将机头又抬了起来。接着,又是一个扎猛子动作,飞机才像醉透了一样,开始老实地旋转下降起来。待我从慌乱中定下神来,才看到大地上的庄稼正"忽忽"地向右旋转……我有点被教员的这种大刀阔斧的操纵动作弄得晕头转向了,一下判断不清飞机已旋转到了什么方位,直到教员"咣"的一声蹬出了反舵并向前松出了驾驶杆,飞机的旋速开始减慢,我才意识到已到达了预计改出螺旋的方位。在整个螺旋运动过程中,飞机究竟是怎样的姿态变化,我并未切实看清。

我心中不禁沮丧起来。在地面准备时,本来演练得非常熟巧的动作，怎么一到了空中，手脚就跟不上趟了呢？这种因精神紧张而造成的遗忘，使地面准备的效果大打折扣。难怪田政委平常总是对我们婆婆妈妈地絮叨："台上十分钟，台下十年功啊！"看来不无道理。

我第一次操纵飞机做螺旋时，由于动作不够干脆利索，没有像教员那样对"好脾气"的初教六下"狠手"，结果飞机并未进入稳定的螺旋。后来，经过几次练习后，我才终于摸到了打开螺旋之门的钥匙。

我曾问过教员，既然初教六飞机飞行中这样难以进入螺旋，为什么还要设置这个"特技动作"呢？教员没有直接回答我的疑问，而是先讲了一起自己的同学在歼击机部队遇到的一起螺旋事故。他说，如果他的同学对螺旋有着清醒的认识，在战斗机飞行时就不会轻易进入螺旋，即使因操纵飞机失误而意外进入了螺旋，也应该按照规定的方法安全改出。遗憾的是，他没有将飞机从螺旋中改出来，只好在最低安全高度上跳伞了。所幸的是，教员的这位同学跳伞成功了，只是双脚在接地时没有踏稳地面而将踝关节扭伤。教员叹了口气，意味深长地说，让你们先在安全系数大些的初教六飞机上进行螺旋训练，就是为了防止在未来的战斗机飞行时进入螺旋，一旦操纵上犯了严重失误，意外进入了螺旋，也能够依靠曾经的螺旋训练经验而改出螺旋。教员还说，飞行员可不能什么危险都亲自去试一试，更不能"见了棺材才落泪"，那可就晚了！我又追问，战斗机的螺旋进入和改出方法也和初教六一样吗？教员只说一句"当然不一样"，并没有继续解答我的提问。

Skywalker 叁

在喷气式战斗机上进入螺旋，飞行员就要格外小心了。这是我们转入高级教练机训练团飞行后，在特技飞行前教员特别提醒的一个问题。在高教团，我们飞的是米格-15比斯和歼-5两种飞机。用现在人们的眼光看，这两种飞机是相当落后了。但我们的教员强调说，别看米格-15现在不吃香了，当年它在抗美援朝战场上可是立下过赫赫战功的大功臣！再说了，米格-15怎么说也算是辆"汽车"吧，总比初教六这种"拖拉机"跑得快。我们也都附和教员说，是啊，头顶"大刀片"（螺旋桨）的初教六怎能与屁股后边"冒烟"的战斗机相比呢！

国内外空军的飞行训练中，一次次的螺旋事故在逼迫着人们对螺旋进行更严谨的思索、研究。经过长期的飞行探索和理论分析，我国空军开始在战斗机上普及一种极简捷却又很有效的螺旋改出方法。不论飞行员在空中犯下了怎样严重的操纵失误，也不论飞机是从怎样的状态进入的螺旋，只要飞行员根据飞机动态特征，并参考座舱内速度表和转弯侧滑仪的指示，判断出已确实进入了螺旋，立即采取"平—中—顺"的方法，就能顺利地改出螺旋。

的确，也有的飞行员在做完了"平—中—顺"动作后，飞机继续旋转下降而未改出螺旋，最后导致因高度太低，飞行员失去改出螺旋的信心，匆忙跳伞。这多半是因为，飞行员在惊慌失措的状态下，没有将改出螺旋的"平—中—顺"操纵动作切实做到位。成败不过是在几秒钟内见分晓。因此，飞行员在空中的每一个操纵动作是否确实、准确，对飞行安全的影响极大。一架价值人民币几千万元甚至上亿元的战斗机，即使不算太先进，也不能让一个毛毛糙糙驾驶它的人"吧唧"一下给摔掉啊！这不仅是可惜，甚至可说是罪过！

地面准备时，我和教员几次来到机场停机坪，在教练机的座舱里反复演练改出螺旋的"平—中—顺"动作。教员一边和我一起做动作，一边用口令提示我动作要准确、到位。"注意蹬平舵！""推杆至中立！""用力压顺杆！"直到我即使闭上眼睛也能机械地模仿出教员的动作，并将"平—中—顺"做得准确无误。

第一次在喷气式飞机上飞螺旋，我的心情多少还是与平时的飞行有些不一样。

在我跨进座舱后，教员特意帮我检查了一下降落伞。他俯身在前座舱的边沿上,帮我拉紧两侧的肩带,又伸手拉了拉我压在腿底下的两条裆带。教员叮嘱我,空中一定要把飞行帽上的风镜拉下来,扣好眼睛。他提醒的这些注意事项,很明显都是为了一个目的,就是一旦空中需要跳伞时,力争对自己的身体不要造成太大的损伤。我理解教员的用意:既然是飞螺旋,就存在着改不出来的可能性。"有备无患"才是科学的态度。

飞机穿过一群对流云后,继续爬升,并转向了4号空域。

飞机在高度6000米改平飞。我先做了一个水平盘旋,意在活动活动筋骨,也平稳、舒缓一下有点紧张的心绪。教员在后舱下达口令:"减速。准备做螺旋!"我轻轻向后拉动驾驶杆,收小油门,使飞机在上升中减速……随着飞机的速度减小,我的心跳却在不断加快,整个心脏也仿佛随着飞机的上升而被提了起来。教员说了声:"我来!"就猛地向后拉杆,飞机瞬时开始抖动,机头也不规则地摆动起来,整架飞机像一个站立不稳的癫痫病人。教员蹬出了左舵,飞机猛地向左翻滚,并甩头下降……"注意观察!飞机已经进入了螺旋……"教员提示我的声音显然也有几分激动。飞机迅疾下降,地面反向旋转角速度也迅速增大。在外界的人看来,此时,我和教员就像趴伏在一片打着旋儿下坠的树叶上的两只小蚂蚁,命运的方向就是落叶坠向地面的方向。但是,人类的智慧总是能显示出其超凡和伟大。一架几十吨重的飞机,在急骤旋转下坠中,依然无法吓倒它的驾驭者。飞机大约旋转了两三圈,教员命令:"改出!"我胸有成竹地回答:"明白!"旋即按照地面准备好的程序、要领干净利落地做出了"平—中—顺"的操纵动作。飞机又继续旋转了大约多半圈,果然像醉汉醒酒一样,晃了晃沉重的脑袋,开始渐渐走"直道"了。我扫了一眼高度表,飞机正在4000米的高度上继续下降,而速度表的指针也正从300公里/小时的位置向大刻度数值方向蠕动着。这一切和预计中的几乎一样!我的心头掠过一阵欣喜,遂加大油门,使飞机增速,待速度增大到450公里/小时,才开始轻轻拉杆退出俯冲。这时，停止旋转后的4号空域，像一幅静静展开的山水画，映现在机头的前下方，让我俯瞰中的目光顿时弥漫了几分诗意。

我把这几十秒钟的螺旋经历，深深地刻记在了心里。

这次螺旋飞行，在我脑海里刻下的立体景象，比用刀子刻在树干上的刀痕还深刻，并且，随着时间的推移，越发让我感到醒目、明晰了。以至于多年后，我在一次带飞新飞行员的特技飞行中，因受益于这次深刻的体验，而从螺旋中挽救了飞机和战友的生命。

Skywalker 肆

9月，辽北地区的天气正像一首老歌中唱的一样，是一派"解放区"的天。秋高气爽，天高云淡，阳光明媚。习习的北风轻轻滑过机场，列阵的战鹰在停机坪上昂首待命。跑道两旁的小花小草们一棵棵都在不停地颔首，仿佛它们也赞同今天飞行员们进入战斗特技飞行。

大半径横滚是战斗特技课目中的一个普通飞行动作。这个动作，看似简单，实则极不易做好。初飞战斗特技时，大半径横滚这块绊脚石险些让我栽了跟头。

起初，我并未把大半径横滚的难度放在眼里。心想，飞机的横滚我飞得多了，且得心应手，大半径横滚不就是让飞机也完成一个横滚吗？无非是半径大一点而已。我是在下达完飞行任务后，在前后舱飞行员进行协同时流露出这个想法的。和我飞战斗特技的教员是位中队长，北京人，说话时总爱鬼鬼地藏着后半句，爱卖关子、设圈套。他满脸不怀好意地笑着问我："中南海在哪里？"我也怪怪地回答："当然在你们伟大的北京啊！"他狡黠又有点轻蔑地笑了一下，终于抖开包袱："照你对大半径横滚的字面理解，'中南海'就应是'中国南部的海'啊！"我没再狡辩，只在心里骂了他一句"老狐狸"。"老狐狸"是大家背后送他的外号，久之，连他自己也默许了。

连续三次失利。我费了很大的劲也没把大半径横滚的轨迹做圆滑、标准。

第三次做大半径横滚时，当飞机滚转到270度位置时，由于俯冲角过大，我担心损失高度太多，就企图边拉杆减小俯冲角、边压杆让飞机继续滚转，结果却把飞机"拉"出了一阵阵的颤抖。幸亏后舱的"老狐狸"眼明手快且经验丰富，及时参与操纵，才帮我将飞机平安退出了大半径横滚。

我重新调整好飞机状态，高度6000米，速度600公里/小时，准备再做一次大半径横滚。当我按下机内通话器按钮，向后舱的教员请示："我再来一次！"没想到，他却制止了我。耳机里传来了"老狐狸"有些失望的声音："再这样做一百次也没用，你还是返航后想想再飞吧！"

我只好磨蹭够规定的时间，悻悻地返航。

恰在这个节骨眼上，上级发来的一起事故通报，着实让我大吃一惊。

某部队在进行战斗特技训练中，技术检查主任带飞一名副大队长，驾36号歼教×飞机实施战斗特技大半径横滚时，由于前舱副大队长在操纵上出现了严重失误，加之后舱教员、技术检查主任帮助、监控不力，导致飞机严重失速变态，继而进入了螺旋。最终，因高度太低、螺旋未能改出，两名飞行员被迫跳伞。

后来，我看到了事故现场的示意图，久久无语。飞机坠毁在机场正北13公里处的稻田里。当飞机以80度反俯角、略带左坡度坠地时，将稻田砸出了一个近10米深的大坑。在这个坑的东南方向170米处，静静地躺着前舱飞行员的座椅；而后舱飞行员的座椅则横卧在坑的东北方向180米处。这两只曾挽救了飞行员生命的座椅，仿佛是一对面面相觑的难兄难弟，望着面目全非甚至已面目可憎的飞机残骸，早已是欲哭无泪了。

而当事飞行员的陈述，像分毫不差的"病例"一样，与教科书上所写的螺旋症状几乎一模一样："在大半径横滚至260～270度时，速度600公里/小时，飞机突然向右偏转，俯角增大到70～80度，旋转两圈后，速

飞行者以惊人的胆魄
在浪尖上采摘永开不败的花朵

摄影■崔文斌

度减至210公里/小时～230公里/小时，俯角稳定在60～70度，飞机抖动轻微，方向舵左右摆动，驾驶杆力变轻，旋转角速度忽快忽慢，进气道发出'呼''呼'的响声……"这不正是最典型的螺旋特征吗？如果飞行员是位有经验的医生，面对这样典型的病症，立即就会确诊——螺旋！处方也会被他不假思索地挥笔开出——"平—中—顺"！

遗憾的是，他们没能及时为飞机的病症确诊，也没能采取有效的预防、治疗措施。病入膏肓，一切都已经晚了。

在情况极其危急的情况下，这两名飞行员依然做了挽救飞机的最后努力。该机型《飞行员驾驶守则》规定："高度下降到3000米，仍未改出螺旋，应跳伞。"而他们的36号飞机是在高度3300米进入螺旋的，飞机在俯冲角60～70度的旋转下降中，他们依然坚持做完了改出螺旋的动作。可他们已无回天之力，飞机的高度迅速下降到了2000米以下，而螺旋尚未完全改出。眼看着地面的田野向他们迎面扑了过来，可飞机仍然在继续旋转下坠……于无望中，飞行员决定跳伞。

那片松软的稻田以母爱般的深情接纳并缓冲了他们的急速坠落。就像一对从危境中惊恐逃脱的孩子，一下子扑进了妈妈柔软、温润的胸怀……委屈的泪水或是庆幸的欢喜，连同稻田里的泥水一起糊在了他们的脸上。他们眼看着不远处十几秒前先于自己坠地燃烧的飞机残骸，心里不知在感慨什么。也许，这种复杂的滋味连他们自己一时也说不清楚……

在飞行中，善于借鉴他人的经验或接受他人的教训，是一个飞行员走向成熟的标志。这起螺旋事故，恰逢其时地为我们敲响了警钟。

Skywalker 伍

一次意外的螺旋，使小郝停飞了。

小郝是一名新飞行员，刚从飞行训练基地完成歼×改装，分到了作战部队。小郝分到我们团飞行三大队后,由我担任他和另一名新飞行员的教员。当时,我是这个大队的副大队长。这是1991年,我28岁,小郝是本科毕业的飞行员,小我三岁。虽然我们只相差三岁,但我已分明感受到了小郝在我面前的谨小慎微和处处对我表示的恭敬。这倒使我有些不太适应。在作战部队,飞行员与飞行领导干部之间更多时候是活泼有余而严肃不足。何况,我又根本算不上什么"领导"。比如在篮球场,年轻的飞行员常有盖师长、团长"帽"的时候,虽然在球场上有时也吹胡子瞪眼,但一离开了球场,大家便把当时的不愉快忘得一干二净。

小郝的过分谨慎给飞行带来的负面影响是操纵飞机时不够泼辣大胆。我曾多次鼓励他,要放开胆量去驾驭飞机,当飞机的主人,而不能让飞机把咱们飞行员给降伏住了。

那天,我是第二次带小郝飞复杂特技。飞机上升高度至5500米,速度420公里/小时。我把飞机的机头轻轻拉起15度仰角,用机内通话器对小郝说:"你来做一个半滚倒转!"

我为小郝创造好了极标准的"进入条件"。小郝压杆蹬舵操纵飞机滚转了180度,飞机呈倒扣状态后,我们分别检查了一下天地线是否倾斜,待确认飞机不带坡度后,小郝开始拉杆使飞机加快旋转,并逐渐增大俯冲角。小郝操纵动作迟缓、拉杆不及时的毛病又犯了。我下口令:"看速度,拉杆啊!"话音刚落,小郝"呼"地猛然拉动了驾驶杆,像抽冷子。飞机的进气道突然发出了"呼""呼"两声怪叫,机头"唰"地向左侧偏了过去。不好!飞机失速抖动、严重变态了。我刚想松杆制止飞机抖动,小郝不知为什么却又向后继续拉了一下驾驶杆,这使飞机的抖动更加剧烈了。飞机像断线的风筝,顺势旋转着向下坠去。我马上意识到,飞机可能进入螺旋了!我迅速收回目光,扫了一眼座舱仪表盘左侧的速度表,指示已小于270公里/小时,这更印证了我判断进入螺旋的正确。

"你松开,我来!"我用机内通话器气势汹汹地命令小郝。当我做完"平—中—顺"改出螺旋动作时,飞机已旋转下坠了两圈以上。我自信,自己的改出动作是有力而准确的。飞机又旋转了近一圈的样子，机头猛然下沉，像突然从噩梦中清醒了一样，果然停止了转动。我立即将杆舵恢复到中立位置，等待飞机直线增速至350公里/小时～400公里/小时后，轻轻带杆，缓缓地退出了俯冲。此时，飞机的高度仅剩下2500米了。

看来，小郝不单是犯了操纵上的严重失误，好像当时注意力还不够集中。

事后小郝对我说，他的女朋友，也就是高中的女同学，正在向他发动一场看不见硝烟的情感战争。面临失恋，小郝的心绪被搅成了一团乱麻。

有时，越是害怕失误的地方就越是偏偏出现失误。连小郝自己也说不清楚，为什么在飞机出现失速、抖动的情况下，还要继续错误地向后拉动驾驶杆。生活中，许多反常规、反逻辑的现象是无法解释清楚的，这也许就是宿命。

虽然螺旋被顺利改出了，但这个事故征候却被永远记载进了我们的飞行记忆。后来，我尊重小郝的意愿，没有阻拦他去医院"检查身体"。最终，小郝终以"身体原因"被停飞了。

我与小郝至今仍保持着偶尔的电话联络。从部队转业后的小郝现在早已变成老郝了。他依然在电话里叫我"副大队长"，而我则偶尔改口叫他"老郝"。我们在电话中多是闲谈。我每次问到他家庭现在情况怎么样时，他总是先叹一口气，然后无奈地说："凑合着过吧！"因我知道，小郝最终还是与坚决反对他继续飞行的女同学结了婚。婚后，永远失去蓝天的小郝从此在心中便打下了一个解不开的死结，且随着岁月的推移，仿佛这个看不见的心结越缠越紧了。

Skywalker 陆

对于飞机进入螺旋的原因，人们认识得越来越清楚了。这种非操纵状态下的旋转式坠落，使得飞机像一个彻底失去理性的疯子，一意孤行地走向毁灭。所幸的是，人们终于找到了降伏这种飞机顽症的药方。大凡可预知的结果，往往就会使人产生某种实现或改变它的幻想。哪怕是飞机进入螺旋时高度已经很低，多数飞行员都还会"本能"地试探着去做一次改出动作。我想，任谁也不忍心将与自己相依为命的坐骑轻易地摔掉。心存这种崇高觉悟的人，不一定能在生活中处处表现出多么高的思想境界，一种最朴素的感情往往就会促使他在性命攸关的时刻，表现出英雄般的可敬姿态。因为，即使一架不算太昂贵的飞机，若将其兑换成大米，可能也足够这位驾驶它的飞行员全村人吃一辈子！

　　在现实生活的旋涡、急流中，有谁能保持永久的清醒呢？飞机一旦进入螺旋，尚有改出的一些余地，而人一旦陷入了某种情感的旋涡或生存的窘境，还能像飞机那样用简便的"平—中—顺"方法改出吗？我心里清楚，倘若我再给小郝讲那些冠冕堂皇的大道理，可能会令他生厌，甚或毫无意义。小郝精神上的下沉状态和飞机螺旋中的下坠一样，只有他自己动手才可能解放得出来。在情感上遇到了"技术难点"的人，历来都不需要别人来"带飞"。

　　我轻轻地合上《历史的教训》这本内部资料，伸了伸酸酸的腰，将目光投向窗外，忽然感到，今天窗外的天空仿佛更加湛蓝、清澈了。此时，恰好有一架飞机从营区上空轰鸣而过，我凭着多年在空中搜索发现目标时练就的基本功，目光很快就捕捉到了这架我也曾飞过数年的银白色战斗机。我的目光和思绪一下子便被这架战斗机的三角形翼尖牵向了远方……

大速度转弯

"大速度转弯"在歼击航空兵部队的飞行员中，曾一度是个无法根治的非技术性"违纪"问题。

所谓大速度转弯，不是指飞机在空中大速度情况下连续改变飞行的方向，也不是指飞机在空中进行的某个特技动作，而是飞行员们在飞行时约定俗成的一种"特定行为"。即在飞机着陆后，由于减速不得力，飞机滑行速度大于规定的脱离跑道速度，而飞行员又迫使飞机勉强转弯脱离跑道的行为。这种行为的恶果是，轻者损坏飞机器材，重者危及飞机和飞行员的安全。

Skywalker 遭遇大顺风着陆

塔台指挥员通报："空中注意：现在地面是顺侧风，阵风6米/秒。"

当飞机在起落航线三转弯前放下起落架时，我便在心里做了一番盘算。为了使飞机改出四转弯后的下滑距离增长一些，留出更充裕的时间调整下滑速度，三转弯的时机要稍晚一些才好。飞机飞过高高耸立在大青山顶上的电视塔侧方时，我没有立即压坡度转弯，而是延迟了五六秒钟，才向地面塔台的指挥员报告："起落放好！三转弯。"

经测算，电视塔侧方是起落航线三转弯的标准时机。只要在这个位置上压坡度45度左转弯，飞机转过130度角后改平坡度、放下襟翼下滑，那么，进入和改出四转弯后，飞机的下滑线就是适中的。飞机能在这样的"高距比"状态下做着陆，会让飞行员心里有一种惬意的感觉。尤其是飞机在"T字布"（指机场上用来指示飞机着陆方向和位置的标志物）侧方以"轻两点、大仰角"接地后，飞行员总是要把飞机这种气宇轩昂的自豪姿势保持良久，就像站在领奖台上的冠军总愿把最光彩的时刻多留一会儿在闪光灯下。

下滑中，我感到飞机减速明显缓慢。在高度100米时，飞机对应的下滑速度应是350公里/小时～360公里/小时。我低头扫视了一眼座舱中央仪表盘上的速度表，速度表的宽指针仍然站在380公里/小时的刻度上原地踏步，而不愿往小处移动。我警觉起来，立即将油门杆收回，使发动机转速降到了仅有6000转/分的较低转速位置，用以减小发动机的推力，同时还放开了减速板，力争尽快将飞机的下滑速度降至规定数值。调整好下滑速度，是做好飞机着陆的三大要素之一。尤其是在顺风条件下着陆，及时调整好速度，是做好整个着陆的关键。

我终于在飞机接近跑道头时，将速度降至330公里/小时。虽然表速不算太大，超过规定数值也不多，但因为现在是大顺风，地速却很大。我感到跑道两边的草地向机翼后方闪动得特别快，便猜到，今天的顺风一定不小。在这样的顺风天气里着陆，很难控制飞机。若着陆速度大，飞机减速很困难，极容易冲出跑道；若着陆速度小，飞机的操纵性变差，低高度时一旦出现偏差，不易于处置，也会危及飞行安全。

飞机在逐渐下沉。我的视线从机头左侧的三角风挡位置投向地面，这个与飞机运动方向约有30度夹角的位置，是观察地面运动变化的最佳角度。我根据地面向上运动的快慢，判断飞机下沉的快慢，并以此决定拉杆量的多少。飞机着陆是个极精细的活儿，它不允许飞行员在操纵上有较大的偏差。

　　因着陆速度比正常逆风时大，飞机的两只主轮在"T字布"前边100多米位置才勉强接地，而且，接地时，飞机的仰角也比正常要小，这就给飞机着陆后的减速增加了难度。我不敢怠慢，迅速放下前轮，让飞机低下头来，尽快刹车减速。我把刹车手柄握到底后，飞机像在水面上滑行一样，依然劲头十足地往前跑，而无平常着陆刹车后飞机往后"坐"的那种感觉。我只好死死握紧刹车手柄，试图让飞机的刹车效率再高一点。速度250公里/小时，我向上扳动着陆伞电门放出了飞机尾后的减速伞。此时，飞机滑跑的速度虽然有所减小，但前冲的劲头依然要比往常大。

　　塔台指挥员在无线电里用一连串的口令提示我："注意减速！保持直线！速度大，不要转弯！"于手忙脚乱中，我也顾不上回答一声"明白"。当飞机滑跑至正常投掉减速伞位置时，距跑道头还有400米，飞机速度依然较大，我不能按部就班地投伞，而是让它继续帮助飞机减速。站在拣伞位置的包伞员，惊讶地伸出脖子望着不肯放慢脚步的飞机，也挥手示意我"快减速"。飞机一闪而过，尾部的那朵硕大而洁白的伞花绽放得依然饱满。

　　塔台指挥员再次提示（也是命令）我："速度大，不要转弯！保持直线！"我极快地回答了两个字："明白！"生怕再多说几个字耽误时间而影响飞机的减速。飞机的速度当然还是在不断地减小，只是比正常减速缓慢了许多，这种减速状态与我的迫切心情严重不相吻合。我在座舱里的感觉是，好像飞机没减速似的，三只轮子在跑道上溜旱冰。

　　飞机在越过正常的脱离口后，脚步终于开始缓慢下来，最终，在距跑道头不到5米的位置停住了。我紧握刹车手柄的右手心里已浸满了汗水。我目测判断，飞机离跑道头外边的草地太近，已不能自行转弯脱离跑道了，遂请示关车。因为，此时若加大油门增大发动机功率，推着飞机勉强转弯脱离跑道，一是飞机进气量增大，很容易吸进藏在草地里的碎石子，打坏发动机；二是飞机的转弯半径大，很可能把轨迹的弧线划进跑道头外边的草地里，那将是一个更为严重的危及飞行安全的问题。

牵引车很快赶到。我依旧坐在座舱里，看着矮矮的牵引车把飞机拖离了跑道。指挥员在飞行后讲评时，对我今天的做法进行了"对半开"：一是顺风着陆，下滑调整速度不够及时，提出批评；二是速度大，听从指挥，没有勉强转弯，严格遵守了安全规定，给予表扬。

Skywalker 大速度转弯就是"违纪"

同样是在这个机场，两年前的一起人为原因导致的严重事故征候，使军区空军的首长大为恼火。据说，首长给师长打电话时拍着桌子下令："这就是违纪，你给我处分他！"那名因大速度转弯而严重损伤飞机的飞行中队长，很快就受到了行政警告处分。上级机关还把《事故征候通报》发到了全区部队。这个"一举成名"的家伙是和我从一个航校毕业的"师弟"，当时他的飞行代号是078。

那天是顺风着陆。指挥员在无线电里向空中通报："地面顺风3米/秒～5米/秒，注意下滑调速！"078像往常一样，很"油条"地拖着长长的腔调回答："明——白！"从这种溢满自信的口气中，便能听出他的自负。

078的确是一名飞行技术很不错的飞行员。也就是两个月前，他刚被提升为飞行中队长。虽然中队长只管两三名飞行员，但毕竟是由"员"晋升到了"长"的行列了。他在同期飞行员中的"先进一步"，从另一个侧面说明了他飞行技术的优秀。078的飞机着陆时速度不算太大，加之他的飞行技术较好，塔台指挥员并未过多提示他着陆后的减速动作。

在飞行员中，有两种人飞行中最易出问题。一种是飞行技术较差、心理素质不好的飞行员。这样的飞行员空中一旦遇到特情，很容易"麻爪"（方言，表示无所适从，不知所措），精神一紧张，操纵动作和设备使用就会丢三落四；另一种是飞行技术好得冒尖，精神头比猴子还活泛，自己就会制造出一场惊险的特情来。这后一种飞行员，往往是自信有余，谨慎不足，他总想要出个花样出来，结果却捅了娄子。078就属于后者。用团长骂过他的话说，他是个"大烧包"，最爱"穷得瑟"！

果然，这个几天不被团长骂就会翘尾巴的"大烧包"，那天着陆后就"得瑟"出了一桩大事来。其实，团长心里很欣赏078的飞行技术，也偏爱他的机灵劲，但却常常担心他冷不丁地去"惹祸"。

由于078着陆后减速措施采取得不及时，飞机在正常脱离跑道的位置速度依然偏大。这时，他自负的尾巴就翘起来了，判断只要蹬舵到头、刹车到底，飞机是应该能够转过弯来的。更主要的原因是，078是个极要面子的人，他怕冲出跑道丢面子、挨批评，所以，就凭侥幸用余速强迫飞机转弯了。由于飞机的实际速度比078估计或期望的数值大了许多，在转弯还不到一半的位置时，已被强大的离心侧力甩到了脱离口的外边。脱离口的外侧，正是一排飞机试车的防吹坪，飞机一下子就栽进了防吹坪后边布满乱石块的深沟里。结果，起落架折断，左右副油箱被机身压变形，两个机翼也被刮伤。

078的一念之差，不仅使得师长挨了军区空军首长的一顿批评，他自己也背了个处分，更不用说团长、大队长又该怎样挨师长的变本加厉的二茬批评啦。

这件事后，上级发了通报，明确指示：凡飞机着陆速度大，飞行员不按规定保持直线减速，而凭侥幸大速度转弯，造成飞机损伤的，一律按违纪处理。

虽然在部队的《纪律条令》上绝不会写上这一条款，但在本区大多数飞行员的心目中，大速度转弯就是当然的违纪行为了。

侥幸心理使大速度转弯屡禁不止，即使当事的飞行员被上级通报批评、甚至挨了处分,也仍然时有同类的事情发生。这一无法根绝的冒险行为,让首长颇为不解,很伤脑筋。作为首长,怎能不爱惜自己手下的飞行员呢?何况,首长自己也是飞行员出身。他大发雷霆把大速度转弯定为"违纪",给予飞行员"处分",也只是出于"杀鸡给猴看"的目的。可谁曾想,总是有不怕鲜血的"猴子"不断出现呢!

Skywalker 师长命令团长:你带头冲出一次跑道!

又一起大速度转弯、损伤飞机器材的《事故征候通报》发了下来。

兄弟团的一名新飞行员进行改装训练,飞机着陆后,由于放伞过早,减速伞的伞钩拉环被拉断,在脱离跑道位置速度依然很大,飞行员勉强转弯,飞机被甩出滑行道,损伤起落架。

"明知是高压线,为什么还是有人要去碰呢?!"师长对冒险进行大速度转弯的飞行员大动肝火。终于,师长想出了一个"改堵为疏"的办法:只要飞行员不大速度转弯,保持直线冲出跑道,没损坏飞机,就不算个人的"飞行问题",也不影响个人和所在单位的安全指标竞赛评比。

飞行员为什么冒险进行大速度转弯?不就是因为冲出跑道就是"飞行问题",怕扣分、怕挨批吗?"只要你直线冲出跑道,没损坏器材,我就不算你问题!"师长在下达任务时当着全团飞行员的面这么说。但是,师长苦口婆心的愿望并没有收到良好的效果。就在这次通报后不到一个月,我们团又发生了一起因大速度转弯、险些造成偏出滑行道的问题。虽然飞机没受损伤,但其性质仍然是一起"大速度转弯"。

这次,师长可是大为恼火了。师长下令:当事飞行员近期暂停飞行,全团飞行员安全整顿一天。

飞行员们心里还是在犯嘀咕,冲出跑道毕竟是个问题,说"不算问题"也不光彩啊。这就像政府鼓励贪污受贿的人员坦白自首一样,虽然不予追究刑事责任,但人们还是都知道了他是个"贪污犯"。"既不自首又能蒙混过关",这才是大多数违规人员的真实想法。

整顿后,飞行前师长给团长私下交代:你的飞机着陆后,少刹点车,保持直线,故意"冲"出跑道几十米,让你们团的飞行员们都看看,团长也冲出跑道了,只要不大速度转弯,就算没事。

团长不置可否地看着师长,为难地说:"要不我把这个'任务'交代给分管训练的副团长吧……"还没等团长说完,师长就火了:"这事就你去做,心里没鬼,你怕什么!"

团长的飞机着陆时,下滑曲线、速度非常标准,着陆目测也是"5分"位置,接地姿势还是漂亮的"轻两点"。可以说,团长的飞机在整个下滑、着陆过程中,所有动作几乎是无可挑剔的。但团长的飞机在投掉减速伞后,还是缓缓地"冲"出了跑道。他在无线电里向塔台指挥员报告:"我冲出跑道了。已关车,派牵引车来拉飞机!"

既然冲出跑道了,毕竟是个飞行问题,是问题,就要集合大家在一起讲一讲。团长说:"我着陆速度正常,刹车、放伞也正常,投伞后有点思想麻痹,没再继续刹车,待滑行到脱离跑道位置时,感到速度大,就保持直线冲出了……大家要接受教训,不仅要控制好着陆速度,还要准确判断减速情况,思想不要麻痹大意。大家一定要记住,速度大,绝不要转弯!"

师长坐在飞行员休息室的沙发上,什么话也没说。看得出,他对团长完成"冲"出跑道这个任务还算满意。

Skywalker "减速口诀"的产生

我作为飞行大队长,在大速度转弯这种"违纪"行为的压力下,也迫使自己必须认真思索一下这个问题了。同样在顺风条件下着陆,为什么有的飞行员能把飞机滑跑速度较快地减下来,而有的飞行员却减速偏慢呢?除了研究好顺风天气里飞机下滑调速的方法及操纵要领,我觉得，必须研究出一套能使飞机有效减速的方法。

对于同型的歼×飞机来说，机上的减速设备都是一样的。你一件不多，我一件不少。看来，问题的关键是如何使用好这些减速设备，并恰到好处地选择使用时机和动作程序。理清了这个思路，我开始对飞机的减速设备逐项进行研究。

我基本具备了这种研究的能力。多年来，我一直是团里的兼职理论教员，因钻研飞行理论成绩突出，还曾被军区空军评为"优秀知识分子"。其实，我这个"分子"也没太多的"知识"，只不过是愿意多花点工夫来琢磨些飞行问题而已。今天，我也不妨晒一晒自己。我当新飞行员时，个人就积累了50多万字的飞行理论研究资料，还密密麻麻地写了厚厚的十几本《技术总结》。《空军报》曾派人专门采访过我，在头版发了通讯。这些都是年轻时的事了。

我确定了研究的顺序和方向，就是采取"顺藤摸瓜"的方法，从飞机两只主轮一接地开始，逐段、逐项进行理论数据计算。通过一系列的计算，找出哪种操作方式对飞机产生的阻力最大，这也便是飞机着陆后最佳的减速方法了。飞行员喜欢用数据来说话，他们认为，只有数据才是最科学的表达。

经过一个多星期业余时间的查找资料、烦琐计算，各项数据结果终于摆在了案头。为了说明问题，我采取自问自答的方式，向飞行员们逐一阐明各个阶段的减速方法。

1. 带前轮（飞机着陆后继续仰着机头）滑跑利用空气动力减速与放下前轮滑跑使用刹车减速，哪一种方法对飞机产生的阻力大？

通过计算，我找到了一个速度分界线，即在飞机速度大于这个数值时，带住前轮，让飞机仰着头，利用空气动力减速，对飞机产生的阻力大；而在飞机速度小于这个数值时，放下前轮，低下机头，使用刹车，利用轮胎与跑道水泥面产生的摩擦力减速，阻力则大些。于是，确定了放下前轮、实施刹车的最佳时机，从而使飞机获得了最大的减速效率。

这个速度就叫"放前轮速度"吧，它的理论值是230公里/小时。

2. 飞行员什么时候关左发、放减速板，对飞机减速效果好？

飞机两个主轮接地后，只要前方没有障碍物，不再有连续起飞或复飞的可能性，就应尽早关闭左发动机，减小推力；同时，尽早放下减速板，增加阻力，帮助飞机尽快减速。这两项减速措施的实施原则是：宜早不宜迟。计算表明，关闭左发可缩短滑跑距离40米；放减速板可缩短滑跑距离25米。

3. 在飞机滑跑减速过程中，是否收起着陆襟翼？什么时候收起？

计算表明，在飞机滑跑前段，较大速度时襟翼保持在放下位置，在空气动力的作用下，飞机的阻力较大；而在飞机滑跑后段，速度渐小，襟翼收起后，飞机升力减小，使三个机轮对跑道面的压力增大，摩擦力增加，刹车效率提高，较之放下襟翼时飞机产生的阻力则有所增大。经估算，收起襟翼后若飞行员再适当向前推杆，亦可增大机轮与跑道面的摩擦力。这个办法，当然是那些头脑特别聪明的飞行员才会想到、做到。

4. 最佳放下减速伞的时机（速度）是多少？

飞机设计上的放伞速度较大，规定330公里/小时即可放伞。这只是理论数据，且是新机、新伞情况下测试出的数据。由于着陆减速伞的伞绳磨损、伞衣老化等原因，若按理论速度放伞，因飞机速度过大，伞钩容易被拉断，适得其反，反而起不到减速作用了。经估算，慎重的放伞速度经验值应是250公里/小时。放伞原则是：宁晚勿早。因一旦断伞，减速伞对飞机的减速效能则等于零。

5. 对于盘式刹车，刹车盘温度急剧升高，刹车效率降低怎么办？

谁也没有更好的办法使刹车盘内上千度的高温迅速降低。在被摩擦力几乎烧红的刹车盘与轮毂之间，因有严重积炭，使得"两块生铁"吻合不紧，刹车效率大大降低。实践表明，飞行员将握到底的刹车手柄猛然间彻底松开，使刹车胶囊内的气体迅速排出，一则可以起到"吹风式散热"的作用，二则刹车盘与轮毂之间的空隙迅速变大，机轮在飞速旋转中，离心力会将积炭部分甩出。旋即，飞行员再重新握紧刹车手柄，继续刹车，效率将有所提高。原则是：动作要快！

6. 飞行员什么时候才能在跑道上关双发？利弊怎样权衡？

为了不冲出跑道，尽可能减小推力，有的飞行员悄悄将两台发动机全部关掉了。"关双发"的危害：一是发动机全部停止工作，液压系统压力迅速下降，一旦冲出跑道较远，飞机有可能与障碍物相撞时，则不能有足够的液压收起起落架；二是如果速度减到正常后，飞机将因无推力而不能自主脱离跑道。若此时有后机着陆，必然造成后机复飞。所以，飞行员不到万不得已，不应在跑道上关双发。

7. 飞机在跑道上的左右位置，对脱离跑道的轨迹有何影响？

画一张飞机脱离跑道的轨迹图即可看出，若飞机是向左脱离跑道，飞机滑行位置靠左，转弯时机必然要延迟，轨迹曲线就会甩向外侧很多，危及安全；若滑行位置偏右一些，适当提前让飞机转过一个小角度，在判断速度确实不大，飞机可以安全转弯后，才开始脱离跑道。

要想把这些道理变成方法，再变成每个飞行员的操作行为，需要进行一番地面演练。我编出了一个"减速口诀"，让大家边背诵边练动作——

接地尽早关左发，带住前轮板放下。
看准速度再放伞，收起襟翼杆别拉。
飞机减速不明显，松开手柄再重刹。
速度偏大不转弯，直线冲出细观察。

我要求本大队的飞行员都按这个"减速口诀"去做着陆后的减速动作。结果证明，这是一套行之有效的飞机减速好方法。从此以后，我们大队的飞行员再没有出现过一次冲出跑道的问题。因减速措施得力，飞机在脱离跑道前速度已得到了有效的控制，自然也就堵住了大速度转弯这个"漏洞"。这个经验被团长发现后，决定在全团推广。

Skywalker 大速度转弯的病根，深深扎在虚荣心上

一位飞行员出身的将军在视察部队时说过："飞行员一辈子都要与虚荣心做斗争。"飞行既是一个让飞行者风光无限的高风险职业，也是一项科技含量很高的复杂活动，它要求从事这项工作的所有人员，都必须牢牢树立尊重科学、遵守纪律的思想观念，老老实实地面对可能会遇到的各种问题。不论是机械原因，还是人为原因造成的飞行问题，飞行员都不能以掩耳盗铃的心态去应对，否则将会受到双倍的惩罚。

大速度转弯之所以根治不绝，是因为在许多飞行员的心田里，虚荣心的土壤依然很肥沃，它随时随地都有可能培育出一株不安分守己的嫩芽来。

人们都说，飞行员不仅是"飞"出来的，也是"批"出来的。这位老首长还对我们说，当飞行员首先要经得住批评。飞行的经历，就是挨"批"的经历。因为飞行员面对的是千变万化的高速飞行，不可能不犯任何错误，有错就批，批了就改嘛。

飞行员的下一秒钟的事情都存在着与预测也许相反的可能性。

那位因大速度转弯而"违纪"并挨了处分的078，如今已是一名优秀的歼击机航空兵团团长了。有一次我参加他们团的飞行，他在给飞行员下达任务时讲到了顺风着陆应注意的事项，还特别强调了要防止飞机脱离跑道时大速度转弯。他说，当年有一名年轻飞行员，因虚荣心太强，怕飞机冲出跑道后丢了自己的脸面，就在大速度情况下勉强转弯，军区空军的司令员点名要给他个处分……大家要接受这个历史的教训！

听到这里，我抬头看了看站在讲台上的这位"师弟"团长。当我俩的目光相碰在一起时，他却不好意思地回避开了我的目光，并笑了笑。他最终还是没有直接说出当年那位"违纪"、挨处分的飞行员的名字。

我低下头，下意识地在本子上写了一个"4"字，算是给他刚才的表现打分，并也轻轻地笑了一下。

反空降

大西北的天气实在是太好了。天空像是用电脑进行艺术处理过的照片，湛蓝、晶莹得让人不大敢轻易相信这就是真实的大西北的天空。

今天，是我们团进驻西北某基地后的最后一个飞行日。

一个多月来，我们被封闭在这个四周荒无人烟的战术训练基地里，每天面对的飞行任务是：从分练到合练，再从合练到对抗演练。一个"练"字就基本上涵盖了我们全部的生活内容，而心中向往的"大漠孤烟直"的异域风景则似乎与我们此行毫无关系。飞行员们在这片一望无际的黄沙深处，过着几乎与世隔绝的紧张生活。他们的妻子、儿女并不知道自己的亲人突然间飞到几千公里外的大西北去干什么。"不该问的不问"——在我们部队，连家属都养成了这样良好的保密观念。我们每天都要"地面苦练，空中精飞"，一个月下来，即使是新飞行员也都被高强度的训练课目"摔打"得相当"皮实"了。如果说以前的飞行训练中还有"花拳绣腿"的成分，那么，这一个多月的对抗演练不仅使他们洒下了更多汗水，还甩干了训练中的"水分"。

上级指挥所对红、蓝军两个分队已经分别下达了作战任务。蓝军分队的作战任务是：出动一架某新型歼轰机和两架大型运输机，在三架歼击机的掩护下，突破红军防线，在其纵深腹地开辟空降场，实施大规模空降，以达成扼守红军重要军事目标的目的。红军分队的作战任务也非常明确，那就是：首批出动三架歼击机实施阻截反空降，力争在第一波次的冲击中打乱蓝军的作战意图，并将其运输机击落。如果空中战斗进展不顺利，首批出击的三架歼击机不能将蓝军空降机群拦截于规定的地段，红军指挥员则可组织第二波次的阻截。

由此可见，这次对抗演练的用意很明显，上级指挥所是要分批次检验一下红军分队的飞行员们在"敌众我寡"的条件下，如何运用"以少胜多"的战法取得良好的战果。同时，这次对抗演练，对蓝军分队也是一次严峻的考验。

当事者迷。为了使对抗演练接近实战，在上级指挥所向红军分队单独下达任务时，并没有透露半句有关蓝军分队的情况。同样，蓝军分队也不知道红军分队究竟会出动几批、几架次飞机，在什么地段、以怎样的战术方式拦阻他们。双方都是在未知条件下进行各自的行动。用飞行员的话说，这叫幕前幕后的"背对背"。

我作为飞行大队长，是红军编队的带队长机。按照地面协同，我肩负着第一波次的主攻任务。那些平时与我们在同一个空勤灶"同吃一锅饭"的蓝军飞行员，今天则成了我们要攻击的"敌人"。

我们三架飞机起飞后，指挥所并没有像想象的那样引导我们加入待战空域，而是急促地发出一道命令："071，航向170度出航！"我心里纳闷，正常情况下，我们应该90度出航，先在待战空域里巡逻，根据敌机的来向，再俟机出动。看来，今天一定是敌机已提前到达我们的拦截区域了。果然，指挥所引导员发来了第二个口令："071，你们靠后了，目标右前方，注意扩大搜索范围！"咳，啥叫"扩大搜索范围"呀？有经验的老飞行员一听到这个含糊的口令，心里就能猜到可能出现的情况：要么是目标已被丢失；要么就是地面雷达信号不连续，引导员掌握不准目标的确切位置了。这种带有一定盲目性的"推测引导"，往往是已把我机与敌机"摞"在了一起，而空地双方都还不知道是怎么回事。凡遇到这种情况，在飞行后讲评时，首长就会很生气地骂指挥所为"瞎指挥"！首长骂得也很对啊，受敌人电子干扰的影响，地面雷达没有连续报出目标的方位、距离，引导员当然就成了"瞎子"。

我迅即向僚机下令，变换成左梯队，做好攻击准备。起飞前，我们在一起协同时，已做好了各种预想，其中就曾设想过，一旦发现敌机较晚，攻击时间太短怎么办？我们分析这可能会出现两种情况：一种是，如果敌机尚未发现我方拦截意图，则由我直接攻击敌空降机群，而两架僚机负责拦截、攻击敌掩护机群，以阻挡住敌掩护机向我的攻击；另一种情况是，敌机察觉了我方攻击的意图后，作为主攻机的我要"不惜一切代价"力争冲过敌掩护机群的火力范围，依然主攻敌空降机群中的运输机，而两架僚机则继续阻扰敌掩护机对我的攻击，为我完成攻击任务创造有利条件。所以，当我向僚机下令"准备攻击"时，言外之意非常明确，接敌已是迫在眉睫了，战斗即将开始。虽然，此时我们三架飞机还没有分别发现目标，但心中都很清楚，敌机就在附近不远了。

就在我们集中精力接敌的过程中，机头前方不知不觉飘浮来了一层云。本来像蓝水晶一样纯洁的天空是没有一丝云的，可这片不大不小的云却不知从哪里突然钻了出来。也好，虽然这层云为我们目视发现敌机增添了麻烦，但也起到了掩护我们的作用，使敌机不能尽早发现我们的攻击意图。

我通过地面引导和数据链信息综合判断，敌人的机群是由一架准备开辟空降区域的某新型歼轰机和两架运输机组成，而在其后方左翼紧紧尾随的是三架小型飞机。我断定，这三架小型飞机就是负责掩护敌空降机群的歼击机编队。

虽然我对打敌歼轰机和运输机已做过充分研究，并有一定的心理准备，但对今天敌我双方兵力对比上的如此悬殊还是估计不足，心头不禁一惊。在我看来，如果对付这样的带掩护机群的敌空降机群，我方要想有获胜的把握，兵力出动应是六架歼击机。然而，现在的空中已没有"如果"，摆在我们面前的现实情况是敌多我少。更何况敌歼击机的性能与火力同我机大体相当，即使是三对三对决，我们也很难占有优势。有什么条件打什么仗！我深知，眼前的任务异常艰巨。

在敌电子干扰情况下，我们几乎是在正前方目视发现敌空降机群和掩护机群的，距离已相当近了。此刻，我们三架飞机若是拉开架势与敌三架掩护机"硬拼"，肯定不是上策。如果我们打小算盘、贪图眼前的战果，趁其不备，先打敌掩护机或许更便捷一些。但是，双方一旦交手，六架飞机缠打在一起，且不说谁能先"击落"谁，前方的敌空降机群一旦发觉我们攻击的意图后，一定会拼命逃窜，并加速向我方纵深空降区域飞去。我们的"贪战"心理恰好正中敌掩护机的下怀。即使最终将敌掩护机全部"击落"了，我们也只是个失败的"胜利者"。因为，我们的任务是"反空降"，是打敌运输机，而打敌歼击机并不是主要目的。再说了，这些和我们同吃一锅饭的"敌人"都会是那么笨的蛋吗？

我作为空中指挥员，此刻决不能犹豫，必须在敌机尚未发现我们的有限时间内，定下战斗决心，实施突然攻击。我心中的目标很明确：一定要在敌空降机群抵达"空中交接线"之前将他们打下来！

我遂向2号机飞行员下令："你们缠住三架小的，掩护我攻击大的！"几乎同时，我迅速地加满了油门，猛地拉杆使飞机进入跃升状态，待高度上升800米后随即压坡度使飞机反扣下来，改平坡度后将自己置于居高临下的有利攻击位置，并快速创造好导弹发射条件。我定下的攻击决心是，先对其中一架敌运输机实施攻击。我想，只要能将这两架装载着敌伞兵部队和武器的运输机击落,敌人就彻底无法达成向我方纵深地域实施空降的战斗目的,而剩下的敌歼轰机和掩护机即使逃窜了也无所谓。当然,我也早有心理准备,即使我的僚机遭到敌猛烈攻击,有所损失,也在所不惜。要打仗就会有牺牲。也许,我们这些年轻飞行员的生命就是要用来为国家牺牲的吧!

我的这两位僚机兄弟与我真是心有灵犀。他们迅速向敌掩护机发起了攻击,在与敌机达成近距离格斗态势后,立即急转弯下降,并采取诱敌深入的战术,不断变换机动队形和战术动作,与敌三架歼击机展开了近距离缠斗。他们在敌众我寡的情况下,冒着随时有可能被对方"击落"的危险在对我实施有效掩护,这就大大减轻了我的后顾之忧,并为发射导弹赢得了极宝贵的时间。

空中的一场战斗,往往是在几分钟甚至几秒钟内分出胜负的。谁能不失时机地赢得这关键的几秒钟,抓住了有利战机,谁就可能成为空中英雄、功臣。否则,他就可能成为抱憾终生的败将、"罪人"。这天壤之别的结果,往往取决于飞行员的一念之差。

我欣喜地发现,敌运输机此时并没有发现我,正在径直往我的火力范围内飞来。天赐良机。我迅速分析了座舱综合显示信息,一边根据机载雷达告警器判断自己未被敌截获,一边检查发射条件已完全具备,旋即,我果断地按下了中距导弹发射按钮。毫无悬念,这架飞在后边的敌运输机连同它机舱内装载的120多名伞兵和武器装备当即被我"击落"了。

旗开得胜!我心中一阵狂喜。就在此时,敌歼轰机已发现了我的攻击意图,并立即上升高度,对我实施反击。平心而论,敌人的这架歼轰机是一架新型的先进飞机,若比机载武器、火控系统的性能,都大大优于我所飞的歼击机,硬碰硬地与其打斗,我肯定是斗不过人家的,弄不好还会被对方"击落"。但是,我很清楚,他的飞机个头大,我的飞机个头小,在机动性上敌机不及我灵活。面对这样的空中巨无霸,我必须最大限度地发挥出自己飞机在机动性上的优势，在机动中寻找战机，达到克敌制胜的目的。

我心想，自己此刻一定要万分小心，每一个机动动作都不能出现任何失误，不能让敌机在缠斗中寻找到破绽，达成对我的攻击条件。我们的任务还没有完成，另一架装载着敌空降兵和武器的运输机正向我方纵深腹地加速飞去。

于是，我一边迅速释放干扰，阻止敌歼轰机向我发射导弹，一边迅猛地拉杆，使飞机以极限坡度做水平急转和"S"形转弯，用以规避敌机的稳定跟踪，不给对方发射导弹的机会。进行几个战术动作后，这个庞大的"笨"家伙几乎已被我摆脱开了多半圈的距离。我迅速减小飞机载荷，抓住有利时机，利用机载设备对敌机进行截获、锁定，当平显显示器上构成导弹发射条件时，我又一次果断地按下了发射按钮！

可以想象，如果现在是真实的空战，此刻，我完全可以目视看到敌机在我机头前方爆炸时迸射的火光。我甚至还可以想象得到，当飞机返航后，那些手舞鲜花、将我簇拥起来的人们，脸上洋溢着和我一样兴奋的表情。这些只有战斗英雄才能够享受得到的欢迎礼遇该是多么令人骄傲和陶醉啊！但是，如果我不慎被敌机击落了，在蓝天上那团火光中渐渐消失的人将不是敌人。不敢想象，一旦出现了这样的结果，我的领导、父母、妻子和女儿将会以怎样的心情和目光来仰望我曾洒血捍卫的那片蓝天呢？

能够顺利地打掉敌人这架新型歼轰机，真是我的幸运。我心中掠过了一丝"大功告成"的激动。尽管我清醒地知道，此刻，空中不仅还有一架敌运输机正向我方纵深飞去，而且还有三架歼击机正在与我的两个僚机兄弟进行激烈的空战。

虽然我已连续"击落"了两架敌机，但精神上还是不敢有丝毫松懈。我顾不上询问两架僚机的空战情况，打开"加力"直向敌运输机追去。如果敌人的这架运输机突破了封锁线到达空降区域，我们此次的反空降就将功亏一篑。我暗暗下定决心，决不能让他飞过最后的拦截地段！

我自信，对于一架装备着先进导弹的歼击机来说，攻击并击落这样一架几乎没有反抗能力的运输机是不困难的。这使我不禁想起了前不久曾经遇到过的一个大学生的诘问："如果一架没有攻击能力的外国侦察机飞进了我国的领海上空，而且还故意地撞下了我执行跟踪监视任务的僚机飞行员，此时，你作为长机，会立即打下这架敌机吗？"记得我当时只是笑了笑，并没有正面回答这位年轻人的提问。因为我知道，有时一些本来极简单、明摆着应该如何去做的事情，实际执行起来往往会很复杂。

飞机的速度越来越大。我必须重新调整好战斗位置，让机载雷达撒出一张大网，尽早捉住这条仓皇溜掉的大鱼。随着与敌机距离的接近，我屏气凝神地柔和操纵飞机，终于平稳地创造好了攻击条件。很快，平显显示出了我已截获、锁定这架运输机的信息。我向前稳住驾驶杆，不使飞机产生一点晃动，拇指轻轻地移向了导弹发射按钮……这架满载着敌空降兵和武器装备的庞然大物几秒钟后也必将"消失"在蓝天里。此次反空降作战红军大获全胜。

这时，我真的有些抑制不住内心的兴奋了。我用无线电向僚机高喊："退出战斗，返航！"但是，我飞行头盔的耳机里却是一片寂静，没有听到任何回答，似乎连平时能听到的噪音也匿迹销声了。

蓝蓝的天空面无表情地看着我，照旧是蓝得让人不敢轻信的颜色。我向座舱外望去，整个天空静悄悄的，连一朵欢快飘动的云彩也没有。我突然感到了一种孤独正漫过心头，舌尖上也感觉到了涩涩的苦味。我在心里自问，是这两位僚机兄弟没听见我的返航口令，还是他们在掩护我攻击的过程中，因寡不敌众而遭遇到"不测"提前返航了？也许，他们正在因被"击落"而懊丧不已，所以才默默不语？我似乎还猜想到了，此时空中所有的"无语"者，无论是我的僚机，还是打了败仗而灰头土脸返航中的敌机，一定在各自的心里都充满了极其复杂的滋味。

我们在西北大漠深处进行的最后一次反空降演练结束了。两天后，飞行员们将驾机飞回遥远的东北某机场，从此告别那些机翼下渐已熟悉、一望无际的金色沙丘。这些即将飞回到青山绿水或白山黑水间的雄鹰，在由西向东以雁阵般的编队迁徙途中，也许会有人回眸相望，大西北，我们还会再次向你飞来吗？

撞靶

真是心有灵犀。当我打开电脑正想写一写老安那次撞靶的事故经历时，转业多年的老宋忽然打来了电话。他问我干什么呢，我说正在"想"老安呢！这一下触碰开了老宋爱忆旧的电门开关，话匣子便一下子打开了。我知道，这个上午恐怕啥也干不成了，那就放开唠吧，对，和老宋就先唠唠老安那次撞靶的事故吧！

老宋与老安是同一年兵。我刚分到飞行团当新飞行员时，老安是我的中队长。老宋脑瓜灵，进步快，已是大队长了。后来，他们都是飞到空军规定的最高年限后停飞转业的。老安回了老家辽宁鞍山，老宋回了媳妇工作单位所在地山西阳泉。

还没说几句话，老宋的心绪明显已沉浸在了老安那次撞靶的事故中。

老宋说："老安出事那年，还称不上'老安'呢！他比我小一岁，那年他才29。不过，那时的飞行员，好像技术上都成熟得早，在新改装的歼×飞机上才飞200多小时，就开始飞所有的高难课目了。不像现在，有的领导'谨慎'得不行，别说飞高难课目了，飞基础课目时还往里面'掺水'，这样训练出来的飞行员当然就水裆尿裤的，一遇到任务就都傻眼了。幸亏这么多年没机会打仗，是骡子是马也没法牵到战场上去遛遛。"

　　老宋爱夸大其词地发牢骚，自己看不顺眼的事就用放大镜照着说，看来一辈子也改不了这个说话没边没沿、"思想落后"的老毛病。我也不和他争辩，只是打哈哈说："是啊，现在怎能与你们那时的飞行员比，个顶个，都是好样的！你们当新飞行员时都能参加对抗合练了。"我故意往打靶的话题上引导老宋，怕他飞偏了我们今天交谈话题的航线。我夸赞说，你们每年都组织打空靶、打地靶，动枪动炮像吃家常便饭似的，那时部队领导的头脑都比较"简单"，只知道一门心思抓训练，而且真够胆大啊！老宋一听我这样"理解"他们那个年代的飞行员，就更加感到自豪和理直气壮起来了。

　　"常在河边走，哪能不湿鞋啊！一个飞行团，开年头一个季度就组织空靶实弹飞行19次，这得有多大的难度啊！难度就是风险。有风险的课目飞多了，就容易出事。谁知道哪阵风会吹来个什么险情呢！就像飞机在雷雨天气里飞行，说不准哪块乌云里就藏着一道致命的闪电，剑一挥，砍断了飞机的翅膀。老安飞行技术不错啊，却赶上了撞靶。你说寸劲不，炮弹怎么就能够打断那根细细的钢索呢？就算打断了钢索，平时挺机灵的老安，咋就不知道躲闪一下，却让靶子生生撞上了自己的飞机呢？团里其他飞行员以前也打掉过靶，我记得至少有过四次吧，人家都没让靶撞到飞机上，只有老安这个倒霉的家伙，仗着'头硬'，脑袋上有'紧箍咒'，却撞了个头破血流……"

　　老宋说老安"头硬"，是有潜台词的。老安名字的最后一个字是"圣"，老宋就在飞行员面前带头叫他"齐天大圣"，后来约定俗成，简称"大圣"，就是"猴哥"的意思；老安也不是省油的灯，以牙还

每一座高耸的山峰
都喜欢仰望**翅膀**飞过的痕迹

摄影■傅江宁

牙，就给聪明过人、点子多的老宋起外号，叫他"老鬼子"。他们两人的外号，后来在我们团几乎已取代了各自的真实名字。团长在下达飞行任务前的提问时，一不注意就会说秃噜嘴："大圣，你来回答一下！"

"出事那天是4月4日吧？"老宋接着说，"我记得第二天就是清明节。不是我迷信，反正在清明节前又赶上两个'4'的日子飞行，一听起来就感到特别的别扭。'4'听起来就是'死'。不信，你看呀，咱们全空军的飞行员代号中尾数有过带4的吗？即便有这个代号也得空着，决不会下发到部队某一个飞行员头上。尤其像514这样的代号，让飞行员怎么向指挥员报告呀？'514（我要死），请示起飞！'听起来太不吉利了，好像是自己要去找死！

"那天下午，我飞完一个特技落地后，就上了塔台，刚坐下点上一支烟，就看见老安的飞机起飞了。先于老安起飞的是拖靶机潘大个。潘大个仪表飞行技术好，在空中能把飞机'掐得'稳稳的，高度、速度、升降表'三针'都指'0'不动！所以，领导选他飞拖靶机是最合适不过了。谁都知道，空中飞机越稳，拖在后边的靶子摆动量就越小，打靶的飞行员才能瞄得越准。"

我心想，老宋转业前在部队只混上个"团副"，肯定与他平时嘴上不留个把门的有关。老宋说的"潘大个"也是一名中队长，和老宋是同年兵，我叫他老潘。老潘是全团公认的"空中警察"，精力充沛，反应灵活，经常自觉主动地在空中"代替"指挥员行使指挥权。老潘身高1.58米，是全团个头最矮的飞行员，所以，老宋和一些人背后就叫他"潘大个"。老潘的个头刚好与俄罗斯宇航员加加林的身高差不多。当有人叫老潘外号时，他也不吹胡子瞪眼地与人斗气，只是用冷幽默回敬一下对方："去他妈的，老子一不注意还给长'冒'了，我比加加林还高出一厘米呢！"

老潘的飞机是14时54分起飞的。第一批攻击机是老安，第二批攻击机是副大队长老艾。老艾是有名的"艾打赌"，只要有机会，他总爱与人打赌。后来才知道,这哥仨在头一天飞行准备协同时,就悄悄定下了明天打靶时打赌的事。老艾向老安挑战说,大圣,你明天打靶成绩若比我好,比我多命中一发,我就输你和老潘每人一盒烟;若你的成绩不如我,你就输给我俩一人一盒烟。咱们的赌注也不大,一条烟封顶,但必须是带过滤嘴的凤凰牌香烟。老潘一听,就迫不及待地"拍板"说,咱们就这么说定了啊,谁不兑现谁就当孙子!

嘿,这个潘大个真是鬼透了,他才是最划算的人。因为,不管谁输了,他都能赢到香烟;不管谁耍赖,他还能赢回一个"孙子"。

打靶空域设在辽东山区的9号空域。选9号空域进行实弹打靶是出于安全上的考虑。虽然是实弹射击,但并不装爆破弹,而是清一色的穿甲弹。这种穿甲弹遇到目标时只"穿"不"炸",凡打中了靶标,就会在靶衣上留下一个窟窿;没打中的炮弹就成了"溜弹",自由飞翔一段距离后,落向地面。问题是,谁能保证每发炮弹都会像期望的那样落到无人居住的地方?万一有一两发落在了谁家的屋顶上,伤着人可就麻烦了。事实上,以前也曾发生过炮弹落在老百姓家里的事件,所幸的是落在了猪圈里。有人开玩笑说,这回就当是人民子弟兵赶在年前替老乡"杀"猪了。咱们部队派去做群众善后工作的两个政工干部可真会说话,进门就先向老太太"道喜"。一个说,你家小孙子将来准能做大官,命大福大啊!你看呀,炮弹在你家宅院上空硬是拐了个弯落进猪圈里,而不敢靠近这个命大的孩子。另一个也帮腔说,这孩子前途大着呢,将来当个县长、团长恐怕都挡不住。听他们这么一忽悠,老太太乐了,其他事自然就好商量了。

老安和老艾编队起飞,哥俩肩并肩地飞向了9号空域。9号空域的南边界是一条河汊,河边有一个小镇,叫田师府镇,飞机飞过这个小镇后就进入群峰叠嶂的山区了。据说,那些山谷比较深的地域,都是原始森林,其间常有野兽出没。老安他们从空中往下看,9号空域像是一个方形的笼屉,若用诗人的话来形容,就是"满目群山,一锅窝头"。

空靶实弹按当时的《飞行训练大纲》排列，是106练习。飞这个练习时，拖靶机尾后要拖一条长长的尾巴，这个"尾巴"即是一具长30余米的三叶靶。三叶靶的骨架用三根金属杆焊接而成，用它来撑起靶衣。飞机起飞后，看上去就像是飞行员在天上放一架风筝。飞机与靶标之间是用一根钢索连接的，长度一般是400米，这样，飞行员在射击时炮弹才不会误伤前方的拖靶机。

到达9号空域后，老安、老艾与老潘三架飞机按计划会合在了一起。老安先报告："进入攻击！"老艾则默契地上升高度500米，在侧翼上方负责监视。老安的攻击动作非常娴熟，每次进入都不走"空趟"，一个点射，三四发炮弹打出去，都直奔靶标方向。此时，虽然老艾并不能完全看清炮弹的飞行轨迹，但从老安的攻击动作上看，估计每次的命中率是八九不离十。老艾心中满是赞佩，对自己主动提出与老安打赌的事一点也不后悔。

15时12分，老安第四次进入攻击。或许是老安对前三次攻击很满意，按捺不住心中的欢喜；或许是他下意识地一闪念间想起了与老艾打赌的事，便悄悄地向前推了一下油门，想把攻击距离缩小到300米以内。因为距离越近，命中率越高。对射手而言，当距离近到一定程度时，就可以"指哪打哪"了。在距离300米以内射击，风险系数很大，尤其是在实弹中，一旦炮弹击中靶绳或打碎靶架，飞驰而来的靶标或金属杆就可能与飞机迎头相撞，打伤飞机，危及飞行安全。老安心里的这些"小九九"被负责监视的老艾看得清清楚楚。老艾在心里说，大圣，你小子怕输烟也不能不要命啊！正当老艾还没有想好怎么去提醒他时，老安的飞机翼尖一扬，增大坡度便进入了攻击，旋即，"咚，咚，咚"又是三发炮弹打了出去。几乎在射击的同时，老安看见靶杆上冒出了一串火星。虽然感到有些异样，但老安自认为射击距离也不算太近，心想，即使掉靶，也不一定撞上自己的飞机。因此，他看到前方迸溅的火星后只是犹豫了一下，并未按照"宁可信其有，不可信其无"的原则迅速操纵飞机做脱离动作。少顷，只听"嘭"的一声闷响，老安的飞机猛地开始向左倾斜起来，他心里"咯噔"一下：坏了，飞机撞靶了……

旁观者清。正欲提醒老安"注意攻击距离"的老艾，被这瞬间发生的惊心一幕吓了一跳。他清清楚楚地看见一个黑影飞向了老安的飞机，接着老安的飞机便冒出了黑烟，继而还蹿出火焰。老艾急忙向老安，也是向塔台指挥员大喊："870的飞机冒烟着火了！"870是老安的代号。正在压杆蹬舵试图制止飞机向左滚转的老安，一听老艾这一声杀猪似的大叫，立即向左扭头一看，果见机翼和机身之间冒起了黑烟，还有浓烈的火焰向后飞逝而去。老安急促地向塔台报告："我的飞机是着火了！"老艾赶紧压坡度、下降高度，跟随老安的飞机左转，以监视老安飞机的动态。塔台指挥员是刚交替班的曹师长。师长沉着下令："不要慌，865（老艾的代号）注意观察，870拉起灭火！"间隔了两三秒钟后，经验丰富的指挥员似乎意识到了问题的严重性，遂又下一道指令："不行就跳伞！"

此时，老安的飞机向左滚转的力量越来越大。老安既要奋力操纵驾驶杆阻止、延缓飞机的滚转，又要减速做灭火的动作。老安感到把驾驶杆几乎向右压到头了，飞机却依然向左滚转，而且劲头越来越大。老安终于无计可施了，他看到左机翼上的火焰越来越高，预感到飞机随时都有可能爆炸。原来，老安最后一次试击时，瞄准点有意往前移了一点。他想使点射的炮弹都能穿过靶标，结果，却把拖靶钢索和靶杆打断了。被打断靶绳的靶标撞在了老安飞机的左机翼上，金属杆打伤机翼蒙皮后又击穿了安装在机翼内的"一油箱"，于是飞机开始大量漏油、燃烧，并冒着黑烟向左滚转起来。

老艾眼看着老安的飞机向左滚转越来越厉害，黑烟越来越浓，整个飞机都快要看不清了，便急促地连续高喊："870跳伞！跳伞！"这时，老安的飞机已处于半扣状态，高度仅剩2500米。老安感到操纵飞机返航已彻底无望，何况还有大火无法扑灭，于是，咬定牙关拉下了自动弹射跳伞的布帘把手。

老安打靶时的飞行高度是4500米,撞靶后仅过了几秒钟,飞机已下坠到了2500米!老安飞的是歼×丙型飞机,《飞行员驾驶守则》规定,飞行员遇到险情时正常跳伞高度的底线是2000米。而老安则是在极复杂的条件下跳伞的:一是飞机在倒飞中跳伞,固定在座椅上的飞行员是头朝下被火箭弹弹射出座舱的,损失高度多;二是跳伞地域是山区,海拔高度高,飞行员跳伞后相对高度变低。这两个因素都需要飞行员提高跳伞高度,才能确保跳伞后伞衣完全张开并成功着陆。

一朵洁白、硕大的伞花终于在空中绽放了!老艾兴奋地报告:"伞开了!伞开了!"老安看见自己的飞机几乎以垂直角度拖着长长的烟带翻滚着向山谷冲去,几秒钟后,山谷里升腾起了一个橘红色的火球。

老艾继续在老安跳伞的地域上空盘旋。他要目送这朵承载着老安生命的伞花徐徐下降,直到平安地落到地面。事实上,这一切只是老艾的一厢情愿。跳伞后的老安身上是否受伤,着陆时双脚能否落到平坦的地方?这些,老艾不可能看得一清二楚。因为现在他飞的是高速歼击机而不是可以在空中悬停、详察细看的直升机。但是,老艾依然坚持盘旋到最低返航油量才飞回机场。他这样做,还有一个用意,就是让地面雷达连续捕捉到自己飞机的信号,以便让指挥员在地图上准确标出老安跳伞的地域,尽快组织人员实施营救。

老安犯下的错误当然是严重的。这起事故的直接原因是老安违反规定,射击距离偏近,瞄准点靠前,又未做脱离动作,致使靶标打伤了飞机,难于操纵,飞机坠毁,导致二等飞行事故。事后,上级派来的事故调查组在全面检查我们打空靶的情况时,发现从去年到今年,全师已发生20次打掉靶的问题。就在老安这次撞靶前的3月24日,有一名副团长打掉靶,钢索打坏了右机翼下的无线电高度表天线,没造成严重后果,实属侥幸。老安的这次事故后,调查组重新判读了五个打掉靶的射击胶卷,问题都是距离近,最近的射击距离才220米!而且,瞄准点都靠前,有的甚至提前17个千分！有人不解，飞行员明知这样做很危险，为什么还偏偏要铤而走险呢？答案也很明确，他们都是为了追求"命中率"。难道"命中率"比自己的生命和国家财产的安全更重要吗？

在飞行中瞬间发生的许多事情，一旦回到地面后再来思度，即使是飞行员本人也会百思不得其解。这种高度、速度带来的刺激、亢奋、陶醉的"快感"，只有飞行员在当时条件下才能体验得到，而与旁观者是永难解释清楚，甚至是不可言喻的。所以，飞行中，经常会出现一些让做政治思想工作的人甚是头疼却找不到思想根源的"疑难杂症"。所幸的是，老艾、老安、老潘三人约定打赌的事谁也没有说出去，不然，事情可就真的有些复杂了。

人们都在为跳伞后的老安担心。老安跳伞的位置在9号空域的中部，从大比例尺地图上看，那一带的等高线最为密集，一圈套一圈，像手指纹被印在了地图上，明白人一看就知道这里几乎全是崇山峻岭。老安会落在哪里呢？如果双脚踏在陡峭的崖壁上怎么办？森林里果真有虎狼豺豹这些猛兽吗？大家越想越感到老安凶多吉少。

在这样一个荒无人烟的山区搜救一个人是非常困难的，无异于大海捞针。在原始森林里，车辆无路可走，即使越野吉普也开不进去。人们也想到了申请直升机去寻找，但搜寻一个这么小的目标，直升机飞行员的目视能力恐难以胜任。按师长命令，部队立即组成了应急搜救分队，六七台各种型号的车辆装载着搜救人员急速向田师府镇方向开去。师长心里明白，单靠部队的力量去搜寻大面积的山区实在太困难了，于是，立即请示上级，请求当地政府支援。很快，被发动起来的几百名民兵和老百姓拿着手电筒开始对老安跳伞地区进行拉网式搜索。

晚上7点钟，天已经彻底黑透了。人们一边往山坡上攀爬，一边不停地喊话。7点40分左右，有人听见从一片茂密的松林里传出两声清脆的枪响。天这么黑了，不可能有猎人打枪，一定是飞行员鸣枪向我们发送求救信号呢！兴奋的人们纷纷向松林方向围拢过去。由手电筒的光晕链成的包围圈在逐渐缩小，人们终于找到了老安。

原来，老安伞开后在下降的过程中，迅速观察了一下四周的地形，都是陡峻的山峰。老安心想，一旦双脚跳在嶙峋的山石上，即使保住了性命恐也保不住双腿。于是他操纵伞绳，让降落伞在空中转了一个角度，对向了山坡上的一片树林。

人们找到老安的时候，只见降落伞的伞衣和伞绳挂在两棵大树的枝杈上，人却被高高地"吊"在了半空，颇像一个顽皮的孩子在打秋千。老安没敢解开降落伞上的安全带往下跳，而是一直就这样握着手枪在半空中打了四个多小时的"秋千"。老安多聪明啊！他一是害怕从七八米的高度上跳下来会扭伤腿脚；二是拿不准山林里会不会真有野兽出没。当他看到漫山的灯光和听到呼喊声时，才向空中开了两枪。而在此之前，他并没有着急地乱开枪报警。是啊，枪里一共才5发子弹，他得节省着点用。

一个月后，检查完身体的老安又要参加飞行了，这是他主动申请的。老安说在哪里摔倒还要在哪里爬起来，他真的"爬"了起来。他在后来十几年的飞行中，执行过多次重大任务，都完成得非常出色，尤其是参加上级组织的空靶射击大比武，老安还拿过全区个人第一名。但是，毕竟他摔过一架飞机，给单位的脸上抹过黑，个人进步的事就只能在原地"踏步"了。

回忆可真像一个来去自由的漂流瓶。吃午饭的时间到了，老宋和我的谈兴依然还很高。看来，岁月并没能使老宋的记忆力衰退，那些斑斓的青春色彩不仅没有褪色，反倒越发清晰、鲜亮起来了。当听说我有转业的想法后，老宋言之切切地对我进行了一番劝说："你可别着急转业啊！你还年轻，在部队多干几年。飞行员当不当官并不重要，只要完成任务好，保证了安全，就是对国家的最大贡献，也是个人的最大成功！"听老宋这么一说，我在电话里便特别想赞美他几句，虽然也有些开玩笑的成分，但还是觉得应为他过去留给大家的"落后"印象"平反"。于是，我用诚恳的口吻说："老宋，其实你的思想一点也不落后啊！就是有点刀子嘴……"老宋一听，便在电话里用他几十年一贯制的专用脏话骂了我一句，然后就哈哈哈地笑了起来。

是啊，作为一名把全部青春年华都倾注给了飞行事业的飞行员，他的平安降落就是人生的最大成功。我深信，他们对祖国蓝天的热爱、对飞行事业的执着追求都是发自内心的，对自己二三十年的军旅生涯也是无怨无悔的。尽管在这些青春不再、敛翅栖落的人们中间，有些人的身体或心灵受到过某种创伤，甚至遭遇过人为施加来的委屈，但我依然不会相信，他们的无悔都是内心哭泣后的高调坚持，心灵的天空上某一片阴云会永远遮挡住灿烂的阳光。

道不尽的地平仪

Skywalker 壹

遮盖地平仪飞行是对飞行员的一种特殊训练。它不仅是提高飞行员依据其他仪表指示操纵飞机能力的一种手段，也是提高飞行员对抗飞行错觉能力的有效途径。所以，在进行仪表课目训练时，都会穿插进去遮盖地平仪的飞行内容。尤其是上级对飞行员进行仪表技术考核时，通常都要对遮盖地平仪的飞行内容进行严格检查。

对于歼教六这样的飞机，遮盖地平仪还是使用最原始的办法。在飞仪表课目前，飞行员要提前找来一张硬纸片，通常是用飞行靴的鞋盒那样的硬纸壳，然后按照地平仪的大小、形状用剪刀剪下一张圆圆的纸板，再用橡皮筋在两边穿出用来固定纸板的"耳朵"，于是，一张遮盖地平仪用的"遮挡板"就制作成功了。也有的飞行员图省事，做"遮挡板"时就不那么认真，在找不到橡皮筋时，就向航医要两条医用白胶布，在空中，待后舱教员下令遮盖地平仪时，把纸板往地平仪表蒙子上一贴就行了。

地平仪是专门负责指示飞机姿态的仪表。飞行员只需用目光扫一眼地平仪，就能立即知道飞机是处于跃升还是俯冲、直线还是转弯等飞行状态。尤其是在云中飞行时，飞行员仅靠目视观察外界是判断不出飞机的准确姿态的，就像医生只用手掌摸摸病人的脑门是说不准其发烧的具体温度一样，只有靠仪表测量出的数据才是准确的。然而，仪表也有出故障的时候，遮盖地平仪飞行就是要把地平仪当成一个不能正常工作的"病人"，飞行员不再依据它的指示数据来判断、改变飞机的飞行状态。

被遮盖住的地平仪依然在正常工作，只是飞行员因看不见它的指示状况，飞行中就会觉得特别别扭，甚至心里有点堵得慌。在这种情况下，为了保持好飞行状态，逼迫飞行员只能根据其他仪表的指示来做参考，判断并修正飞行偏差。

遮盖地平仪飞行，要求飞行员的注意力分配不仅要合理，转换还必须迅速才行。起初，遮盖上地平仪后，飞行员依据高度表刚刚修正好了飞行高度，回头一看电罗盘又发现航向早已偏了，于是，又手忙脚乱地根据转弯侧滑仪（俗称针球仪）修正航向。这样摁下葫芦浮起瓢，反反复复地修正，不一会儿就会让飞行员忙出一头汗来。而对于那些注意力分配转换慢或是性子急躁的飞行员，如此这般地鼓捣来鼓捣去，用不了多久，不仅飞行数据偏差没有缩小，甚至还可能会增大。有的飞行员干脆气急败坏地把驾驶杆一扔，让飞机"无人驾驶"一阵子。遮盖地平仪飞行绝对是个细活儿，像绣花一样，一针一线都急不得，若飞行员用打铁的动作去操纵飞机，无疑会越飞越乱套，甚至会使飞机进入复杂状态而不能自拔。这时，后舱的教员往往是眼看着地平仪的指示变化，既感到好笑又替前舱的飞行员着急。而前舱被遮盖住的地平仪，其表情也一定和教员的一样，一脸幸灾乐祸的样子。

此时，飞机就像喝醉酒的醉汉一样，一边左右摇摆，一边深一脚浅一脚地前行。面对这种颠头簸脑的飞行状态，飞行员想不依据地平仪的指示而立即控制住它是困难的。只有经历过相当一段时间的遮盖地平仪训练后，飞行员才能依据其他仪表的指示把飞机"拿稳"。一位老飞曾对我说过，遮盖地平飞行其实就是让人蒙上眼睛去走盲人线，直到感觉像盲人一样走得既谨慎又坦然，方向不偏不斜，才算过关。

Skywalker 贰

我后来飞过的比歼教六稍先进一些的歼教七飞机，后舱专门设置有一个"断开地平仪"电门。当需要对前舱飞行员进行地平仪故障模拟训练时，教员只需把这个电门一关，前舱的地平仪就进入了断电后的严重"病态"。前舱飞行员无须再用硬纸板遮盖地平仪，他所能看到的地平仪像旋速渐渐缓慢下来的陀螺，一阵摇头晃脑后随时都会歪倒。而我们当时所飞的是歼教六，飞机上没有设置这个"断开地平仪"电门，飞行员就只能用原始的办法遮盖住地平仪，让它"假装"故障。这样一来，就会出现一个问题，地平仪能否被遮盖得严密？飞行员若预留一条缝隙，偷看几眼地平仪，飞行中心里就会踏实许多。

其实，谁都知道用纸片遮盖地平仪可能会有"漏洞"，但后舱教员又无法把这个"漏洞"堵塞住。因为，前舱飞行员是否真的把地平仪严严实实地遮住，后舱教员是无法看到的。一切只能"革命靠自觉"。但是，在人的一辈子中，能够处处、事事都做到自觉自律是很不容易的。

平时进行仪表训练时，当时间到了"遮盖地平仪"阶段，前舱飞行员一般都能比较自觉地把地平仪遮盖起来，完全凭借其他仪表的指示保持飞机状态，虽然飞机是在趔趔趄趄地飞行，但飞行员从中锻炼、提高了自己的技术。但是，如果遇到上级考核、检查技术时，有的飞行员就会在遮盖地平仪时悄悄给自己预留"一条缝儿"。正是这条不太宽的缝隙，在飞行员的思想堤坝上冲开了一道弄虚作假的缺口。

有一次，在上级检查组对我们团飞行员进行年终考核时，我就忍不住在遮盖地平仪时给自己留下了一条缝隙。

当空中考核官向我下令："现在模拟地平仪故障，你把地平仪遮上！"我在回答"明白"时迟疑了一下，心想，这可是一年一次的年终考核啊，若我果真实打实地遮盖住了地平仪，万一失手没飞好，掉了链子，在全团飞行员面前可就丢老人了！于是，当我从飞行夹板下边取出地面准备好的硬纸板、将橡皮筋挂在地平仪两侧的旋钮上后，有意将纸板往上边提了提，这样，地平仪下方的子午线就清楚地露在了外边。子午线是指示飞机倾斜程度的，有了它的帮忙，我就可以轻松地判明飞机是否带坡度。我心中悄然掠过了一丝窃喜。

起初，我故作迟缓地操纵飞机，以便让考核官感到我已真的遮盖住了地平仪。就这样，我无病呻吟地操纵着飞机，数据保持、修正动作自然都很准确，尤其是飞机的坡度，几乎没有一点偏差。后舱考核官显然对我平时的"训练有素"也很满意，竟禁不住用机内通话器向我说了一声"很好"。我很庆幸自己预留的这条缝隙没被发现。

考核官突然把驾驶杆向左狠压了一下，飞机猛地滚转起来。旋即，他又立即松开了驾驶杆，飞机便开始以很大的左坡度下降转弯。这时，考核官向我下令："按仪表改出，恢复原来状态！"我被他这个突如其来的动作惊了一跳，鼻尖都快要冒出汗来了。我急忙向右压杆，首先迅速地改平了坡度……很快，飞机又恢复到了原来的飞行状态。此时，考核官严厉地又向我下达了一个口令，这下可真让我的鼻尖冒汗了："你把地平仪遮盖好，再飞！"

考核官怎么会知道我给自己预留了一条偷看地平仪的缝隙呢？稍顿，我恍然大悟——一定是我刚才改平坡度时动作太迅速、准确，让他看出了破绽。

人的经历往往会惊人的相似。飞机落地后，考核官意味深长地告诉我，其实他当新飞行员时，有一次恰逢师领导考核，他怕遮盖地平仪后数据飞不准，影响成绩，也为自己预留过一条缝儿，结果被考核他的副师长发现了，空中当场宣布"2分"，后经过补考才算过关。

考核官接着说，自从那次被"2分"后，他每次再飞"遮盖地平仪"时，都把遮盖地平仪的硬纸板做得大大的，将地平仪遮盖得严严的，再也没有偷看过。不仅如此，他在飞完其他课目返航时，利用这一段"空闲"时间，故意不看地平仪，而是按其他仪表保持飞机状态。经过一次次的练习、揣摩，他终于可以达到不看地平仪也能将飞机飞得很平稳了。年终考核时，他还主动向团里提出申请，请求师首长再次考核他的"遮盖地平仪"飞行技术。"现在，我对遮盖地平仪后的飞行已经习惯了，没什么别扭的感觉。"他像是在平静地自语，又像是在对我发表感慨。

Skywalker 叁

遮盖地平仪飞行毕竟只是假设地平仪故障，而飞行员空中真正遇到地平仪故障时，处置起来会比遮盖地平仪训练时要复杂得多。那年春天，我在穿云下降时遭遇到的那次地平仪故障，使我险些失去了将飞机飞回来的信心。

当我飞够"背台"时间，准备做"进入着陆航向"动作时，发现地平仪指示的飞机仰角逐渐增大，地平仪球体刻度盘上表示飞机上升状态的蔚蓝色部分越来越多。我扫视一眼升降速度表，指示为"0"，这表明飞机处在平飞状态，没有上升高度。看来，一定是地平仪有了毛病，而且"病"得还不轻。十几秒钟后，地平仪的球体开始倾斜，并彻底进入了"昏迷"状态。

此时，我仍在云上飞行，一望无际的层积云在机翼下方波涛汹涌。这些云团山峰一样擦着翼尖疾速向我身后闪去。我像踏入敌占区的士兵一样，心情开始变得不太平静了。我看不见地面，也看不清远方的天地线，只有座舱内的有关仪表能间接地提示我飞机处于怎样的飞行状态。渐渐地，这个指示飞机姿态的最重要的仪表——地平仪彻底"罢工"了。

如果我继续在云上飞行，虽然地平仪有故障，但保持飞机平飞应该没有太大的问题。可是，现在"进入着陆航向"的时机已到，不能再等。我只好按照针球仪"晃晃荡荡"的指示取"平均值"大致判断飞机的坡度大小，并以大约30度的坡度开始进入着陆航向。

心有不甘。我干脆关闭了右配电板上的地平仪电门，打算几分钟后重新打开，试试地平仪能否恢复正常工作。我这样做，也只是出于有病乱投医的无奈心理，究竟能否如愿地治好地平仪的"病"，心里并没有多少底数。

不可否认，在即将穿云下降的时刻遭遇地平仪故障，我在心理上的确有一些紧张。我以不太平静的声音向塔台指挥员报告了地平仪故障的情况，指挥员沉默几秒钟后，对我断续地只说了一句"按其他（仪表）……保持飞机状态"的话，之后便是更长时间的沉默。指挥员为什么保持沉默呢，难道他已无计可施？

我心想，他刚说的不过是一句完全正确却又没有任何实际指导意义的废话。虽然这是一句废话，但他说与不说性质可是大不一样的。因为，如果我一旦把飞机摔掉了，这句话即足可证明他已"履行"了指挥员对空中遇险飞行员负有的提醒职责。

在现实生活中，像这种隔靴搔痒的"正确意见"、"重要指示"、"上级要求"实在是太多了，但一般情况下只是发生在互相扯皮的会议桌上，因此，这种扯淡、推诿的辞令倒也没有造成什么直接损失。可现在，我的飞机已陷入了非常危险的境地，形同置身于水火包围之中，身为指挥员竟然还明哲保身地耍滑头，实在令人气愤和无奈。

人在无奈、无援之时，心底深处往往会迸发出一种强大的能量，促使自己去做最后的奋力一搏。我硬着头皮开始推杆下降高度，几秒钟后，飞机便一头拱进了乳白色的云雾之中。像一个既失明又喝多了酒的醉汉，飞机以"S"形的脚步大致向着机场导航台方向飞去。我不停地按照针球仪的指示概略修正飞机的倾斜，并竭力将升降速度表的下降率大体控制在30米/秒的数值上。

随着高度降低，我感到座舱内的光线越来越暗，飞机就像一条钻向海底的鱼。飞机开始剧烈地颠簸。我知道，此时飞机已拱进了密度较大的浓云里。我感到飞机开始自行转弯，并且向光线暗淡的一侧产生了很大的坡度。我的心被一双无形的大手揪得紧紧的，并一下子提到了嗓子眼。我观察了一下针球仪，不停摆动的指针并没有出现"一边倒"的现象，这就说明飞机没有带较大坡度飞行。理智立即警告我：可能是云中产生了倾斜错觉！

人与飞蛾一样，都有向光性。当处于明暗不一的环境中时，人也会像蛾子一样有着向光亮的方向飞去的愿望。此时，只有当飞机向明亮一侧带着坡度飞行时，我才会感觉是"没有坡度"的。若要使飞机保持正常的直线下降，我必须用理智的力量忍受住严重错觉造成的"身体倾斜"。这种情况下的飞行，尤其在云中，保持飞行数据是极其困难的，情况严重时，有可能导致飞行员无法忍受，失去信心，只好弃机跳伞。

即使是在地平仪工作正常的情况下，飞行员遭遇云中错觉后也极难克服。因为，克服错觉没有更好的办法，就看飞行员有无顽强的意志，能否依靠理智的力量去坚信仪表指示，战胜自己身体里的错误感觉。我在心里一遍遍强迫自己，一定要坚信仪表！虽然能最直观地呈现飞机姿态的地平仪已故障了，但其他仪表仍在正常工作，只要我不失去信心，不主动放弃，就一定能把飞机飞回去。

飞机像一叶小舟在深海区突然陷入了台风卷起的旋涡之中，随时都面临着倾覆的危险。我知道，此时，即使船上的人们惶恐万分地高喊"救命"也是无济于事的。他们唯一的希望和出路是大家齐心协力，力争不使小船倾覆。看来，在人生的紧要关头，能够救自己的往往不是别人,而是自己。

越是怕死的人往往越是先死。我眼前的"敌人"就是自己身体里的错误感觉。错觉这个魔鬼,虽然看不见、摸不着,它却有着强大的力量。而我,必须战胜它,也就是战胜自己!

当飞机高度下降到2000米时,我的心理承受力已几乎达到了极点。这不仅因为操纵飞机时的忙乱已让我汗流浃背,而且最低安全高度的逼近也使我的心理负荷急剧增大。在不能确定自己位置的情况下,我不能盲目地继续下降高度。何况《驾驶守则》有规定:"飞行员发生错觉,无法正常操纵飞机时,高度2000米应跳伞。"我心中瞬间闪过了一个弃机跳伞的念头。

我在心中命令自己:"再等一等!"并渐渐向后拉杆,艰难地将飞机改为了平飞状态。按规定,只有在平飞状态才允许接通地平仪电门。我左手握住驾驶杆,腾出右手接通了座舱右侧的这个红色电门。地平仪摇晃了一下脑袋后,像突然睡醒的孩子,一下子来了精神头。高速旋转起来的地平仪渐渐恢复了正常的工作状态。这个奇迹的出现,使我大喜过望,就像溺水者突然抓住了一只救生圈。

弃机跳伞的念头顿时被打消,我开始按地平仪指示操纵飞机,试探性地缓缓下降高度,并试图寻找云缝观察地面。我多么渴望早些穿出云层、看见地面,然后目视飞行,按"全罗盘"指"0"飞向机场。

我必须弄清自己所处的位置,确实判明飞机前下方没有山峰或其他高大障碍物后才能下降高度。我向塔台指挥员大声询问飞机位置,依然是一片沉默。这更加剧了我心头对指挥员的气愤和鄙夷!若是在战场上,一个不敢挺身而出、勇于负责,而是逃避责任的指挥员,其实就是在犯罪。

就在我山穷水尽、不知如何是好之际,突然听到了指挥所领航参谋代替塔台指挥员发来的下降高度的指令。我根据领航参谋提供的方位、距离,迅速确定了飞机的位置。

至此我才明白，原来塔台的无线电发射机几分钟前也发生了故障，致使空中所有飞机均无法收听到通话信号，只好采取应急措施，由指挥所的领航参谋"转话"指挥。这可真是闻所未闻、无奇不有的巧遇，也是火上浇油的祸不单行啊！我心中顿时为自己刚才对塔台指挥员的无端猜忌、满腹怨恨感到羞愧不已！

我继续下降高度，600米时飞机出云。在看到地面的瞬间，倾斜错觉也随着云雾一起消散。幸好飞机偏航不多，航迹附近也没有遇到高山。我侧身望去，机翼下面那片熟悉的大海依然像往日那样安宁，一只只渔船像作战地图上标注的行军箭头一样指向前方。它们身后都拖着一条由浪花编织成的洁白"哈达"，仿佛要献给我这位凯旋的"英雄"。几秒钟前的余悸尚未在心中彻底抚平，我不敢相信，自己已彻底从另一个可怕的世界里逃生归来。

身上的天蓝色丝绸衫早已被汗水浸透，此时此刻，我不仅没有感到那种被汗水浸过之后黏糊糊的感觉，反倒有一种凉丝丝的清爽滋味涌向心头，真是舒服极了。

肆

5月6日是个阴云密布的日子。这些深重的云团不仅压在辽东某机场的上空，也压在人们的心头。老黄牺牲了。他那副憨厚表情永远定格在战友们的记忆中。

这一天，老黄所在的飞行团组织昼间复杂气象训练。云量10个。飞行员进场后举头望天，连一条云缝也没有。气象预报员报告说，云底高3700米，能见度大于6公里。这是标准的复杂气象天气。穿云飞行，马虎不得，飞行员们的心情仿佛也像天空的云层一样多了几分凝重。

8时34分，身为飞行一大队副教导员的老黄驾歼×型29号飞机起飞。他飞的课目是直线穿云，432练习。这是一个复杂气象课目中最常见的练习。飞机起飞后穿云上升，沿着预计的航线飞行，在空中飞一个"8"字形的"穿云图"，然后穿云下降直线着陆。这个练习并不复杂，空中时间也不超过30分钟。飞行员在这样的气象条件下执行任务，应该说是"小菜一碟"，没有任何困难。

老黄是一大队的老飞行员，又是分管"政治方向"的领导，要求自己一向非常严格，尤其是他在服从命令、听从指挥方面，从来都是不折不扣。其实，在飞行部队里，一些领导心里宁可喜欢像老黄这样听话的飞行员，也不喜欢那些"爱踢爱咬"的聪明的刺头。老黄对领导的指示、要求从不讲价钱，就只知道干活，多好！

老黄在飞机起飞三分钟后报告"穿云上升"，一切正常。5分钟后，指挥员按部就班地令后续的第二架飞机也开车起飞。又一架飞机在跑道上一阵轰鸣后，呼啸着冲向了天空。

机场上的草坪已被春风彻底吹绿。那些暂时没有飞行任务的飞行员三五成群地站在草坪旁，一边观望飞机起飞，一边不时地议论着什么。整个机场像一台运转自如的庞大机器，在轰轰隆隆的节奏声中向前开进，时间一分一秒地被甩在了身后。

8时55分，老黄突然大声报告："地平仪不好！"旋即又接着报告："转弯时电罗盘也不指示！"按照起飞时间估算，老黄的飞机应在"穿云图"改出一转弯的位置。

老黄所飞的飞机型号，地平仪和电罗盘共使用一个电门，电源也来自同一台变流机。这两个仪表仿佛是绑在一条绳上的蚂蚱，一个跳动，另一个也无法安生。在云中，老黄面临的其实是两个特情：地平仪故障和电罗盘故障。而这两个仪表，一个负责指示飞机状态，一个指示飞机航向。在云中飞行，如果没有它们，老黄的飞机就是一个"瞎子"。

一位"跟班"飞行的副师长听到训练参谋报告空中飞机有故障的情况后，匆忙跑上了塔台，并从指挥员（该团团长）手里接过了话筒。老黄的命运像他的飞机一样，此时皆由这位勇于负责的副师长指挥。

但老黄无法意识到,他的命运已转了一个弯,飞向了另一片不可预知的区域。

应该说,这位副师长是位有责任心并敢于负责任的领导干部。他在危急时刻能主动接过指挥话筒,已说明他的行为和心情与他的职务是相匹配的。只是,他向空中的老黄下达的错误指令,使这架盲人一样的飞机向险境又逼近了一步。

副师长向老黄发出了一连串具体口令。"你原地盘旋""向太阳飞""向3号(定向台)要航向"等等,这些口令如果是在已明确飞机位置的情况下发出,或许都是有用甚至是完全正确的。但是,老黄的飞机究竟在什么位置?由于雷达没有及时传递信号,标图桌上并未显示出来。也就是说,副师长假设了一个老黄的飞机所在位置,就开始对他实施连续指挥了。对于老黄的故障飞机来讲,这些口令都不是对症的良药,它们不仅没有减轻这架飞机的"病症",反而贻误了宝贵的"会诊"时间,使情况更加复杂起来了。

站在副师长身后的当日副指挥员是一位团副参谋长。他欲言又止,似乎想说:既然知道今天的云底高是3700米,令老黄下降高度至云下飞行,再飞向导航台返航,把复杂问题置于简单的环境里来处理,不是更好吗?

在地平仪故障的情况下,要老黄在云中原地盘旋是危险的。于是,他边盘旋边开始下降高度。尽管没有人下达指令让他下降高度。

9时12分,老实听话的老黄终于艰难地"原地盘旋"到了云下,而云下没有太阳,只有满目的青山。有点发蒙的老黄完全不认识这些绵延起伏的大山。这些被诗人称作"凝固的浪花"的山峰都叫什么名字?老黄连一"朵"也叫不出来!他彻底迷航了,只好如实向塔台报告:"我在山区!"

这时,即使没有聪明、智慧的"诸葛亮"来出谋划策,手握话筒的副师长只要按照正常的逻辑思维去思考问题,就应该下令让老黄的飞机继续"原地盘旋"，不要入云，并尽快采取营救措施。一是让老黄检查全罗盘工作情况，并指"0"飞向导航台，云下返航；二是立即报告上级指挥所，请求打开高精度的战备雷达，迅速捕捉到老黄的飞机位置后，引导其返航；三是派技术胜任的飞行员，驾机前往，与老黄汇合，像牵羊一样将老黄的飞机"领"回来。可是，慌乱中没有人提醒副师长考虑一下这些措施的可行性。

云下飞行8分钟后，老黄依然没有判明自己机翼下地标的名称，无法确定飞机所处的位置。焦急万分的副师长再也无法忍耐下去了，也许他是担心老黄在山区飞行太危险吧，遂又下达了一道新的指令："上升高度至8000米，到云上飞行！"

指挥员为什么下定决心要让老黄再回到云上飞行？事后播放空地通话录音时，众人愕然，百思不得其解。在地平仪、电罗盘均故障的严重情况下，让飞行员再度穿云上升，无异于让盲人再次走过独木桥。试想，在没有地平仪正确指示的情况下，穿云上升时飞行员发生严重错觉怎么办？错觉后飞机进入复杂状态怎么办？幸好，总时间飞行了1600多小时的老黄仪表技术基础很好，居然冒着风险安全地"爬"到了8000米的云上。

在云上，老黄终于可以看到太阳了。此时的太阳光，在老黄眼里，根本没有丝毫的暖意，像极了冷冰冰的审视目光。耳机里又传来了副师长的指令："向太阳飞行！"老黄回答："明白。"其实，老黄根本不可能明白，自己为什么要向太阳飞！但他依然相信指挥员，"一切行动听指挥"是他多年来养成的良好习惯。也许，就连高高在上的太阳也在纳闷，这架"有病"的飞机为何要飞向它呢？它能够拯救这架迷航的飞机吗？在飞机位置不明的情况下，向着太阳飞行，与"迷信"没什么区别。

9时36分，老黄检查飞机剩余油量，仅剩300升！对于老黄所飞的这种飞机，300升航油仅能在空中飞行不到10分钟了。几分钟后，无计可施的副师长只好再次下令给老黄:"下降高度到云下,不行就跳伞!"老黄再也没有向塔台指挥员回答"明白"这两个字。

事后查明,飞机坠毁于山海关南60公里的海域,老黄在海上跳伞后牺牲。

我在猜想,老黄决定跳伞时内心一定充满了矛盾,甚至是充满了悲壮。毕竟,他是一位已习惯于在飞行员面前为人师表的"大队领导",也是一位一贯以坚决服从命令、听从指挥而为人称道的老飞行员,当一架昂贵的飞机在他手里眼睁睁地摔掉时,怎不令他痛心疾首呢!如果,他装作没听到指挥员的"命令",不再次上升到云上飞行,而是在可以一直看到地面的云下等待复航的机会,即使油量耗尽必须跳伞,也不会跳进海里去。若此,他也便不再是老黄了。想想看,老黄怎么可能不听从指挥员的命令呢!

有几个问号一直潜伏在我的心里,它们像锐利的小钩子一样不时地扯疼我对老黄牺牲的记忆。有时,这些拉不直的问号还像埋在肉里的弹片,只要遇到心情败坏的阴雨天气,便会令我浑身隐隐作痛。

伍

飞行员们有个习惯,喜欢把地平仪称作飞机上的"仪表之王"。这个比喻的确很形象。在飞机座舱里,地平仪被安放在由几十块仪表组成的中央仪表盘的居中位置,像众星捧月一样,被其他仪表团团围住。而且,地平仪的个头最大,棕蓝相间的颜色也最鲜亮。这么大的一张"脸庞"摞在座舱里,自然会显得极其醒目。所以,有些调皮的飞行员在背后就把个别领导也比作地平仪。因为他们有一个共同点,就是都喜欢别人围着自己转,凡事也都要自己说了算。这些以自我为核心的领导,在下级面前最爱摆谱,也最死要面子,但他并不一定知道自己"地平仪"的外号。所以,当有人通风报信说"地平仪来了"时,那些正在飞行讲评室里说笑甚至打闹的年轻飞行员，马上就会羊羔般严肃地端坐，变得极其乖顺起来。

在每个飞行部队的领导中，大概都会有一个这样的"地平仪"。有时，"地平仪"还不止一个，"地平仪"与"地平仪"之间就会相互"顶牛"，弄得那些捧月的群星无所适从，不知道围着谁"捧"才好。下属们若摊上这样"地平仪"式的领导，尽管心情很不爽，可也无可奈何。平时，大家尽可能远远躲着"地平仪"，即使在路上遇到了，也多以视而不见或讪然一笑的表情匆匆走过。久之，上下级之间这种心理"对峙"就会淤积，渐渐形成一个看不见又化不开的"毒瘤"，若带到飞行训练或战备工作中去，就会为飞行安全埋下隐患。对于被称作"地平仪"的个别领导来说，常常会更多地接受到下级投来的带刺、带钩的目光，这些刺儿、钩儿窝在心里，也会把他扎得特别难受。

可是，即使再调皮捣蛋的飞行员，恐谁也不敢像飞行中遮盖地平仪那样，剪一张更大些的纸片，把眼前这位他不喜欢但又必须称作首长的"地平仪"给彻底遮住，并且，连一条小缝儿也不想给他留下。

航线，向远方延伸

Skywalker 壹

有一条航线，一直朦胧地描绘在我的想象中。说不清多少年了，也不必扳着手指去历数那些逝去岁月的脚印，随着时光的显影，这条航线终于在我敛翅之后，在心空里渐渐地凸显了出来。每当我再次回首审视它的时候，眼中总会悄然蓄满感激的泪水……

这条航线，可能会令我一生仰望，抑或是敬仰。

如果说，对一座城市的热爱往往是从一个人开始的，那么，对一个人的热爱又该是从哪里开始的呢？我曾多少次试图廓清这条通向一座城市的航线的来龙去脉，但最终的结果是：拙钝的笔锋无论如何也刻画、勾勒不出一条清晰的航迹。这让我又一次在你面前验证了自己的无能。或者说，我在把一件不可言传、只能意会的事物硬要固执地企图描摹清楚之前，早已色盲般地把它的本来面目涂抹得面目皆非、一塌糊涂。这种不讨巧的事情，我们有意无意中做得太多了。

一位老者曾问一个点亮蜡烛的孩子："这光从哪里来？"孩子"噗"的一声将摇曳的烛苗吹灭，诘问满腹经纶的老者："这光到哪里去了？"他们相视片刻之后，都笑了，但笑的内容却不尽相同。

有些事情，原本就是简单的。简单，才是它的本质。

Skywalker 贰

黄昏。出租车一路纳闷地奔跑着。知趣或是麻木的司机并没有多嘴多舌地询问我们去干什么，我们也不愿多做一句解释。在这样的时候，我只有一个愿望：快些到达那个门口。

"是这里，一定是这里！"还没等当向导的朋友确认清楚，我已让出租车停在一家化工厂的门外。我见过林林总总的大门，它们大同小异地履行着各自的职责。但我觉得，眼前的大门似乎应该与众不同，起码它应比别的大门多一份温情，才配得上我远道而来的特意造访。我一边将目光越过电动栅栏门打探厂里的景况，一边思忖着二十年前你迎面走来时那个"熟悉"的身影。我还记得，你说在工厂的大门外，有一间小卖铺，冬天屋里燃着红彤彤的铁皮炉子，可以花一块钱买一袋"牛舌头"吃……此刻，传达室的灯光已点亮了冬季的黄昏，路旁的积雪也穿上了土灰色的夜幕的衣裳，工厂里的景象开始变得模糊不清。我极力"回忆"着这里的一景一物，仿佛久别后的重逢。电动门手拉手地站成一排，像忠于职守的士兵拦住了我陌生的脚步。其实，我只是头一次来这里，也并没有一定要走进工厂里的意思。我知道，一旦真的走进大门后，便一定不知再往哪里走了。

思绪在飞，岁月的横断面不断地被一种心情操纵、切换着，像树的年轮，此时唯有我才能辨清它曲曲弯弯的脉络走向。我要把想象中的

翅膀与翅膀，唯有高度信任
才能所向无**敌**

摄影■沈玲

距离拉近些，再拉近些，让逝去的岁月能够听清我深长的呼吸。这很像两张不同图案的画纸，我要把梦境与现实的影像叠加起来，来印证一种奇异的效果。所有这些思绪，就连同车陪同我的朋友都不会轻易觉察出来。

这二十年的风景，我要一路独享。二十年的航线能有多长，一双翅膀一生能飞多远？无法丈量，全凭一种感觉。我相信自己的感觉，相信飘着葱花味的香气就是从你家八楼的窗口探头探脑地溜出来的。这香气一定认识我，丝丝缕缕地弥漫在我乘坐的出租车的顶棚上，像一团与风追逐的云，又更像是挥之不去的一团影子。它追着车子一路走走停停，好像你正扎着围裙、搓着双手隔着窗子在对我笑。这些有着太浓郁生活质感的气味，附着力很强，最能贴紧我渴望中的感受，并让我随时随地都会产生一种莫名的感慨、感动甚至感恩的心情。一种气息陪着我跑遍了大半个小城，这多少有点不可思议。

这是你的小城，也是我的小城。只是，什么时候我把小城"据为己有"的，你并不知道。有些事情，不知道，比知道更美妙。

这是一座把两种或多种物质融合在一起后，秘而不宣地生成另一种物质的工厂。于我，它永远弥散着神秘的气息。在我不断扩展的想象空间里，这种神秘的气息渐渐蔓延开来，直至铺展成了我的天空。这是属于我自己的天空，因为天空中随处飘浮着我情有独钟的味道。我的翅膀一旦触摸到这种味道，飞行中即便是充满着风险，那种惬意的感觉也会变得妙不可言。我曾多次飞临这座小城的上空，透过云缝俯瞰过它大河两岸的每一座建筑，也曾多次猜想过哪一柱烟囱才是你所在的工厂高举起的风向标。

化验室里各种器皿和试管交错陈列。色彩、味道、符号……在这里汇集。铅字打字机噼噼啪啪吐露出的一行行带韵的汉字，准确无误地翻译着你的心情。打印蜡纸下面的棉网状衬纸，偷偷记录下了你心灵的密语，并顽强地抗拒着二十年来日月的风蚀、蚕食，至今蓝色的油墨字迹依然眉清目秀，楚楚动人。

为什么你总爱凭窗仰望？那只梦中的铁鸟拖着轰鸣的啸音由远而近，又由近渐远。我甚至想象，有一条彩带永远定格于"白宫"（化工厂的一幢白房子被人们戏称为"白宫"）的楼顶，历经春夏秋冬、寒风雪雨，一直不愿轻轻散去。这里边究竟蕴含着怎样的玄机和禅意？又预示着怎样的日升与月落？躲在云彩背后的月牙只是抿嘴而笑，却不愿一语道破。

年轻的翅膀一闪而过，它伸开双臂采摘走了一缕飘舞的烟带。有朝一日，敛翅的飞天者会把它韵化成洁白的哈达，手执彩练奔向你，和你所在的小城。

Skywalker 叁

寒冷的世纪广场。一群寒冷的鸽子。

我的双肩比鸽子的翅膀颤抖得还要厉害。低处也不胜寒啊！我在高空飞翔时，从未有过这种寒冷难禁的感觉。面对着瑟缩一团的插翅的同类，我猜想，鸽子们一定把我也视为了寒风中的觅食者。

是的，我也是觅食者。更确切地说，我是个终日美食充腹的饥饿者。

我为什么执意要去拜访一座空旷、荒凉的广场？它与我飞翔时所鸟瞰到的广场有多少区别？当我走近这座广场时，竟一时说不清是广场变得阔大了，还是自己变得渺小了。我甚至下意识地把双臂抱紧，做敛翅状，想混入鸽群之中，去做一只普通的觅食的鸽子。倦鸟知还。每当我心身皆惫、举翅维艰时，总会想到世纪广场上冬天里的那群鸽子。说不出是有几分羡慕，还是有几分隐藏很深的悲凉。

我仔细辨析着身在高远处时所看到的广场，与此时置身其中后有多少不同。远处赏景，近处观人。此时，我再也找不到在高空俯瞰世纪广场时弹丸之地的感觉。宏大的广场把我的傲慢压挤成了一只比拳头还小的瑟瑟发抖的小鸽子。距离，真的有这样大的魔力吗？

搓着耳朵，我们嘻嘻哈哈地说笑着，以很轻松的样子看着广场在我们脚下转动了一周。广场中央高耸着一尊名叫"世纪之星"的雕塑，在朝阳下熠熠生辉。我以陌生的目光对它的高大端详良久，心想，在空中，并非是我有意地漠视它的存在。

朋友笑说，这尊雕塑很像一件古兵器，耸立在一个城市的权力中心，有棒喝不正之风的寓意。我未附和他纯属民间立场的戏说，却在即将离开广场之时，再次回首深情地望了一眼和我有着同样心情的鸽子。

也许，只有插翅者之间才是容易沟通的。我这样想。

与我并肩而行的你，不知是否体察出了我心中轻轻拂过的那片落寞与无助的阴云。

我是一个十足的慢性子的贪婪者，用二十年的时光走了别人也许只需五分钟就能走完的路。但是，当我一旦把美食据为己有，就会细嚼慢咽，决不肯放过一丝的营养。

Skywalker 肆

一望无际的芦苇荡把世界统一成了同一种颜色。

在这个绿色的节日里，一双翅膀风尘仆仆地从南方飞来，似乎还没顾得上拭掉翼尖上从江南带来的云雾和水珠，就徐徐降落在了你家乡的湿地……

这双翅膀，要赠给你的天空一份活生生的惊喜。

而就在几天前的一个梦里，我还是忍不住鬼使神差地去猜想，你一定又去熬煎着自己的心血去推敲和钻研那个早已毫无意义的命题：一种水果与牙印究竟有着多少纠缠不清的关系。你的一度走神对我们的欢聚多少构成了一种阴影，但我更愿意以视而不见的姿态把它催化成略带酸味的甜蜜。谈不上宽容，就像我永远无法指责一条河流选择自己的流向。尤其对于你。

我们沉浸于烟波浩渺的绿色海洋之中，恍如隔世。这世界一下子变得很小，小到只剩下我们两个人。"只有两个人的世界才是幸福的世界！"这多少有点自私，还有点恣意妄为。

在这里，连风都是绿色的。走在苇丛中的栈桥上，苇叶用它最尖锐的部分不时划过我们裸露的皮肤，痒痒的，轻轻的刺疼。这样的"疼"多么让人陶醉，甚至还有几分忘情。不知何时，我对不痛不痒的日子开始厌烦，从心底里开始排斥。这种厌恶平庸的情绪茂密地生长着，把根须扎得很深，甚至比某种仇恨还根深蒂固。我不再习惯，也不再甘心情愿地承受四平八稳、静如止水的生活。我知道心底的火山口已开始裂缝，很快就会喷涌出炽烈的熔岩。对于一向内敛、规矩的我，这些不安分的想法多少有些显得唐突，可如此的心理剧变，冥冥中一定是受到了哪位神灵的指使！以前，我就是自己的神。但，今天，这位主宰我命运的神明真的已不全是我了。

芦苇们亲密地站在一起，但并没忘记为行人让出一条甬道。说是"让"有点不准确，但我宁愿把人们对芦苇家族中一些成员的割杀想象成是它们善解人意的礼让。许多时候，我们已不知不觉地伤害了一些人，就像我们伤害过的这些"让"出小道的芦苇，它们永远不会主动申明什么，于是我们也就很乐意地把它们赞美成具有某种仁厚或宽容的美德。

我曾多次驾机飞过这片辽阔的绿洲，偶尔也有过不着边际的胡思乱想。比如，我就曾想过，如果飞机失事，我跳伞降落在芦苇荡的深处，该会是什么后果？这可能比降落在大海上或原始森林里具有更大的危险。这些看似弱不禁风、让人看不出高度的芦苇，一旦串联起来，形成了气候，便有了撼人心旌的力量。芦苇涌起的海洋，同样可以把一架庞然大物淹没，而且让搜救它的船只找不到那朵因坠落而溅起的浪花。许多美好的事物往往也是如此，一旦换个角度去体察，就会发现令人惊诧的景观,就如一朵柔云的背后也许藏着闪电,都是未可知的事情。飞翔中,有了这样的一次遐想经历,在我心中,对芦苇荡的敬畏和对其神秘莫测的感觉就远胜过大海和森林了。这种不可思议的感觉,常常造访我孤独时的心灵。

此刻,我们穿行于绿色的甬道中,把嘈杂的世界抛在了脑后,尽情地享受着下午透明的阳光。光晕罩在我们的头顶,汗流浃背的我们把心情说笑得比飒飒作响的芦苇还凉爽。我把一扇门轻轻掩上,不让那个话题溜出来,不对你说出那份异样的感受,尤其是在我们共享快乐的时候。

你只顾举着相机为我的满脸笑容不停地拍照,但你却没能拍到此刻我心里的复杂表情。

Skywalker 伍

火车穿城而过。傍晚7时40分,这座城市的心脏被一列由远而近又渐行渐远的火车猛烈牵动了一下。站在堤坝上的你,独自背负起整个黄昏。你的目光挽留不住奔跑的火车,也挽不住车窗里那双寻找、张望的眼睛。后来,每一天的黄昏,小城的堤坝上便多了一幕凄婉的风景。

辽河拐了一个弯之后,就忙着梳洗打扮进城了。它要在进城之前改变一下自己古老的名字。入乡随俗,双台子河就这样承接起了辽河的名字,并延续起了辽河的血脉,然后与你所在的小城亲密地融合在一起,将河水流淌成了小城的一部分。你漫步于小城美丽的堤坝上,堤坝就是这座城市隆起的胸脯。它的呼吸、起伏让你的脚步不再平稳,也不再像往日那样矜持。你每天朝着火车奔来的方向以无语的目光迎接擦肩而过的轰鸣,直到黄昏彻底从天空压下来,把整个小城挤压进了堤坝下的万家灯火。大河汤汤,静默无语。大河把盛开的浪花和岸边垂柳的絮语都装上了火车,嘶鸣般地与这座城市又一次告别。

我曾用一首小诗来成全过自己的一个幻想。请你别笑我，想象是诗人的特权。我总感觉有一个身影挥舞着红纱巾不停地向我飞翔的翼翅招手，甚至多次幻想过这个身影就站在你家乡的十里长堤上。那时，你的小城刚刚拥有了自己崭新的名字。当我身插绿色的翅膀，驮载着二十二岁的青春一次次飞过双台子河口时，这个幻想便变得格外真切。由于我当年所飞的飞机是单螺旋桨引擎的直翼初级教练机，飞行速度很慢，飞行高度也低，所以每次飞过双台子河入海口宽阔的水面时，都需用足足两分钟的时间。这让我每次都在心中对飞行速度的缓慢充满感激！飞翔中的两分钟啊，它能让我欣赏到多少人间美景！以至于有一次我因贪图观赏美景而导致偏航，险些酿成大祸。就是这短短的也是长长的两分钟，使我把想象中的你和你所在的小城观察得清清楚楚，犹如近在眼前。当我二十年后第一次踏上这片土地时，站在堤坝上抬眼眺望，一眼就认出了那座记忆中的大桥。只是，双台子河上的浪花开了一茬又一茬，我已辨不出是哪一朵浪花打湿了青春的记忆。

你终于向我走来，带着你的小城。这座小城，是你的"嫁妆"。

陆

我曾对女儿许愿，一定带她去看看那片燃烧着的海。

那片火红的海滩，在我的记忆中永远不会熄灭。连绵近百里的红海滩，从双台子河口的两侧铺展开来，像蔓延燃烧的火焰，越烧越旺，已成燎原之势。

那时，我并不知道这片土地有个如此美丽的名字——红海滩，也不知道碱蓬草被海水浸泡后会变出如此绚丽的色彩。第一次飞航行，改飞备份航线，我从二介沟飞往锦州，途经"辽河口"时，机翼下映现出了一条长长的红飘带，远远望去，像是河口的脖颈上围了一条鲜亮的红围巾，在海风的吹拂下，正沿着海岸徐徐舞动。我在飞机上来不及斟酌，只好笨拙地将红海滩比作红纱巾,把你所在的小城比作一位少女……仿佛少女挥舞着红纱巾一直在追逐着我的机翼,沿海岸线不停地奔跑。这一瞬间定格的意象,深深地烙在我的记忆里,二十年后不仅没有剥蚀、褪色,而是越发清晰了。

飞机降落后,我向教员惊喜地报告:"在辽河口,我看见了一片烧红的海!"教员笑笑,说他早已看见过了,但不知是些什么样的红色的草或苇,反正一到秋天它们就呼啦啦地"燃烧"起来。直到后来我领着女儿走近了一望无际的红海滩,才真正解开了这个二十年来的谜团。

碱蓬草像我想象的那样并没有多少高度,但它红里泛紫、紫里透红的倔强和"霸气"一下子征服了我。咸涩的海水不仅没把碱蓬草浸死,反而激发起了它们火焰般的无声呐喊!如果是玉米、高粱,如果是桃树、梨树,或者是同样以红艳艳的色彩骄人的草莓,当它们将双脚插进海水淹没过的沼泽地时,还会结出令人称羡的丰美果实吗?许多值得人们敬慕甚至感恩的植物,如果更换了原有的生存土壤,可能连一粒干瘪的秕子都不会结出了。

我指给女儿说,远处那片辽阔的水域就是"辽河口"。其实,它并不叫辽河口,但我们飞行员都习惯这么叫它,二十几年了,都改不了口了。女儿知道那河口的真名叫双台子河口,但她还是没有纠正我二十多年来沿袭下来的习惯。有些习惯是不能改的,这与对错无关,甚至我觉得,珍存一个习惯就是在珍惜、挽留一份幸福。女儿真的懂事了,她已长大到了善解人意的年龄。

在红海滩,我还讲述了二十年前飞过"辽河口"上空时的那次偏航。女儿不时地点点头,又摇摇头。她似乎能够理解,但又不完全理解我偏航的理由。凡是长大了的女儿,都可能拥有一个共同的优点,就是知道不再去追问不该再向父辈追问的问题。她懂得为别人在心里留下足够的私密空间,用来盛放曾经的温馨、幸福,抑或是难言的苦涩和回忆。

我知道此刻你在八楼的窗前一定已是坐立不安,可能还伴随着小小的愤怒。但这一切都会随着红海滩的火焰不断燃烧而冰溶、释然。你是大度的，也是热情、周到的，你让我忽然找到了当年那个手执红纱巾追逐翼影奔跑的少女的身影。

Skywalker 柒

一架银色的战鹰呼啸而过。我故意在你的小城上空抛下了一条长长的尾烟。机翼投影在地面上的航迹箭一样迅疾穿过你家乡的工厂、楼房、堤坝、河流、苇荡……伸向远方。颇有几分得意又有几分兴奋的战鹰在小城和你的目光护送下，飞向了新的航程……

那条飘动在小城上空的素云，被蓝色的天幕衬托着，分外绚丽夺目，经久不散。它像是有人在天空双手托着一条洁白的哈达，执拗而坚定地等待着一位最尊贵的亲人前来承接……

拦截

Skywalker 壹

今天的天气太好了,碧空如洗。用飞行员们开玩笑的话说,能发现10公里以外的一只蚊子,且能分清性别。

眺望窗外,连一朵阻挡我视线滑过的白云也没有。这样的好天气,好得真让人有点不放心呢——就像爆发常常隐藏于沉默,过度的平静背后往往是惊天动地的海啸一样。我对天气的敏感源于我飞行多年的经历,越是好天气,飞行时越是容易出现一些意想不到的怪事。

指挥所宽敞的大厅里显得比往日明亮了许多。我用眯起的眼睛示意一名战士将垂挂的深红色的防空窗帘拉上了一小半,用以拦截住那些直闯进来的过分强烈的阳光。在明亮的光线下可以使人看得更远,但光线明亮到刺眼的程度时,反倒让人看不清事物的真相了。

在指挥大厅巨大的幻灯投影的上方，安装着一块长方形的电子小屏幕，它是一块数字型的电子表，昼夜不停、分秒不差地履行着自己的职责。红色的数字在窗帘被拉上后变成了红彤彤的一片闪烁的火焰，显得更加醒目。7时59分55秒，总值班员按规定程序向我请示："早准备是否开始？"我也程序性地点了一下头，无语，只用微睁的目光示意他一切按计划进行。

今天，下属C团飞拦截课目，我是指挥所的指挥员。不知为什么，一大早我就感到情绪有些焦躁，也许与昨夜的一个梦有关；也许与几天前发生的一件事情有关；也许并没有什么原因，只是无端地心烦而已。我刻意在心里提醒自己镇静些，可试了几次都不能使这种莫名的情绪彻底平息下来。莫非要有什么事情发生？这种唯心主义的念头像黏在手上的奶油，怎么也挥之不去。

8时整，是指挥所全体人员开始早准备的时间。各分队值班员围坐在椭圆形的会议桌前，依次报告昨日工作完成情况和今日工作的准备情况。我的表情是在认真地倾听，但又好像根本没听清他们都在讲些什么。我甚至想让他们快些报告完毕，以便集中精力思考一下问题。今天，是C团新飞行员首次飞拦截课目，指挥所作为拦截引导的指挥中枢机构，职责所系，责任重大。我作为指挥员，必须预想好各种处置预案，检查、督促各类值班人员履行好职责，才能圆满完成好今天的拦截指挥引导任务。

指挥所的地面领航引导员就是空中飞行员的眼睛。飞行员是按地面引导员的口令操纵飞机对目标机进行拦截的，在飞行员目视距离之外能否占据有利位置，主要是依赖地面引导员的正确指挥。

我顺手翻开手机，想看一下时间。我早已不喜欢看墨守成规、循环往复的手表了——看手机，不仅能准确地提示时间，还能顺便看一眼朋友传递来的信息，或许会带来一种别样的心情。

这时，我下意识地又翻看了一眼朋友几天前发来的那条短信。这条短信使我仿佛看到了另一场更复杂的拦截……

我转过身，用目光向值班参谋说：拦截准备开始！

Skywalker 贰

火车站的电梯沿着斜坡缓缓而上，使我们的心跳频率也渐渐提高。我的嗓子里仿佛有东西堵着，吐不出来。我们都不想说话。但我们又分明在各自嘴里含着一句不能说出口的话，好像吃完枣肉后剩下的那枚枣核，只要一张口，就会极不得体地掉在对方面前，让人无法再捡起来放回嘴里继续保持原有的含蓄和甜蜜。而我们，又是多么守分寸、自尊、顾忌对方面子的人啊。所以，彼此只能选择更深的沉默。

车站是别离的地方。能够让人体验离别之痛的地方会有很多，但车站给我的感受是，这里最适宜制造出那种让心被牵扯甚至撕裂般的疼痛感。它不是轻轻地扯拉，而是伤筋动骨的撕扯。有一种情感此刻正像身体里的一根筋被生生地抽了出来，虽韧性极强，但扯得生疼。疼，也只能忍着。

火车远去时，就像在心上拴挂了一条看不见的绳索，让人感到揪心的拉扯，疼痛却又无力阻止。这种滋味，用理性的剪刀是剪不断的，只能任由其疯长。

我们按照发车时刻预定的时间，礼貌地握手，各自乘车，向东，向西，默默作别。

我感受到了你心情的复杂和沉重——因你微笑的外衣太单薄了，已挡不住心里打出的那个寒战。

你不甘寂寞的心多么渴望飞翔！这便命中注定你会一次次遭遇情感箭矢的追逐，或被一些多情的目光一次次拦截。此刻，你正在经历着另一种形态的忐忑飞行，这种飞行状态，绝不亚于一次空中历险。

Skywalker 叁

C团新飞行员首次拦截课目准时开飞。可以想象,远在200公里开外的C团所在的机场一定是一派繁忙景象。通过远程监控系统,我可以清晰地观察到机场塔台里一个个忙碌的身影。

双机编队起飞。飞机在指定空域上升高度至6000米后,指挥所领航引导员下令:"双机分开!拦截机取负高度差500米!"随着领航引导员后续发出的一连串引导口令,长机作为目标机仍沿航线飞行,而僚机——执行拦截任务的新飞行员则要先向航线外侧飞出几十公里,然后,听令回转,按领航引导员通报的目标方位、距离对其进行拦截。

如果把空中的拦截飞行制成游戏机的软件,那一定是一场惊心动魄的好玩游戏。当一个小亮点向另一个小亮点的前方飞去的时候,那个被拦截的小亮点,也许对对方的意图早已心知肚明了。

拦截飞行的魅力就在于,它要求飞行员具有足够准确的判断能力和沉稳的心理品质。拦截时,若提前量太大,不仅拦不上目标,还会"授人以柄",使自己因"越位"而冲到目标机前边——那岂不是在"敌机"面前贻笑大方吗?相反,若提前量不足,前置角太小,拦截机就可能因自己的位置滞后而失去拦截的机会——此时,"敌机"早已逃之夭夭,拦截机只能望尘兴叹。

谁心里都清楚,并不是每个飞行员都具有如此准确的判断能力的。所以,从拦截飞行中,也最能够看出飞行员中"高手"与"新手"的区别。

Skywalker 肆

他的短信像丘比特射出的箭,一支接一支朝你飞来。这完全是预料之中的情景。

候车室里,你的手指异常忙乱。而更忙乱的,是你的心。事情怎么

信心在加注中增强
使命在远航中延伸

摄影■沈玲

会是这样？他怎么也会是这样？这样的自问，是找不出答案的。就像土地里拱出一棵苗来，风动情地摇动它的叶子，苗也不会袒露出与种子的那个秘密约会。

幸福，只有在心有所期待的时候到来，才是恰到好处的。此时，你分离的心绪尚未抚平，而又一个新的浪涛正席卷而来。这道来自远方的闪电，让你腾不出手，也腾不出心来应对。突如其来的幸福，往往会让一个苦苦寻求幸福的人一下子承受不了。

他是对你真心的好又有能力帮助你的人。用世俗的话说，他是对你的现在和将来都会产生巨大影响的人。这也许是某些涂抹文字的女子在外表清高的掩蔽下，内心里却梦寐以求遭遇到的"好事"吧！这使我不禁想起某次饭局上某女子开的一个表达内心渴望的玩笑。她问，在辽阔的草原上或旷野里，如果突然冒出一位威猛的野性男子并欲对自己在光天化日之下施暴，那可该怎么办？满桌朋友几乎异口同声一阵唏嘘："哪儿会有这样的好事！"玩笑毕竟是玩笑，但玩笑的背后隐伏着什么，人人心里都能想象得清楚。这种渴望，有时会强烈到让人不想再去自我遮掩的程度。

无论他是和你在同一个城市时做你的主管上司，还是现在他调到了另一个城市做你的至密朋友，他都有能力去掀起一波风浪来推动一条搁浅的船，从而使船起死回生，驶向大海。何况，你的船并未搁浅，只是在寻求乘风破浪的更好机会。

你打电话给我时，传递来的心情显得异常沮丧。那是当你听说他即将调往另一座城市工作的第一时间。一座靠山说走就走了，比愚公移山可要快得多。我不知该如何安慰你，但和你心情一样，只是感到惋惜。一棵大树，只有依旁在自己身边时才是大树。当他移动脚步到了伸手难及的远方时，他对你还是大树吗？

也许，远处的树也还是应该被叫作树的，只是他可能很快就被另一副肩膀所依靠，甚至已是别人的风景了。大树的阴凉已不能罩在你的身上，只能映在你燥热的心里。你遇到的是一棵长了脚的树，他走了，你却无力把他挽留。

你说过，你一定要去看他。这既是官场的俗规，也是你心中的愿望。那天，你是和几个圈子里的朋友一同去那座滨城的，不到两个小时的路程，你与大家的心情却是那样的不同。朋友们恰到好处地做了你的保护伞，一切都做得心照不宣，不然怎么能说"出门靠朋友"呢？

从书本上说，真正的友谊是不应增添附加条件的。但是，在今天，还有多少不带附加条件的友谊呢？尤其在一些圈子里，异性之间的利益"交换"早已成为浮在水面上的"明规则"，而非"潜规则"了。有人想出书、获奖，有人要浪漫抒情，都是两厢情愿的事，分不清高尚与低贱。

我们已没有理由去挑剔一个人在作为朋友时的"不够"真诚，假假真真的人际关系才是最真实的。这早已不能算作是为人的瑕疵。现实生活中，很难再找到一种"无瑕"的理想之玉了。如果你是一块白玉，也许，正如一位诗人所说的，尽可能地往白里活吧，你想活得白玉无瑕却是不可能的，活得白玉无瑕的话，你就白活了一场。

他接近你，帮助你，并把官场的架子深藏在笑容和体贴的背后，甚至在私密的场合下，乐于接受你这个下级对他的嗔怪或"指令"，皆是因为他对你的喜爱。作为女人，被人喜爱是一件令人心生蜜意的事，何况这个人又是你兄长般的领导。

对这种暧昧的关爱，你不仅不能认真地拒绝，还要做出嘻嘻哈哈配合的样子。尽管你聪明地知道，沿着这样的情感曲线走下去，事情将会走到什么地步。

Skywalker 伍

尽管思绪一直在另一方天地间翻飞，可我的目光依然紧紧盯着指挥大厅的宽大的投影屏幕。我在根据屏幕上投影出的两架飞机的航迹来推测空中拦截的情景。

飞机飞离机场几百公里后，高空的天气已悄悄发生了变化。高度6000米附近，淡淡的层积云打着卷隐隐约约在目标机前方挂起了一条纱帘，很快，飞机在阳光下闪亮的身影开始变得模糊。平时，像这样稀稀松松的薄云对飞行根本不会构成任何影响，但今天是拦截，目标机若隐若现的身影还是对拦截机的空中搜索构成了一定的考验。

驾驶拦截机的新飞行员一边大声地重复着指挥所引导员下达的引导口令，一边操纵飞机转弯对向拦截的航向。用拦截飞行的术语说，这叫飞向"前置点"。

这位新飞行员瞪着眼珠子把眼睛都看疼了，也没有在乳白色的天幕上发现应该在远方出现的那个小亮点或小黑点。随着与目标机的距离通报越来越近，这位新飞行员的心里也越来越发慌了。他心中纳闷：自己飞的前置点靠前还是靠后了？距离已近至10公里了，怎么目标机仍不出现呢？

一个意外的惊喜终于突然闪现在了他的面前！准确地说，是一架稍感陌生的飞机忽然闪现在了他机头的前下方。由于距离尚远，这位新飞行员并不能马上判明这是一架什么型号的飞机。

今天的飞行规定是负高度差拦截。如果拦截机是位飞行经验丰富的老飞行员，他一定会在发现目标机后，先检查一下座舱里的高度表，若飞行高度指示正常，目标机则应在机头的前上方出现，而决不会从机头的前下方出现，除非是目标机违反规定擅自改变了飞行高度。这几乎又是不可能的！无线电里他没有听到目标机改变高度的口令。

这位新飞行员像在洪水中突然抓着了一株救命的稻草，便死死地揪住不放了。他目不转睛地盯住机头前下方的那架飞机，加大发动机油门，疾速向"目标机"飞去。

人在突临的惊喜面前，往往是做不到冷静判断的。生活中，能够做到眼观六路、耳听八方的人毕竟是少数，而作为一名合格的飞行员，空中则必须具备这种综合的素质和能力。否则，他不仅在未来空战中战胜不了敌人，甚至连平时的飞行训练安全都保证不了。

能力，是可以训练出来的。但对于一名新飞行员来讲，这种经受锻炼的机会不会无限制增多，当超过一定的次数界限后，就会被"技术停飞"。

陆

一路上，你的心情比小说里编撰的故事情节还要复杂。小说可以把故事的发展走向按照作者的意愿修改，而你只能被动地面对现实。

我离开省城返回驻地的路上，神思恍恍惚惚，像驾驶飞机在无边无际的云层里穿行。窗外的景色是模糊的，青山绿水，田园村舍，一切都只是过目而不过心。

你一手捏起我冒着满头大汗从军人售票口为你"加塞"买回的动车车票，一边看着车票背面刚刚记下的两行文字。一行是号码，是他在北京所住饭店的电话；一行是饭店的名称和地址。潦草的字体恰似你此刻的心情，只有你自己才能辨别得清楚。

为了见你，他故意推迟返回自己工作的海滨小城。他的行程日期因你的推迟到来而做出了相应的改变、调整。这很像拦截飞行中的"准时到达"。为了与目标机在某一地标上空准时相会，拦截机就要不断地调整自己的飞行速度与轨迹，甚至需要在中途盘旋一圈，用来消磨早到的时间。他与你这次在异地约见，无疑是预先设计好的一个故事情节。剧本在他手中，为了达到理想的演出效果，他在不断地修饰、调整着剧情的每一个环节。其实，他在北京的会议昨天就结束了，本来可以驱车用不到三小时的时间就和同事一起回到滨城的，但他已下定决心要去看你，并且要到那座文学的高等学府去看你。而你，此时正在沈阳和我们这帮同学聚在一起共同回答着一张相同的考卷。这答卷是关于文学、梦想的,它的命题与答案都高蹈于现实之上。在北京,他以守株待兔者的虔诚苦苦相等,并在心中绘制着另一幅相见时的美景。

直到深夜下了火车,回到学院的宿舍,出于礼貌你告诉他早点休息,他依然在长安街的那家饭店里手捏电话焦急地等你。他在等你用一串熟悉的号码把他的手机震响。"太晚了,我们明天见吧!我去饭店看你……"你说得很真诚,很得体,也很疲惫。这样的回绝似乎并不能叫作回绝,尽管,你还是用行动回绝了他今晚见面的渴求。

Skywalker 柒

飞拦截机的新飞行员拦错了目标。

那架在机头前下方出现的飞机并不是他要拦截的目标机。这是一架恰好经过拦截航线的民用小型飞机。

这小子在空中惹下了一个大乱子。

我有点心烦意乱,遂气急败坏地向领航引导员下令:"让他们保持好高度,都返航!"

Skywalker 捌

"你晚上不要关机……我怕早晨联系不上你!"他似乎在哀求你了。一向不关手机就睡不实觉的你,虽然口中答应着,但犹豫了几分钟后,还是悄悄关掉了手机。手机的荧屏不再闪烁,像在深夜里关闭了一双窥视的眼睛。今夜无梦,是你把一场梦关在了门外。

你很守约,早晨不到6点醒来,第一件事就是打开手机。十几秒钟后,手机信号刚进入网络服务区,"憋"在手机里边等待已久的短信丁丁零零就冲了出来。看来,他比你醒得更早,或许,这一夜他根本就没睡？短信内容极简单，但意味又极丰富："……你睡得好吗？"

今天的天空格外明亮，阳光灿烂得有些耀眼。你拖延了足够的时间，8点准时出发，去长安街寻找他下榻的饭店，去应约会见他。为什么要8点出发？你说，这个时刻既能表达应有的礼貌不使他觉得尴尬，又不给他以积极响应、迫不及待相见的错觉。9点，准时到达。此刻，他一定已起床了——肯定不算早，但也不能算晚。

他早已迎候在饭店的大厅里了。久别重逢的朋友，亲热地握手，久久不愿松开。你提议在大厅的会宾区找个地方坐坐，他迟疑了一下，不好违拗，只好勉强地点点头。他开始谈他开的什么会，问你考的什么试，还关切地问你上学累不累。你也谈到了对单位现状的无奈和对自己前程的忧虑……很快，他把话题很自然地切换到了你个人生活的频道。他一边说话，一边从皮包里拿出一个装着厚厚人民币的信封，解释说，来看你，就不买什么礼物了。你正想说几句客气话予以婉言谢绝，他却把一直憋在心里的那句话提前说出了口……这一切，虽是预料之中的，但还是让你有点措手不及。

你对他施放了一颗烟幕弹，用嘻嘻哈哈的口吻说："我已经有了你说的那样的朋友了。"事后，连你自己也不知道为什么一下子就敢说出这样一句"大义凛然"的话。

"像你这么优秀，我应该早猜想到的啊！怎么就没想到呢？"他讪讪一笑，尴尬地又说，"是我来晚了……那等你们分手后……我再来找你吧！"对于像他这样一贯极富自尊的"领导者"，也许，也只能用这样的调侃在"下属"面前自我解嘲与解围了。

你为自己的这个小小聪明而窃喜。你只派出了一个虚张声势的小卒，竟能抵御住他千军万马的进攻。此时，仿佛你正站在城楼之上，看他于城门之外顿足扼腕，心中懊丧不已。采用这样简单的小战术即可拦截成功，是你事先并没有想到的。

走出饭店宽敞的大厅，你的心情也豁然开朗了许多。门外的天气比早晨似乎更加晴朗了，光线显然有些刺眼，你用一只手打起一个小凉棚，一半遮住微微发红的面颊，一半遮住踏上长安大街时的轻松心情。

Skywalker 玖

今天，C团新飞行员的拦截飞行训练仅仅是开始，虽然遇到了意外的情况，但有惊无险，也实属侥幸。我两手插在迷彩服的裤兜里，在指挥大厅一边踱步一边思忖，作为一名合格的飞行员，拦截是一项基本功，看来应该作为经常性的训练任务保持下去。我插在裤兜里的右手一直握着放在振动状态的手机，甚至几次想掏出手机发条短信，告诉你一名新飞行员由于经验不足，在今天的拦截中发生了一起意外事件。但犹豫一下后，我还是放弃了这个念头。

看着你在长安街上发来的那条轻松的短信，我遂决定向你也报喜不报忧："今天的拦截飞行，一切顺利！"

超负荷

Skywalker 壹

人身体上的超负荷与心理上的超负荷若遭遇到了一起，那将是一件非常麻烦的事。

Skywalker 贰

飞机进入6号空域后，云量一点也没有减少的意思。透过薄薄的云层，抬头能看见模模糊糊的太阳。太阳的光亮已没有平常那样强烈，倒像是高高挂起的月亮，洒下的光辉显得有气无力。头顶上的云也不是正儿八经的云，一片片杂乱无序地串联在一起，分不清是这一朵云扯着那一朵，还是那一朵云缠着这一朵，简直是一笔算不清楚的糊涂账。我此刻的心绪似乎比这些杂乱堆积的云团还混乱，有一种莫名的压抑感重重地笼罩在心头上，怎么也驱散不开。飞机在这样的天气里穿行，让人的心情感到疙疙瘩瘩的不爽快。

我平衡好飞机，按下机内通话器按钮，通知前舱飞行员："我先做一个，你再来！"按战斗特技带飞计划的动作顺序，我要为前舱飞行员做"大速度半滚"的示范。

这是一个风险系数较高的特技动作。有一起事故通报，介绍的就是一名飞行员在做低高度"大速度半滚"前，由于进入高度偏低，操纵飞机动作不够准确，导致了飞机触地爆炸。当时，恰是进行飞行表演，观礼台前一只巨大的火球腾空而起，伴随巨大的爆炸声，飞机燃烧着的零部件四向溅射，在燃油、弹药的助威下，飞机坠地点的四周卷起了巨大的尘柱，高高蹿起的火焰和浓浓的黑烟把人们的喜悦和欢呼声在瞬间击成了碎片。所有的观众顿时惊吓得目瞪口呆，坐在前排的一位将军霍地站了起来，惊讶地张着嘴许久也闭不拢。高悬而狂跳的一颗颗心无法降落，甚至几年后回忆起这个骇人的场面还无法把心情彻底抚平。只有那名牺牲的年轻飞行员自己心里最清楚，他和飞机为什么会走向自掘的坟墓。当飞行员眼睁睁地看着飞机即将触地而又无力回天时，也许他只能对自己所犯的错误在心里瞬间苦笑一下，甚至来不及把这个短暂的苦笑做完就已走完了自己的人生之路。其实，飞行员只要在空中牺牲，是不再需要坟墓的，那团凌空四射的火光就是一只巨大、耀眼的花环，恰到好处地将他的荣耀与过错统统遮蔽起来，形成一个无可比拟的空中"坟墓"。

谁都知道，飞机速度越大，转弯时的曲率半径就越大。若把飞机的运动轨迹竖立在铅垂面里观看，"半滚"进入速度越大，半径越大，退出俯冲时损失高度就越多。飞机反扣倒飞之后，为使飞机在退出俯冲前高度不低于最低安全高度，飞行员就必须准确地向后拉动驾驶杆，使飞机产生足够的升力，从而减小曲率半径，抬高退出的底边高度。但是，做任何事情都要有个限度——飞行员向后拉动驾驶杆时，用力过猛，飞机产生载荷过大，不仅飞机的机体会受损伤，飞行员的身体也同样会受到伤害。所谓特技飞行，以我看来，实质上就是飞行员在操纵飞机时掌握这个"度"的特殊技巧。这个"度"，甚至是只可意会而不可言传的一种感觉，它需要极高的悟性与审时度势、见机行事的灵巧。特技，像一把内部构造极其精密的锁，并不是所有的人都能轻易找到打开这把锁的钥匙。

我凝神屏气，调匀呼吸，迅速压杆蹬舵，操纵飞机进入了大速度的反扣状态……

Skywalker 叁

生活中，谁都有可能遭遇到超负荷的时候，而减小负荷的方式却不尽相同。

盛夏。你病了，病得来历不明，病得旷日持久。开始是原因不明的低烧，低烧过后，咳嗽，咳嗽过后鼻孔不通气，先是一只通另一只不通，最后是两只鼻孔合谋欺负你——两只都不通了。你足足过了半个月鼻子无法通气的"憋气"的日子，而比鼻子不通气更憋闷的是你的心情。你齉齉着鼻子说话的声音，仿佛也使电波传递的速度产生了某种阻碍，失真，回音，使我听不清你变调后的声音，每每像与一个陌生人说话。我只能靠猜测来接受你长一声叹息短一声叹息里所包藏的意思。其实也不用我去猜的，只需知道你病了，且很重，就够了，这才是你让我应该明白的境况。

比一座山还沉重的压力，往往不是来源于山的本身。你的压力来源于哪里？只有你自己能够体味得准确。这种看不见的超负荷状态，持久地压迫着你，使你抵抗不过内心渐渐剧增的沉重——终于，你病了。

一本厚得有点沉重的爱情诗集与一首情诗，此时恰到好处地充当了你病灶的导火索。

这是一本特别的爱情诗集。我不知道它的编选者花费了多少心血才把这本诗集编就，但有一点是肯定的，这是一本经过严格精选的爱情诗集，也可以说是每位入选诗人的爱情宣言，或者说是入选作者关于爱情的心理自白。在这本诗集里，选了你的三首情诗。我不假思索地挥动目光的长鞭驱马闯进了属于你的那片爱的草原。这是一片曾让你日夜心中长草的孤寂的荒原，那些含泪的花朵，天天高举着心中的渴盼。

《弟弟，我将一生为你流泪》，这首诗的题目我太熟悉了。这是你写给一位心里深爱着的"弟弟"的。这是你生命中邂逅的一个非同寻常的"弟弟"，他的生命甚至已融入了你的血液和肌体中，让你再也无法剥离与遗忘。他让你悄悄流泪，黯然神伤，难割难舍；也曾令你气急败坏地怒斥他的"逃避"——"我看不起你！"他生活在海南，一个常年下雨的遥远的南方。他的日子是湿润的，湿润得在情感中也常常能挤出一些水分来。而你在北方的哈尔滨，一个守着一条大江却四季依然干旱的北方。也许是北方的风刮得太久的缘故，你的心中又常常是树欲静而风不止。在那个雨水充足的夏季，是你"无意中"撒下了一粒反季节的种子。是的，是种子就会发芽的。哪怕它是一颗千年的古莲，也照样有渴望重生的权利。何况，你的心不是衰老的古莲，他的心也不是。你们都活生生地呼吸着现实生活的空气，都是一粒浅睡或佯睡的种子。这样一棵先天不合时宜、营养不足的芽苗，注定在秋天只能为你们结出一枚苦涩的青果。一年半后，当你含泪写下这首无可奈何的"名"诗的时候，你们便过早地迎来了冷雨凋零的秋天。"欢娱的时光总是短暂"。是的，可谁又能永久地留住一份幸福，而不让它匆匆远去呢？

当你近乎以毫无顾忌的姿态毅然决定向全世界宣读这个被压抑太久的苦闷心声时，曾经的满目风景早已败落成空山绝壁，再没有一丝的热情回音。

于是，你绝望，恍惚，渴盼，寻找……而又无法像落叶一样静静地飘回到自己根脉的怀抱。落叶归根。但你不是落叶，你是心中一直渴望飞翔的一只冬眠的蝴蝶。

这一首充满期盼与怅惘的情诗，让许多读过它的人唏嘘嗟叹，扼腕击案，甚至把心揪得紧紧的，直到攥出了两腮悄然的泪水。与其说是诗歌艺术的力量征服了读者，莫不如说是诗中的动人故事和燃烧的激情引燃了读者心中的火焰，让他们也情不自禁地与你一起燃烧。这些目光的火炬，照亮的不是未来，而是对往事或经历的深深怀想。我，也只不过是被你的诗意偶然点亮心灵的一个。面对你诗意中迸燃出的熊熊火焰，作为一名视界还不够宽广的读者，心中多少还是有些惊慌失措。

南北气候的差异着实是惊人的！难怪迁徙而来的天鹅，总是行色匆匆地栖落，又匆匆地远飞而去。你家乡的那片湿地，每年春天都会引来成群结队的鸟群，可是，转身就到了秋天，它们又不得不匆匆带走一双双离别的翅膀。这些鸟儿在你的目光里，恰到好处地勾勒出了一幅象征意味的画面，让你举头相送不是，低头挽留也不是。而你南方的"弟弟"，也是一只候鸟吗？

我是捧着这本诗集上路的。从一座城市奔向另一座城市，书页在汽车的颠簸中犹如蝴蝶的翅膀在不停地扇动，直到把我的眼睛与窗外的景色扑闪得模糊不清。这本厚厚的诗集，一会儿轻如蝶翼，一会儿又重如卵石。它的轻与重，随着车轮的波荡和我的心情一起起伏不止。但我知道，此时眼角温热的液体是不能轻易滑落的，那是我将留给自己的最后两滴自尊。

Skywalker 肆

我不能也不想再去责怪前舱飞行员刚才在空中的失误。但他这个不应该出现的严重失误，险些为我们俩的人生提前画上了"句号"。

在塔台楼下的飞行员休息室里，我们俩谁也没有再说话，各自捧着自己的真空保温杯喝水。其实，我们谁也没有真心地想要喝水，只是两眼失神地捧着各自的杯子，在默默回忆20分钟之前空中那惊险的一幕。此时，我们手中捧着的仿佛不是水杯，而是渐渐变粗的飞机驾驶杆——两只手仍在不停地用力向后拉！

当我做完"大速度半滚"的示范动作后,心情依然被一种莫名的烦乱情绪笼罩着。我用机内通话器通知前舱的飞行员:"你来!"随后,我便松开了后舱的驾驶杆。我不想去帮助前舱飞行员去修正任何偏差,甚至这些特技动作做好做坏似乎都不重要了,重要的是他要快些完成规定的动作内容,我们好早些返航。

天空中渐渐裂开了一条云缝,阳光透过座舱盖厚厚的有机玻璃照射在我的脸上,说是"脸上",其实,飞行中,飞行员已没有多少"脸"可以光彩地露在外边了。硕大的氧气面罩把飞行员的大半个脸扣得严严实实,只能露出一点眉毛和两只滴溜乱转的眼睛。这时,恐谁也很难通过直观的面部表情来揣度出我此刻的复杂心情了。作为飞行员,"携带"这种烦乱的心绪是很危险的,尤其是正在飞行之中。

前舱飞行员操纵飞机进入"大速度半滚"后,理应按地面准备好的操纵要领,及时向后拉动驾驶杆,尽快使飞机形成较大的负荷,以较少的"高度损失"退出俯冲。而且,我事先还向他介绍过做好这个特技动作的"诀窍"——"只要飞机不'抖动',你就尽管向后拉杆!"此时,也不知前舱的飞行员在看什么、想什么、干什么,飞机进入大速度倒飞状态后,已开始俯冲了,他还在那里磨磨蹭蹭地似动非动、轻轻牵动着驾驶杆。我甚至不用想象,若照他这样的方法去做"大速度半滚"的特技动作,飞机无疑会在几秒钟后因损失高度过多而触向地面。这不是在人为地制造空中"自杀"吗?!我又气又急,已懒得也来不及再去用机内通话器指挥前舱飞行员如何操纵飞机了,直接伸出右手握住后舱的驾驶杆猛地向后拉去!也许是前舱飞行员被我的突然动作刺激得"醒"过神来了,也许是他自己也感到应该向后拉杆了——我俩几乎是在同一时间粗猛地向后拉动了前、后舱的驾驶杆。前、后舱的驾驶杆是联动的,我们等于向飞机下达了两道同一内容的强硬"命令",飞机必将做出超常的反应。

我的"猛一把",加上前舱飞行员的"猛一把",这"两把"突如其来的猛烈操纵,使飞机像食药严重过量的病人,顿时浑身抖动起来。

我的整个身体也感到像被一座大山倏然压向了谷底。此时，映在飞机前风挡里的河流与山峰迅疾地由模糊变成了一团漆黑。我的双眼在超负荷的作用下出现了严重的"黑视"——什么也看不见了。

Skywalker 伍

格林豪泰。羊大爷。当我像说暗语一般写下这两个位于北京红领巾桥附近的地名时，心情是沉痛的。

从那本厚厚的诗集中，终于走出了你熟悉的"弟弟"，这个让你心情沉重的"弟弟"，把你的沉重心情又一次牵进了南方的雨季。

佛说，苍生难度。也许又爱又恨，且喜且悲，才是丰富的人生？或说才是真实的爱情？

这是你在格林豪泰收到的一条报"喜"的短信："女儿今天出生了！男孩女孩其实对我都无所谓，只是……"你把眼神从手机屏幕上抬起，投向远方，而比眼神走得更远的是你的思绪。这条短信的背后，遮掩着一段怎样让人不堪回首，而又每每忍不住回首的心酸往事啊。

火一样地相聚，又烟一样地分开。一场轰轰烈烈的爱情短剧在南方的冬季上演，在北方的夏季结束。这株反季节生长的植物，让人无法平静地评说。

后来，你演化成了"弟弟"的精神依靠。他买了别墅要报告你；在官场赚了"灰色"的收入要报告你；升迁遇到告状、阻碍要报告你；甚至坊间传说他把别的女人的肚子"搞"大了，也要报告你……

信赖已成依赖。我无法言说清楚一个线团的重量，它看似很轻，但纠缠不清的心情却是沉重的。这时，一个理不清的情感线团，要远比一块石头沉重上十倍。

从格林豪泰到羊大爷涮羊肉餐馆，路不长，但也不短，中间要穿过一架横街天桥。上天桥的时候，你的脚踩在带花纹的钢板上，微微鼓起来的钢板发出咕咚咕咚的沉闷声响。我一路无语，随你身后静听着，仿佛在听你放大后的心跳的声音。

这样的午餐是注定吃不出滋味的。你心疼"弟弟"，怕因自己的表达不周让他"伤心"，所以，你不愿发出一条共同祝贺的短信。这件事让你在整个午餐中脸上布满了矛盾，心情也两为其难到了极点！

你是一位多么周到、细致而又善于兼顾的人。你不忍伤害、冷落任何一份久远的或是眼前的感情，用你的话说，你是一个承受不起别人对自己好的人。这一点我深信不疑。因为即使在如此繁杂、错乱的情绪境况中，你还能像掰橘子瓣一样，为如何应对同在一个报社进修的另一位诗人弟弟的情感寄托而分神分心。你与这位山东口音、高高帅帅的弟弟于北京分别后，他痛苦无望地发来的第一条短信让我也不禁眼含泪光："姐姐、老师、同学：再也不能在夜深人静的美妙时光里与你彻夜畅谈，也不能在电话里伴着无眠的月光与你一起欣赏马头琴忧伤的琴声了……多想约你去国家大剧院再看一场演出啊……从此，你的梦在北边，我的梦在南边！"这份忧伤的感情是真挚的，你把他悄悄保存在了记忆的深处。我仿佛看到了这份真情在月光下映出的绿叶般透明的脉络，并沿着脉络的走向，欣赏到了一个风采宜人的丰富季节。我只能为之深深地感动，并笨拙地在临行前请你和弟弟以及你的几个同事一起吃了顿莫名其妙的"老东北"风味……所以，我太理解你的心情，你都不能舍得丢下，只能一手抱着，另一手牵着，甚至肩上还要扛着每一份让你心动的情感。你曾苦笑着说："唉，我的生活总是乱七八糟！"我轻声问你累不累，你说其实也算不得累。累与不累，只有你自己的心才知道。

每一颗善良的心都是沉重的。尤其是当一颗善良的心挤压在另一颗善良的心上时，这沉重，便已不止是双倍的了。你明明知道这样的沉重施压在任何一个人身上，都会令其喘不过气来，但你却善良地企图掩饰起心头的沉重，自我"解脱"说："把他当成别人的故事就行了……"

这也许是我们最后的一次午餐——我在心里曾几次这样对自己暗暗

地劝说。

Skywalker 陆

面对损伤的飞机,我和前舱飞行员同时"失语"。别说去责怪他人,我甚至连责怪自己的一点力气都没有了。

风暴过后的极度平静,让人感觉是置身于另外一个世界。内疚。懊丧。庆幸。甚至还有一丝感激。在超负荷的情况下,我们的头脑因严重缺血、缺氧而导致双双"黑视",这样的情境中,谁也无法猜度出飞机是沿着一条怎样的轨迹退出俯冲的。只有"天"知道,这架机翼已被扭曲变形的飞机为什么竟能奇迹般地逃离险境而没有触地爆炸。不可思议!

对于短暂的人生来讲,此刻,我已毫不犹豫地坚信:只有实实在在的生命才是最重要的,它远比虚无缥缈、让心永远不得踏实的所谓"爱情"珍贵得多。

湿透衣衫的冷汗把我的一切烦忧冲刷得荡然无存,心中那个剪不断理还乱的线团也早已化为乌有——它在生死关头竟被拉直成了一根攀援的绳索,去帮助求生的人尽快逃离深渊。

我长长地舒了一口气,拍了拍前舱飞行员的肩,对他笑笑,这种笑容里溶化开的滋味一定是苦涩的。我站起身,走到休息室外,在飞机刺耳的轰鸣声中,竟不自主地摸出了手机,并迅速、坚定地摁出了一条埋在心底的短信:"从今天起,我要过简单的生活!"

这条短信,我并没有发给别人,而是发给了自己。

Skywalker 柒

一本新到的样刊被我很随便地摊放在飞行楼宿舍的写字台上。我懒洋洋地找到了目录中自己的名字,原来是那首《捧着别人的爱情上路》

的小诗被发表了出来。这正是我在从一个城市至另一个城市的路上,伴随着汽车的颠簸写下的一首小诗。它真实记录了我那天一路上的复杂心情。而那本被我捧了一路的厚厚的爱情诗选集,如今早已被我用理性的剪刀剪裁得不再沉重了。我甚至已习惯于把生活中的某种无奈的残缺理解成精神的简洁或纯洁。

但我还是草草地瞟了一眼这首时过境迁的小诗:

……

我在质疑:一把锁,究竟该配
几把钥匙?而每一把钥匙
又该理直气壮地寻找几个锁孔?
一把完好的锁啊,锁孔——
仅有一个!

捧着别人的爱情赶路
路,越走越远
行走在陌生的地方,心中上演着
另一场社戏几年前的高潮
……

读罢,我没再叹息,而是轻轻地撕下了这一页。我也没有照老规矩把它贴在自己发表作品的剪报本上,只是顺手轻轻地揉搓成了一个纸团,掷向了门后的纸篓。"唉,人老了,目测也变差了!"我自言自语地摇头自嘲。这首被我胡乱地揉叠在一起、已严重"乱码"的小诗,恐再也无法读出一句顺畅的诗意了。它像线团一样在地板上滚了几圈后,终于无力地停在了纸篓边的墙角里。在墙脚,还散乱地扔着几片敞着怀的橘子皮,它们无无精打采地蜷曲着身子,任由水分渐渐地挥发、流逝——那是一枚鲜亮的橘子把一瓣瓣甜蜜的心思掏空后的无奈表情……

由铁血铸就的银头盔
是蓝天上最坚硬的**拳头**

摄影■傅江宁

同在"加加林"

人的一生中真的难以预料会经历什么事情，会结识什么人。

2000年10月9日，一架波音747飞机经过8个多小时的长途飞行，终于把我和另外几人从北京"丢"到了莫斯科。一下飞机，广播里的柔美女声就往我们这些远道而来的"老外"耳朵里灌一个好听的俄语单词——"莫斯科哇"。噢，莫斯科的大地真的已踩在我们脚下了！从这一天起，我们将在俄罗斯联邦加加林空军军事学院进行为期两年的军事留学生活，也就是说，要和来自好几个国家的军事留学生一起"得儿啦……得儿啦"用俄语交流700多天的时间。

两年的军事留学生活，使不同肤色、不同国家、不同年龄、不同军衔，但却共同使用同一种语言的同学结下了深厚的友谊。尽管各国学员赴俄留学的使命不同，但大家都很珍惜在一起共同生活、学习的缘分。同学们在一起时，都心照不宣地避开国际上政治性敏感话题，为的是避免因意识形态和政见不同而产生不愉快的事情。大家的心与心之间是真诚、友善的，甚至可以说是息息相通的。也许，世上只有人心的善良与理解，才能轻松地跨越严密设防的国界。

回国后，我由留学生活那种相对自由的状态重又恢复到有着严格约束的"体制内"生活状态。按照部队飞行员管理的有关规定，我无法再与朝夕相处两年的"老外"同学们保持联系。我想，他们在各自的国家、各自的部队里，也同样会受到类似纪律、规定的约束。天各一方。每当我翻看同学们的合影时，他们的音容笑貌、言谈举止就会放电影一样清晰地在我面前重新"上演"。

Skywalker 瓦洛加

瓦洛加是白俄罗斯某高级军校的一名中校教官，个子中等偏上，身材稍瘦，但他总是给人以很有力量的感觉。瓦洛加的长相完全符合我想象中的俄罗斯血统的青年，黄而细密的金色头发在头顶三七分开，无论是上课还是休息，发丝从来纹丝不乱。他的一双蓝眼睛无论看什么目标，总是显得炯炯有神。他和所有的俄罗斯军官一样，很看重脚下那双皮鞋的脸面，每天早晨都要拿出几分钟时间把鞋子擦得锃亮，绝对做到一尘不染。哪怕穿的是一双有了折痕的旧皮鞋，他也会让皮鞋每天享受同样的待遇。

瓦洛加的双眼总是含着浅浅的微笑，天生一副很友好的样子，让人第一眼看上去就会产生一种亲切感。后来混熟了，我就逗他，你睡觉时也保持着这种微笑吗？他做出一副坏坏的样子说，当然，不然我夫人每天早晨起来怎能那样高兴呢？然后夸张地左臂曲肘夹一下自己的右小臂。这个动作，我去俄罗斯不久即从同学们的玩笑中明白了其"黄色"的含义。我愕然，这些老外呀，似乎从不愿回避甚至还很乐意显摆自己在床上曾进行过的私密工作。也许是我俄语表达得不够准确，也许是他故意曲解我的趣问，反正我问的意思绝没有他回答的意思丰富——我只不过问问他为什么总是微笑而已！以至于后来，我们玩得更熟了，早晨在从公寓楼走向教学楼的路上，干脆就拿他夫人开起了"黄色"的玩笑。瓦洛加一边走一边不时仰面笑着，一副得意洋洋的样子，而别的同学也闹不清我们一大早究竟遇到了什么高兴事，一路哈哈哈不停地犯神经。

瓦洛加的夫人个子很高，很漂亮，也很会做菜。他们请我去家里吃过多次饭，其间还发生过许多有趣的故事，以后有机会再慢慢说吧！

瓦洛加学习很用功，成绩在我们外军留学生系一直名列前茅。不论是出于为自己的祖国、军队争光的目的，还是为了毕业后给自己谋取一个好的前程，他在学习上的刻苦程度，绝对是对得起国家也对得起自己的。我们这些外军留学生们，星期六也正常上课，说得觉悟高点，就是都想多学点东西，回来后报效祖国；说得朴素点，是真不忍心"祸祸"国家为我们付出的巨额学费。而瓦洛加，不仅周六同我们一样学习，星期天还拿出半天去教室自习。这一点，着实让我心里很是敬佩。

瓦洛加学习时精力超常专注，有一件事足以证明这一点。那是一门大课临近考试的时候，教官布置完复习范围就让同学们自己去复习，三天后，院方将组织闭卷考试和口试。同学们为了精力集中、互相不受干扰，大都离开教室去一僻静处进行"和尚念经"式背记。加加林空军军事学院地处莫斯科郊外的一片大森林之中，到处都是大树和草坪。我和瓦洛加不谋而合都来到了森林边的一块草甸上，心照不宣地自动拉开距离，开始各自用功背记复习题。也不知过了多久，一抬头，我眼前悄然添加了一道扎眼的"风景"：一位看上去也就十八九岁的金发俄罗斯小姑娘，几乎全裸地躺在草坪上晒起了太阳。她在离我们三四十米远的草地斜坡上铺了一条浴巾，顺势一躺，悠然自得地跷着二郎腿"洗"起了俄式太阳浴。我说她"几乎全裸"，是因为她的确只戴着一副黑色的太阳镜。我用小泥块投向埋头用功的瓦洛加，努嘴指一指前方草坪上躺着的一团白，瓦洛加极短暂地笑了一下，嘟哝了句"尼契沃"，继续埋下头去看他的复习资料。

他是在对我说"没关系",言外之意是不要少见多怪。而我却怕自己的思想境界修炼得不够高,会被前方草坪上的那朵白云把目光牵扯了去,分散精力,影响学习,干脆"三十六计,走为上策"了。而瓦洛加依旧岿然不动,仿佛眼前只是落了只漂亮的蝴蝶,毫无惊讶之色。

功夫不负有心人。瓦洛加在毕业考拭时,以十六门课全优的成绩荣获了加加林空军军事学院"优等生"的称号。在俄罗斯,军队高等院校优等生的毕业证要由总统亲自颁发,并且和普通毕业证的颜色也有区别。我们外国的军事留学生与俄罗斯军官在这一点上享受同等待遇。优等生们被总统召见,在克里姆林宫宽敞的会客大厅里,接受时任总统普京亲自授予的这份殊荣。然后,他们的名字还会被刻在白色的大理石上,永久性嵌在各自学校办公楼的走廊里,供人敬慕,以励后人。而我,只因一门课程考了个"良好"未获"全优",与这份殊荣失之交臂!

是不是和瓦洛加坐在草坪上一起复习迎考的那门功课出了"岔子",我才没考出"优秀"呢?今天,看着照片上瓦洛加灿烂的笑容,回想六年前的那场考试,一切都过去了,这桩憾恨不已的心事我也不想再重提。哦,也许时间久了,是我"记不太清楚"了吧!

Skywalker 金钟汰

金钟汰是和我们中国军事留学生长相最接近的一位外国同学,他是韩国空军某基地的少校歼击飞行员。我们俩的个子差不多高,眼睛也差不多大,都属于"眯缝眼"那一类的小眼睛。但金钟汰的眼睛里有一种特别的"神气",乍一看,好像看不出有多么精明,但细察,却能判定他是个心中很有底数的机灵鬼,而且是那种在空中对敌人下手比较狠的猎手。我甚至暗暗想过,若作为敌对双方在空中与他遭遇,我一定要拿出百分之百的本领来对付这个不好对付的对手,稍有失误和疏忽,就可能成为他的手下败将。掂量一个飞行员的技术水平和战术意识,对于内行人来说,无须真的升空去与他较量，只要看看他走路时的精神头和眼睛不经意间射出的目光的硬度，就能对他的"状态"猜出个八九不离十。

金钟汰和我一样，也爱笑，但说话声音比我洪亮。他比起个别性格内向的大个子俄罗斯军官要显得精神抖擞得多，尤其是比我们那位呆头呆脑、满脸刻板状的兵种战术教官更显得有亲和力。因为，那位"满脸刻板状"的教官在一门考察课考试时，极不给情面地给我和金钟汰的成绩打了个"良好"。尽管考察课是不计入毕业总成绩的，也不影响我们毕业时是否能评上"优等生"，但这位在"布夫耶特"（小餐馆）喝过我们中韩两国学员半瓶酒、吃过我们三张比萨饼的大鼻子教官，其极不近人情、"一反常态"的较真劲多少还是出乎我们预料的。用我们的惯常思维简直弄不明白这些"老毛子"教官为什么这样"不开窍"呢？常言道，"吃人嘴软，拿人手短"，与人交往要"投桃报李"，可他们，根本不按这样的套路出牌。你请他喝酒时，他与你热烈拥抱，与你友谊友谊再友谊；而考试时，却铁面无私，连一条走后门的缝儿也不给你留。所以，有一阵我们在背后都不怀好意地叫兵种战术教官"老板"——为此，我还查了半天俄汉词典，用俄语把这"板"的含义给金钟汰翻译一番，呆板、死板……直到他体味到了"板"字背后的贬斥内涵。然后，我还教会了金钟汰"老板"的汉语发音。有一次，金钟汰对教官笑着说："老板，你豪（好）！"说完，他自己竟憋不住先笑了起来，教官不明就里，也只好陪着讪讪地笑了起来。教官以求助的眼神看着我，示意我为他当"别列沃其可"（翻译），我幸灾乐祸地笑了笑，也学着教官平时的样子，夸张地摊开手，耸了耸肩——我也"听不懂"啊！这也许是我在俄罗斯留学期间所做的最不厚道的一件事。现在想想，真想对教官说一声："依日维尼捷（对不起）！"

我喜欢短小精悍的智慧者，不喜欢呆头呆脑的电线杆。好在，飞行员队伍中几乎全是前者，而绝少遇见后者。金钟汰就属于智慧浓缩型的飞行员的代表。

因为是性格上很合得来的同学，当然就会有很多无话不谈的场合。有一次，外训系组织野外烤肉，大家在一个小湖边支起了烤肉架子，哈萨克斯坦的同学自告奋勇和夫人一起负责用各种叫不出名的调料腌肉，然后用铁钎子穿成肉串，分发给同学们。大家就争先恐后地围在火堆旁举着钎子烤肉，也不知烤熟了没有，个别性急的同学已吃得满嘴角都是黑色了。同学们大口地互相敬酒，啤酒白酒混着喝。我发现只有金钟汰只吃肉不喝酒，这可不像一年来我了解的他的性格啊！我凑过去，向他敬酒，问他是想喝啤酒还是白酒："比洼伊里沃特嘎？"他诡谲地笑笑说："对不起，什么酒也不能喝。"少顷，他似乎感到这样拒绝我不合适，补充说："我很想喝，但是不能喝！"我问为什么，他附耳低声对我说："我想在俄罗斯学习毕业前生个孩子，所以，现在不能喝酒……"

金钟汰是带着夫人和儿子来莫斯科的。各国国情不同，金钟汰想再要个孩子也很正常。明年就该毕业了，他要在这个俄罗斯的夏季播种，赶在明年春天让夫人抱着两个娃娃回首尔——一个是生于韩国的老大，一个是生于俄罗斯的老二。金钟汰心里该有多美！

听了他的这个秘密，我愣了一下，继而向他表示衷心祝贺，我祝他能如愿以偿。果然，他的夫人几个月后走路时就开始向前"挺进"了，这时，金钟汰的酒量似乎也比从前长进了不少。金钟汰偶尔就来三楼敲我的门，让我和其他中国的同学去四楼他家里喝酒，嘴上说是让我们品尝他夫人做的韩国菜，实则倒像是让我们再次羡慕一下他日渐长大的"俄罗斯儿子"。每次我们都不敢久留，怕打扰他夫人休息，简单地意思意思喝两杯就草草撤退。但每次，我们都是热烈地向他们全家表示一番祝贺："早生贵子啊！早生贵子啊！"金钟汰听不懂中国话，但满脸的幸福和笑容说明他已完全领会了我们的意思。

毕业前，我们几个不同国籍的同学一起去看金钟汰和夫人出色的劳动成果，可以说这是一件如期完成的"杰作"，也是金钟钛留学两年的重大收获。小家伙长得白白胖胖，大得根本不像一个月的孩子。我对金钟汰恭喜说，这孩子长大了一定是个大高个儿！没想到金钟汰马上当众否定，说希望他的小儿子将来也长他这么高，也去当歼击机飞行员，而不想让他长成傻大个样子的俄罗斯"老板"！

我们顿时哈哈大笑起来，金钟汰的夫人也跟着笑，还用有点生硬的汉语说，不当"老板"。看来，我和金钟汰共同给教官起中国"外号"的事，已被他吹枕头风泄漏给夫人了……

Skywalker 鲁斯澜

我之所以知道鲁斯澜的故事最多，是因为我俩两年来关系最好。在俄罗斯加加林空军军事学院，鲁斯澜是哈萨克斯坦军事留学生的学员组长，我是中国军事留学生的学员组长，我们不仅经常去外训系主任朵不里科夫的办公室里开会，还经常一起商量军事留学生节日里组织的一些活动。鲁斯澜给我留下的印象一直很好，用咱中国习惯的说法，就是他这个人很"正"。热情、谦和、真诚、规矩、果敢……这些美好的词汇可以同时罩在鲁斯澜的头顶上，形成一个闪耀着军人阳刚之美的特殊光环，令人心生敬佩之情！

鲁斯澜平时走路极快。早晨，在通往教学区的路上偶尔与他相遇，多半是他从背后追超过来。我本欲与他一同前行，顺便唠几句闲嗑，权当练练我的俄语口语，可是，跟随他几步后，我的两脚就倒腾不过来了。他也不减慢步速，只是回头边笑边催促："贝斯特啦！贝斯特啦！"意思是让我走得快点，再快点。从他走路时呼呼带风的急性格来猜想，多数人会判定他是一位雷厉风行的歼击机飞行员。可是，他的的确确是一名哈萨克斯坦陆军武装直升机的飞行员。他在空中驾驶的直升机的飞行速度，与他地面上走路的速度极不般配。

鲁斯澜在公众场合说话时，有一个最大的特点，就是鼻尖上爱冒汗。我原以为是他的心理素质不好，人一多，就容易精神紧张，所以才冒汗。后来，接触多了，才发现他不仅办事很沉稳，而且遇大事而不惊，是一位心理素质颇为过硬的合格军人。

有两件事，给我留下了深刻的印象。

一次是外训系按教学计划组织我们去俄军某装甲部队参观学习，大巴车在教学楼前等候同学们上车。那天，也不知什么原因，鲁斯澜在车门口转悠了一圈后又突然折回了教学楼里。出发的时间到了，学员队长问："全到齐了吗？"不知是谁随意答了一句："伏肖日节西（全都在车上了）！"队长一听，便头也不回地下令开车了。这时，鲁斯澜刚好从教学楼里跑了出来，一看车开了，急了，边跑边喊："巴达日几吉！巴达日几吉！"他是请求大巴车稍等一下。

我见状，马上大声报告了队长。车停了，但已开出了三四百米。教学楼与主马路之间隔着一片生草地，也就是随意生长的自然草坪。我以为气急败坏的鲁斯澜一定会斜穿草地，走捷径直奔大巴车而来，可这个死心眼的家伙却仍绕着三角形的两个边奔跑了过来。上车后，鲁斯澜一连串地说了好几声对不起。学员队长好像并不生气，摁了一下鲁斯澜的肩膀示意他坐下，然后笑了一下，对着鲁斯澜也是对着大家说："迟到是错误的，你追赶汽车的路线是正确的！"这句话被我听得真真切切，几年过去了，也没有忘记。当时，鲁斯澜的鼻尖是否又冒汗了我没太注意，倒是觉得自己的脸上热辣辣地难受了好一阵子。队长是在赞扬鲁斯澜没有践踏草坪、爱护花草的文明行为？还是在肯定他作为军人在任何时候都没忘记守规遵纪的坚定原则？在我们看来，如此"紧急"的情况下，鲁斯澜的追车路线显然有点死板、不够灵活，但队长却在全体同学面前很认真地表扬了他。

另一件事，现在想起来还真让人后怕呢！鲁斯澜5岁的儿子在公寓楼五楼的家里玩，不知怎么回事自己就从阳台上翻跟头栽了下来。俄罗斯的楼房建筑举架都很高，一个小孩子从五楼掉下来可想而知会是什么后果。在公寓楼值班的老太太见状，大惊失色，叽里呱啦大喊大叫，马上电话报告到了系里。由于居住得久了，连轮流值班的俄罗斯老太太都认识哪个小孩子是哪国学员谁谁家的。系主任朵不里科夫闻讯从二楼办公室直奔一楼的教室去叫鲁斯澜。鲁斯澜这时正在课堂上回答教官的提问，听到这个消息后并没惊慌失措，硬是用一分多钟答完了问题才向教官请假跑出教室。

这是我们在俄罗斯留学期间遇到的一件最惊险，也最富奇迹效果的事。每每想起都感到不可思议！人的生命力究竟有多强？真是让人说不准呢！

当时我们几个在另一间教室里上课的中国留学生是在下课后才知道这件事的。大家听到鲁斯澜的教官在走廊里的简要通报，都捏着一把汗，很担心鲁斯澜的儿子会有生命危险。情急之下，我们也想不出更好的办法去安慰、帮助鲁斯澜一家。于是，按照咱们中国人遇到灾难时的"经验性做法"，我提议大家：捐款。当场，我们就收齐了5000多卢布，并决定晚饭后派代表送到医院或鲁斯澜的家里。谁也没想到的是，这孩子可真是命大，被送往医院后又是拍片又是进行各种检查，除了左脚崴伤了外，其他竟然一切正常。

这个生命力奇强的孩子几天后就活蹦乱跳地平安出院了，大家都非常高兴。鲁斯澜也高兴地在家里设宴，请系领导和各国学员代表吃饭，既是为了表达对校方和同学们的感谢，也为自己儿子的平安生还而庆贺。

鲁斯澜举起酒杯，脸憋得红红的，站起来向朋友们致谢辞。我看见他的鼻尖上又开始冒汗了，而且这一次冒的汗比以往每一次都多！

Skywalker 尤拉

尤拉是我的斜对门邻居。他是白俄罗斯的歼击飞行员，少校，细高个儿——一米七几的样子，这当然是相对我们这些刚够一米七的"矮个子"而言了。

尤拉是位勤劳的人。他到俄罗斯加加林空军军事学院后的第一件事，就是花了不太多的卢布买了一辆二手的伏尔加汽车。起初，我们还以为这个老外就是会享受，留学两年时间，还买个汽车来代步。后来，在一次周一早晨的全系例行点名时，是瓦洛佳代为回答的，我们才知道尤拉原来在外边工作还没赶回来。系主任朵不里科夫对此持很宽容的态度，平静地自语了一声"知道了"，便继续呼点其他学员的名字。

尤拉买汽车，看来并不是为了节假日带着夫人和两个孩子出去旅行时方便。事实上，作为尤拉的近邻，两年间，我没发现他们全家有过一次集体外出旅行。一到节假日，甚至不是节假日的放学后，尤拉总是忙得让我们见不到踪影。他的车轮子总是不停地在旋转，他的眼睛也常常熬得通红，尤其是节假日过后，尤拉一脸疲惫不堪的样子回到同学们中间，让人不免有几分心疼。

谁也不便去询问尤拉为什么要这样地辛苦自己。大家似乎都能理解尤拉，作为一名受人仰慕的歼击机飞行员，若不是迫于生活的极端无奈，他是绝不会起早贪黑地去做另一份"工作"的。尤拉所做的另一份"工作"，其实就是用自己的汽车为别人拉"私活"。比如，帮人送站、送机场，运送货物，或顺便从莫斯科车站往加加林军事学院的所在地莫尼诺捎客人。

尤拉的妻子从不多说话，即使在走廊里与同学们迎面相遇，当我们主动问她好时，她也只是友好而礼貌地点头笑笑，并不重复地对我们也说一声"日得拉斯杜伊节（您好）"。尤拉的妻子满脸贤惠相，中等个，眉清目秀，耐看，性格颇像中国电视剧里的刘慧芳。不过她的脸色总是不太好，好像有什么病，身上没有像她这个年龄段的女人理应折射出的青春光华和朝气。尤拉有两个孩子，大儿子不满5岁，小女儿还抱在怀里。尤拉的妻子对儿子管得很严，不让他到我们这些外国叔叔的家里串门玩耍，也不许儿子接受我们送给他的诸如自动铅笔之类的小礼物，尤其不许吃我们送给他的小食品。

有一次，我看见尤拉的儿子在我的门口探着头笑，就招呼他进屋来玩。他很高兴地进来了。我说咱俩玩"剪子、锤子、布"怎样？他说好。因为我常看见俄罗斯或外国留学生的孩子们，蹲在公寓楼外的马路边上玩这种游戏。他们一只手里攥紧几枚硬币一样的卡片，这是孩子们论输赢的"赌注"，另一只手像猜拳行令一样猛地一下子伸出，待双方看清彼此的手形后再各自收回，以此分出输赢。旁观几次后，我也记住了他们出拳时的口令："嘎麻诺，麻嘎诺，乌极发！……发！……发！"我能听明白他们的意思，但在《俄汉小词典》里却没有找到这些俄语单词。那天，我们正玩得兴高采烈，走廊里突然传来了尤拉妻子寻找儿子的声音。这个小尤拉顿时被吓得屏气敛息，不敢做声，伸出的小手也僵在了半空不知如何收回。待我牵着小尤拉的指尖将他"归还"给尤拉妻子时，特地解释说，你儿子真可爱，是我邀请他过来玩游戏的。尤拉妻子歉意地对我笑了笑，也没说什么，亲昵地拉过儿子，可小尤拉的脸上分明还挂着犯错误后的沮丧表情。

后来，我们在走廊里很少能碰到尤拉的妻子了。偶尔遇见，她仍然是友好而礼貌地笑笑，只是脸上更加缺少少妇应有的光彩了。

因为留学期间要回国恢复飞行，我和另外一名飞行员买好机票准备赶往莫斯科国际机场。我俩商量，"肥水不流外人田"，尤拉是咱们的同学，就用他的车送我们去机场吧！由于行李多，我们打算到时多给尤拉200卢布的运送费。尤拉高兴地开车把我们准时送到了机场候机楼门口，停车后一边忙着帮我们搬运行李，一边说了许多祝福我们回国飞行顺利的话。待我们向尤拉交付700卢布车费时，他说什么也不肯收下多付的那200卢布。削瘦的尤垃手里捏着应得的那500卢布，连声对我们说"哈洼几特，哈洼几特（已经足够了）！"我的眼睛感到热热的，拥抱了一下尤拉，叮嘱他回去时开车慢点。

如今，尤拉和他们全家在照片上一直对我微笑着。毕业分别后，也不知他们的日子过得怎么样了……

永不陨落的加加林
——纪念人类第一位飞上太空的宇航员加加林

Skywalker 壹

今年的3月27日,是人类第一位飞上太空的宇航员加加林牺牲45周年纪念日。而4月12日,则是加加林飞上太空52周年的纪念日。

我打开相册,让目光追寻着记忆再次回溯到莫斯科中心繁华的列宁大街上,仰望这个人类第一位飞向太空的英雄——尤里·阿列克谢耶维奇·加加林。加加林气宇轩昂地站立在高高的纪念碑底座上,仿佛将身体插入了云端。他极目远方,脚下是相对于太空的高远而显得非常渺小的地球。加加林的双臂微微张开,像一只正欲振翅高飞的雄鹰。这样的仰望与景仰,我曾做过多次。每次去莫斯科列宁大街时,我都要刻意走到这座高耸的纪念碑前,再一次表达自己心灵深处的无限崇敬。和加加林一样,我们的生命都已被命运或使命的无形双手插上了钢铁的翅膀，在万里蓝天上，洒下了我们太多的青春汗水。当然，我是无法与加加林相比的，因为在蓝天里还洒有他年轻而鲜红的血液——这也许正是一个飞天者在天空中描绘出的最撼人心旌的人生色彩。

在俄罗斯的不同城市，众多的广场上都耸立着不同尺寸、形状、材质及不同色彩的加加林雕像。每年的3月27日，那些记忆深刻的人们，尤其是老人和孩子，会不约而同、踏着厚厚的积雪默默地来到加加林雕像前，献上自己心中的怀念与崇敬。这位为人类，更为苏联，也为如今的俄罗斯赢得了永恒荣誉的航天英雄，是俄罗斯民族的巨大自豪。但是，这位英年早逝的英雄，不是陨落于太空，却是在完成太空遨游之后的一次普通飞行训练任务中牺牲的。他的生命太意外地消失在了人们的敬慕之中，这让那些崇尚英雄、仰慕蓝天的善良人，从此多了一个用泪水与叹息构筑起的哀伤的春季。加加林，一个让俄罗斯三月的天空从此每每回首而落泪的名字！

1968年3月27日，在莫斯科北郊弗拉基米尔新村附近的一片森林里，人们在厚厚的积雪中发现了一个六米多深的大坑，这是加加林与他的战友谢列金驾驶的米格-15歼击教练机以自身五吨重的躯体猛烈撞击地面时形成的，大坑的四周散落着飞机的残骸。两名飞行员的尸体已残缺不全、无法辨认。至今，谁也说不清加加林是因为怎样的原因牺牲的，他的死因成了几十年来人们猜测不断又一直解不开的谜。也许，只有加加林自己才能说得清楚，他们的飞机为什么在仅有250~300米的很低高度时竟还处于几乎垂直的俯冲状态。在这样低的高度上，飞机居然仍以140米/秒~150米/秒的下降率急速下坠，这无异于在空中就已宣布了两名飞行员的必然死亡。两秒钟后，在飞机坠地的瞬间，于一声巨大的轰响声中，两名出色的飞行员却以另一种无声的方式宣告了自己从此将对这个世界永远保持缄默。如今，加加林在飞机坠落的地方以雕像的姿容留给人们一个永恒的微笑。那些每年如期而至的鲜花已唤不醒人们心目中的航天英雄。加加林和斯大林这样的人物一起葬在克里姆林宫红墙外的墓地里，墓穴前方不远处，是深红色的列宁墓。我想，即使列宁这位令加加林景仰、信赖的革命领袖回首询问时，他也无法张口说出飞机失事的原因了。2009年，曾有几十名专家向普京政府联合请愿，要求重新调查加加林之死的原因，还这位航天英雄一个"清白"。但不知何故，该请求最终没有获得批准。

无论是飞行员还是航天员，也许，从他们选择飞行这个职业的那一天起，就意味着选择了随时的牺牲，死的方式对他们来说其实并不重要。他们的生命最终将以怎样的方式告别蓝天，或在什么时间、地点完成人生的最后一次降落，既无法预测，也并不重要。无论是悲壮还是平静，牺牲的飞行员的青春已融化进了蓝天白云之中，日升日落，他们的灵魂必将永远年轻。

Skywalker 贰

揣着"加加林之死"这个巨大的谜团，我于2000年10月来到了俄罗斯联邦加加林空军军事学院留学。两年里，在这所世界闻名、以加加林的名字命名的俄空军最高指挥院校里，我有机会接触到了一些与加加林有关的人，也听到了许多与加加林死因有关的传说。但是，从我查阅到的有限的资料看，还没有发现任何一处与加加林飞行事故的直接原因有关的记载。也就是说，两年来，我所见到的与加加林生前有过交往的人，或与加加林之死有关联的传说，以及所能查阅到的有关的俄文资料，均不能够说明加加林是怎么牺牲的。加加林之死，不仅对外界是个永远的谜，即使在加加林空军军事学院的专家、教官那里，也是一个解不开的谜团。

20世纪这个最大的航天谜团，曾一次次掀起人们热议的波涛，但最终也没有水落石出。1961年4月12日，加加林完成了人类历史上第一次太空飞行。历时108分钟的太空遨游，把人类航天的梦想推向了崭新的高度。七年后,他34岁的年轻生命如短暂的太空飞行一样,在天空中划过一道一闪即逝的弧线,永远消失在了人们的仰望之中。

我在俄罗斯联邦加加林空军军事学院留学期间,几乎天天与黝黑闪亮、用花岗岩雕塑成的加加林见面。夏日艳阳下,加加林的脸上映现着闪烁的阳光,就像他的笑容一样灿烂;冬天的雪后,他就戴上了一顶白帽子,以一副调皮、滑稽的逗人模样看着走过的行人。有时候,加加林的头顶上还会落下一只鸽子,不停地咕咕鸣叫着,仿佛要把这位久眠的航天英雄在晨光中唤醒。在俄罗斯联邦加加林空军军事学院的正门广场旁,加加林就这样永远帅气十足地微笑着,并将目光投向无尽的高远。他的心仿佛从没有停止飞翔,而是越飞越高,直到彻底超出了人们的想象。

Skywalker 叁

4月12日是俄罗斯的航天节。2001年的这一天,我和不同国籍的同学们一起参观了展放在俄罗斯空军博物馆里的"东方-1号"宇宙飞船。俄罗斯空军博物馆离加加林空军军事学院很近,出了学院南门往右拐,步行十几分钟就能走到。大家围在这个看上去并不算太大、仅有4.75吨重的宇宙飞船的船舱下面,一边仰望,一边指指点点,并小声议论着加加林当年是怎样跨进这个小小座舱的。我登上两米多高的梯架,攀爬在离宇宙飞船很近的护栏上,透过飞船的舱门口,仔细查望了加加林当年坐过并飞向太空绕地球飞行108分钟的太空座椅。座椅显得很狭窄,整个飞船座舱内也很狭窄。我想,在太空中的加加林一定是稍微蜷曲着双腿飞行的,尽管加加林的身高仅有1.57米。

一位看上去有60岁上下的工作人员为我们当解说员。他的眼眶上方有一对很浓又很长的眉毛,说话的时候随着面部表情的变化,眉梢一颤一颤的,显得特别生动。他介绍说,加加林飞上太空,也是一个偶然的奇迹。当初加加林并不是唯一的人选，27岁的他当时已是两个孩子的父亲。有人建议，应由另一位训练成绩同样优秀的宇航员戈尔曼·季托夫替换下加加林，去完成人类历史上的第一次太空飞行。但是，从心底里一直喜欢加加林的苏联火箭和航天系统总设计师谢尔盖·卡罗廖夫还是坚持了最初选定加加林的决定。他相信加加林一定能实现他个人也是全苏联人的伟大梦想。卡罗廖夫喜欢上加加林，也是由于一个偶然的细节。细节决定成败。在当时，人们可能还并没有谁这么肯定地说过。

加加林是位在训练上十分认真、刻苦的宇航员。他的梦想就是第一个飞上太空。当然，这也是其他宇航员的共同梦想。加加林从小就养成了吃苦耐劳的习惯和意志坚定的品质。23岁时，也就是1957年，加加林从契卡洛夫第一军事航空飞行学校毕业了。这位个头不高但却非常精悍的小伙子，从此当上了一名海军航空兵的歼击机飞行员。一颗热爱飞翔的心终于忘情地投入了蓝天白云的怀抱。而另一只幸运的光环也正在向飞行成绩优秀的加加林的头顶上悄然飘移过来，尽管他对这一切并不知晓。1959年10月，苏联首批宇航员的选拔工作开始了。宇航员要从全军3400多名优秀的歼击机飞行员中选拔。几乎每个35岁以下的年轻飞行员都要像过筛子一样被挑选一遍。优中选精，精中再选精。终于，加加林以坚定的信念、机智、勇敢、勤劳、果断、沉着等优秀的素质，过关斩将，最终被选为首批20名宇航员培养对象之一。由飞行员被选定为宇航员，对飞行者来说，是一种至高无上的荣誉和骄傲。宇航员的代名词就是"尖子飞行员"。

也许，选中加加林的原因还有另外一条，那就是他典型的俄罗斯面孔和纯正的俄罗斯血统。加加林是白俄罗斯血统，而季托夫则是乌克兰人。这对于大俄罗斯民族主义情绪一向浓厚的苏联来讲，无疑也是很关键、很看重的一个因素。虽然没有人刻意去说破它，但这种思想观念在当时苏联人的心中却是根深蒂固、不容动摇的。小个子的加加林以行为机敏、乐观，处事爽快、大方的特点很快赢得了航天培训中心人们的喜爱。甚至可以说，在航天培训中心，加加林简直是个人见人爱、可亲可敬的小精灵鬼了。这样一来，他自然也就深得领导的关注与欣赏。真是没办法，在其他条件同等优秀的情况下，一个人通过个人修养和品格魅力所透射出的光泽，往往会成为影响决策者选择时的一个重要因素。这种难以表述清楚的"好感"，在人们的心中会悄悄地发生着作用，使决策者的天平不知不觉地向着自己偏爱的方向倾斜。

加加林那次受"偏爱"的机遇，是一个非常细小的细节，却让人们从中咂出了另一番令人欣赏和钦佩的味道。

"东方-1号"宇宙飞船发射在即，最后由谁来执行这次人类历史上第一次太空飞行的庄严使命？就在确定最后人选的几周前，加加林和他的伙伴们被神秘地送到了戒备森严、保密级别极高的"东方-1号"宇宙飞船装配厂房内。宇航员们面对着尚未竣工、正在组装调试中的宇宙飞船，一颗颗怦怦跳动的心显然有些难抑的激动。所有受训的宇航员都是第一次看到宇宙飞船的"庐山真面目"，有点紧张，也有点好奇，还有点兴奋。站在飞船旁边的主设计师科罗廖夫微笑着指指自己的得意之作，问，谁愿意最先上去试坐？兴奋中的加加林马上举起了右手："我想试试！"科罗廖夫点头应允。谁也没有想到，加加林迅速地弯下腰，脱下了自己的飞行靴。他只穿着一双洁白的袜子走向了还没有安装舱门的座舱。并没有谁要求他这样做——进入宇宙飞船的座舱是不需要脱掉鞋子的。看在眼里的科罗廖夫心中被一股什么力量微微地触动了一下。他没想到这个年轻人能如此珍爱自己花费巨大心血设计、制造出来的特殊"作品"。加加林对科罗廖夫劳动成果极端尊重的举动，让这位苏联最著名的航天飞行设计师感慨不已！他像遇见了知音一样拉住加加林的手，微笑着什么话也没有说。其他几名宇航员随后也依次进入了宇宙飞船的座舱进行短暂的体验性乘坐。他们都按"既定"的训练习惯没有脱掉自己的飞行靴。因为，平时的模拟训练中，他们都是穿着飞行靴的，而真正飞向太空时，也同样是要穿着宇航靴上天的。

蓝天上的舞剑者
总是将剑锋指向更深的蓝

摄影■崔文斌

必须承认，加加林的这个并非刻意的脱鞋动作，在科罗廖夫的心中烙下了深深的印记，并使他下定决心，就由加加林来执行人类首次太空飞行任务。科罗廖夫事后说："只有把飞船交给一个如此爱惜它的人，我才放心！"

听完工作人员绘声绘色的介绍，我猜想，这其中一定有一些演绎的成分，但加加林的谦和细心与善于理解、尊重他人的优良品质，还是深深地打动了大家。我下意识地看了一眼自己的鞋子，在从梯架上走下来时，每一步都力争踩得很轻。

Skywalker 肆

斯摩棱斯克市，这座俄罗斯著名的"英雄城"，以制造飞机和二战时期英勇抗击德军而闻名。它位于莫斯科西南方向419公里，东部与另一座"航天城"卡卢加市交界。斯摩棱斯克因拥有了加加林而更加声名远播，这里是航天英雄加加林的故乡。

2001年4月26日夜11点20分，我和另外四位在加加林空军军事学院留学的中国同学一起，从莫斯科市的白俄罗斯火车站出发，去往斯摩棱斯克这座美丽的城市。出发前，我们有一个共同的心愿，到了斯摩棱斯克，首先要参观一下那里的二战博物馆，如果时间来得及，再去位于斯摩棱斯克东北部240公里处的吉兹哈斯克镇附近的克鲁什诺村（也译作格扎茨克区克卢希诺镇），去访问一下航天英雄加加林诞生的地方。此行目的很明确，我们就是奔这座城市的英雄名声而去的。加加林，一个令人向往的名字。

在我们参观斯摩棱斯克文化休闲公园旁边高高耸立的黑色英雄保卫纪念碑时，迎面走来了几个男女青年。四个女孩子和一个男孩子看上去像是中学生，而另一位上身穿黄毛衣、手臂上搭着风衣、大约三十几岁模样的女子，可能是他们的老师。我上前与他们搭讪，证实了自己的猜想完全正确。我又问去加加林诞生的村庄该怎么乘车，他们笑了起来，说，当然知道啦。一个女生追问我，你们去那里干什么？因我俄语说得还不算很好，就简单地回答她是去旅游参观。他们又一起笑了起来，说我们的家乡就在那个小镇附近，那里只是一个普通的村子，加加林的亲人都已不住在那里了，没什么好看的，何况离斯摩棱斯克又很远，还是不去的好。我问他们是在斯摩棱斯克读书吗，那个女生笑着说："涅特，都冉艾克思古耳黠！"哦，原来他们和我们一样，都是出来旅游的。只是，我们双方的目的地正好相反。

能和加加林的"小老乡"同行游览，当然是令人高兴的事。于是我们便接受了学生们的建议，不去加加林出生的那个小村庄了，而改作与加加林的同乡们边游览边攀谈。这样的随意"采访"也许能更多地了解加加林。交谈中，我当然要问到加加林的身世以及他家人的现状。再有，我还想了解一下他们这一代俄罗斯青年对当年的航天英雄加加林有着怎样的评价与态度。他们都是坦诚的孩子，个个率真而阳光，谈话中满脸洋溢着青春的活力与热情。

健谈的女孩对我们说，前几天报纸都登出来了，加加林的妻子瓦莲京娜在4月12日航天节那天，又一次来到克里姆林宫墙外的加加林墓地，手捧着鲜花，来看望自己的丈夫。而就在十几天前的3月27日，65岁的瓦莲京娜还在亲人的陪同下，为加加林扫墓。旁边的一个男孩插话说，其实，瓦莲京娜每年都要和两个女儿还有外孙来为加加林扫墓的。加加林不仅是个英雄，更是他们的亲人。当然，还有许多人是慕名而来的，他们都是来为加加林献鲜花的。男孩说他们这儿离莫斯科太远了，所以他还没有看见过红墙下的加加林墓，但斯摩棱斯克的广场上也有加加林的雕像，每到忌日，人们就把鲜花放在那座雕像前。男孩说一会儿我们往南走不远，也许还能看到加加林雕像前没有被清扫走的花束。

一直默默走路的女教师对我们说，加加林生于1934年，童年是在斯摩棱斯克区的克鲁什诺村度过的。后来，他们全家就迁到了吉兹哈斯克

（也译格扎茨克）小城。加加林牺牲后不久，苏维埃政府就把这个区改名为加加林区了，也有人叫它"第一宇航员城"。人们是想用这种方式永久地怀念他。加加林是俄罗斯也是全世界独一无二的英雄，是比一般的英雄更了不起的英雄！

女教师还说，人的命运有时是不可选择的。加加林在108分钟的太空飞行中，经历了好几次巨大的风险，均能排除故障、化险为夷，并平安地返回了地面；可他却在七年后的一次普通飞行训练中丧失了年轻的生命。他才34岁啊，实在令人惋惜！加加林从小就是个能吃苦的孩子。他的父母、祖父母都是地地道道的农民。加加林刚满15岁时，为了减轻家庭的生活负担，就停止了学业，进工厂当了翻砂工人。他小小的年纪就干起那么繁重的体力活，想一想该有多困难啊。加加林很爱学习，白天干活再苦再累也要每天坚持去工人夜校学习。功夫不负有心人。他在工人夜校毕业后以优异成绩考取了理想的学校，就是伏尔加流域萨拉托夫一所中等技工学校。命运并没有戏弄加加林这个能吃苦的孩子。在萨拉托夫，他加入了航空俱乐部，后来经过一番艰苦努力，又进入了航空学校。从此，他终于迈进了彻底改变命运的军队飞行员队伍。

其实，人的生命极其脆弱，只是在想象中才是强大的。一夜之间，名声显赫的加加林就永远消失了。他牺牲后，妻子瓦莲京娜独自抚养两个年幼的女儿。他们是1957年结的婚。1959年，大女儿叶连娜出世，小女儿加林娜赶在父亲踏上太空前一个月出生。加加林遇难那年，瓦莲京娜才33岁，而他们的大女儿9岁，小女儿才7岁。瓦莲京娜几十年的孤独日子是怎么熬过来的，没有什么人能真正去关心。

女教师说这番话的时候，并不注视我们，语气很平缓，声音中充满了伤感。她有点自言自语，既像是讲给我们听的，又像是说给她的学生听的。

与这六位师生合影、分别后，我们按照他们指引的方向找到了以加加林的名字命名的那条大街。街道不长，东西方向，显得很宽敞，像一座长条形的花园，很干净。街道两旁的楼房不是太高，呈现出一种很平和的风格。我们决定在这条大街上找一家旅馆，今晚就枕着加加林的名字住上一夜。

第二天上午，我们带着昨晚的梦境，一路唏嘘感叹地参观了二战博物馆。在这座威名远扬的英雄城市里，我们仿佛寻觅到了注入加加林身体里的那种无所畏惧的基因。

Skywalker 伍

当我们来到"航天城"卡卢加市时，已是黄昏时分。我们终于找到了此行的目的地——航天博物馆。这是一座建筑宏伟、颇具现代风格的博物馆，可以想象，它已是为这座城市增光添彩的一张亮丽名片。由于该馆已关闭，我们就在博物馆附近找了一家小旅馆住下来。没想到这座航天城的夜生活也颇具"资本主义"色彩，刚办完入住手续，一位工作人员模样的小伙子就直接问我们，要不要找俄罗斯女孩子来陪着聊天、喝酒？很漂亮的，都是大学生。我们笑着谢绝了。我向他问清了航天博物馆第二天开门的时间，并说我们此行的最大愿望就是看看加加林飞向太空的"东方-1号"。

早晨，我们来到奥卡河边散步，航天博物馆就坐落在河岸的北边，离奥卡河很近。从奥卡河岸边拾阶而上，不用五分钟就来到了绿树成荫的果戈理广场，而广场的左边，就是我们要造访的航天博物馆。这里的确是个风景优美的地方，四周显得很安静，看来也很适宜人们在漫步中对往事进行一番追思。

巨大的"东方-1号"静静地陈放在博物馆的广场上。整个火箭推进系统和宇宙飞船的船舱都是白色的，在火箭硕大的身体上竖写着俄文的"东方"。鲜亮的朱红色巨大托架把昂首斜卧的火箭衬托得更加雄伟壮观。我们迫不及待地要与这个庞然大物合影留念，结果却怎么也选择不好构图的合适角度。因火箭太大，而我们显得太渺小了，往往是选取了完整的"东方–1号"，就得割舍掉了人物的影像。只好远些，再远些。看来，只有离开"东方–1号"足够远的距离时，才可能观赏到它的全貌，并对它形成一个完整的印象。这时与它一起合影，才能达成和谐统一。

在加加林遨游太空40年后的2001年夏天，竟有几位中国军人怀着崇敬的心情专程来仰望他当年飞向太空的"坐骑"，令路过的一位俄罗斯老人感叹不已。他赞扬我们都是"玛拉吉茨"（好样的），他说，几十年过去了，不光是俄罗斯人，还有世界各国的人们都依然牢牢记着加加林英雄的名字，并追寻他生活中的平凡细节，这不能不让人感动！

也许，对于"东方–1号"的乘坐者加加林来讲，人们只有在拉开一段历史距离后去观看，才能更好地欣赏到他完整、丰满、迷人的卓绝风采。

Skywalker 陆

我们的歼击航空兵战术教官尤拉十分敬业，他做完手术还没拆线就来给我们上课了。这位在蓝天上飞了3500多小时的老飞行员，心目中最崇拜的英雄是加加林。他说，加加林是俄罗斯头号大英雄。

每一次战术课讲完后，他都习惯性地问我们有没有问题，我们心疼他身体不好，一般会说没问题没问题。可今天有些特别，2001年3月26日，明天就是加加林牺牲33周年纪念日。我还是忍不住提出了一个与本节课程完全无关的问题：航天英雄加加林究竟是怎么牺牲的呢？他的飞机为什么在低高度时竟出现那样不可思议的大俯冲角？是不是他或教官谢列金犯下了严重的操纵错误……

尤拉吃力地笑了笑，脸上现出些许难堪，伤口的疼痛又使他的额头上渗出了细细的一层汗珠。他缓缓地坐到椅子上，又笑了笑，对我说："宁明同志，这个问题很难回答！"他说得对，这个问题官方至今都没有明确的说法，我只是心存侥幸，想从教官那里听到不同的回答。

尤拉若有所思，合上教案夹子，用湿毛巾擦了擦手指尖上的白粉笔末，从容地向我们讲起他所了解的加加林。

加加林在契卡洛夫第一军事航空飞行学校毕业后，继续刻苦钻研飞行技术，一直是同批飞行员中的佼佼者。尤拉把两只手对接在一起，做出一个塔的形状，努一下嘴，用下嘴唇指指"塔尖"的位置，说："加加林就在这个位置上，他一直是最拔尖的飞行员！"

加加林完成太空飞行后，在飞机上的飞行就被迫中断了下来。不是他自己不想飞，而是领导的意志或国家的利益不让他飞了。原因很明了，加加林已是苏联的航天英雄，是举世瞩目的焦点性新闻人物，他的一举一动都备受世界人民的关注，如果让他飞行，万一出现什么闪失，将会给历史留下无可挽回的憾恨。

后来，加加林进入茹科夫斯基空军工程学院进修，1968年以优异成绩完成了毕业答辩。其间，他曾几次向上级写报告，申请恢复飞行。在他的强烈要求下，最终获得了上级的批准。加加林为了参加下一次的航天飞行任务，首先得进行必要的恢复飞行训练。从1968年3月开始，加加林重新开始了歼击机上的飞行训练。按计划，他将在3月13日至5月22日期间完成18架次的教练机飞行，总时间7个多小时，然后再在战斗机上单独飞行。前十几次的教练机飞行一切顺利，3月27日是加加林单飞前的最后一次教练机飞行。为了安全和稳妥，上级还专门安排了上校飞行员、飞行经验丰富的谢列金副团长作为加加林的技术检查教官。他两个人的飞行技术，应该是一点没有问题的。尤拉特别强调说。

尤拉说他只见过一次加加林，上中学时，在一个很大的报告厅里听过加加林做报告。加加林飞向太空的英勇壮举深深影响了他们这一代年轻人的人生选择。尤拉的脸上终于洋溢出了自豪的笑容，他说，后来，我就报名参加了空军，很幸运，几年后我也成了一名歼击机飞行员。尤拉伸出大拇指，说："歼击机飞行员，很棒！"在他眼里，歼击机也就是战斗机飞行员才永远是最棒的！他原来的部队在远东地区，后来因身体原因才停飞回到莫斯科，来到加加林空军军事学院当教官。

原来，我和教官尤拉都曾飞过加加林与谢列金牺牲时所飞的那种型号的飞机。我告诉尤拉，中国空军管这种米格-15歼击教练机叫"乌米格"。我18岁时飞过半年多这种飞机。它的操纵性能很好，但安定性能一般，对于新飞行员来讲，刚飞时会有一定的难度。尤拉附和我说："嘎涅斯纳（当然了）！"看来，他也很赞同我对这种型号飞机的感觉和评价。

我对加加林和谢列金上校的失事原因一直心存疑惑。无论如何，我也不相信这两名飞行技术绝对一流的飞行员会犯下这么严重的操纵错误。尤拉叹口气说，当时，天气情况很糟糕，他们的飞机在两层云的夹缝里飞行，完成课目后，准备返航，加加林还向地面塔台报告情况一切正常。他们只需要继续转弯下降高度就行了，由70度航向对向320度，按预计路线返回机场，就算完成了任务。可是，在加加林报告后不到一分钟，两人就与地面塔台失去了联络。他们的飞机在高度不到300米时，居然在做垂直俯冲，这绝对不是人为操纵造成的结果！想想看，哪位飞行员会自己操纵飞机故意往地面上撞啊？一定是飞机或其他什么不可抗拒的原因造成了这种难以挽回的严重状态，结果夺去了加加林和谢列金的生命。

尤拉气愤地说，我已注意到了一些人对加加林飞机失事原因的猜测，有些猜测简直是对英雄的侮辱！让人无法接受。有人说，加加林和谢列金飞行前喝了烈性酒，是"沃特嘎"（伏特加酒）要了他们的命。他们因此在飞行中失去了操纵能力，飞机是在完全失控的状态下坠向地面的，导致了两人的身亡。胡扯，这简直不可思议！加加林对自己的行为一向要求严格，怎么会在飞行前24小时违反规定喝烈性酒呢？！再说，每次飞行前还有航空医官对飞行员的身体状况进行严格检查、把关的啊！一些人真是别有用心，简直是胡说八道！尤拉骂这些人是流氓："胡里甘纳，胡里甘纳！"

我理解教官尤拉气愤的心情，他不能容忍别人恶意地往自己心目中的英雄身上泼脏水。尤拉为了说明加加林绝不会飞行前违规饮酒，还讲了一个加加林对自己严格要求的故事。但就是这个故事，也许正是加加林最后一次飞行前最不祥的预兆。

飞行的当天，加加林从早上开始就很不顺当。一开始，他发动车子时几次打不着火，眼看着飞行进场的时间就要来不及了，只好匆匆改乘公共汽车赶往机场。忙中出乱。加加林也真是"点背"，当他好不容易赶到机场门口时，却发现进机场的证件忘带了。按规定，没有通行证任何人是不允许进入莫斯科近郊的齐卡洛夫军用机场的。这种密级和戒备程度很高的地方，人员进入时履行的手续当然也要烦琐一些。当时，和加加林一起参加当天飞行的其他宇航员就劝他，你是苏联英雄，大家都认识你，给卫兵说明一下原因，回头补充登记一下手续就行了。可加加林没有这样做，他不愿带头违反规章制度。无奈，加加林只好沮丧地返回到住地，取回了进入机场的绿色通行证"巴布斯克"。

教官尤拉对我摊摊手说，你看，加加林怎么可能在飞行前违反规定饮酒呢？但他又补充说，我们都是干飞行的，都知道心理、情绪对飞行安全的巨大影响。这也许是加加林生前犯下的唯一一个不可挽回的错误！因为，在俄罗斯有一种说法：半道返回乃不祥之兆。我也以赞同的口吻对尤拉说，中国也有类似的说法，叫作"好汉不走回头路"。尤拉惋惜地说，那天，加加林真的不该去参加飞行啊……他是完全可以避开这场灾难的。

也许，全世界的飞行员都会偶尔地"迷信"一下。在遇有"不祥之兆"或情绪极度不稳定时，除非面对的是无法更改的飞行任务，一般情况下，比较明智的做法是主动取消当日的飞行。别人也许不会理解飞行员的这种做法，但飞行员们之间却是完全可以理解这种心情和选择的。

柒

当我从一场噩梦中惊醒时，手心里已握满了冰凉的汗水。打开台灯，莫斯科时间3点40分。

日有所思，夜有所梦。可能是这几天连续思索加加林最后一次飞行的情景太多了吧，昨夜里，我竟以加加林的身份，做了一个逼真得如身临其境的梦，加加林的最后一次飞行变成了我的飞行。直到飞机在触地爆炸的瞬间，我才从惊恐万状的噩梦中醒来……

今天的天空灰蒙蒙的，使人感觉心情有些压抑。当我取回通行证、第二次返回齐卡洛夫机场大门口时，已是8点30分。我匆匆忙忙在门卫的登记簿上龙飞凤舞地签下了自己的名字，招手搭上一辆嘎斯牵引车直奔指挥塔台楼下的飞行员休息室。我看见伙伴们都在拿着航空地图和飞行夹板埋头进行飞行前准备，就没有打扰他们。我在墙角处找到了谢列金上校。他正坐在一条长木凳的最里头，好像有些着急，显然，他是在等待迟到的我。好在，我来迟的时间还不算太晚，离上飞机的时刻还有45分钟。谢天谢地！我的迟到并没有达到"错误"的程度，因为，按规定，飞行员最迟应于开飞前40分钟到达机场，否则就得取消该次飞行任务了。

我与谢列金没有寒暄，坐下来进行了简短、认真的协同准备。主要是明确了起飞、着陆、空中动作时操纵飞机和空中出现特殊情况时前后舱的工作分工。9点15分，一辆敞篷汽车把我们送到了起飞线的飞机旁。米格-15歼击教练机的身上结满了一层白霜，这个刚从寒夜里醒来的家伙一声不响地蹲伏在水泥地上。谢列金代替我围着飞机仔细地转了一圈，还伸手扳动了几下副翼和方向舵，看看操纵系统是否灵活。检查完毕，确认飞机一切正常，他便在飞机放飞单上签下了自己的名字。按说，这些工作都是应由我这个前舱飞行员来完成的。

我向谢列金感激地敬了一个军礼后，跨进了飞机的前舱。几分钟后，指挥员向我下达了口令："625开车！"625是我的飞行代号。座舱内也同样很冷，我戴着棉皮手套的手指显得有些笨拙，格外小心翼翼地打开了那些应打开的电门，翻开红色保险盖，用力按下了发动机起动按钮。9点19分，飞机轰鸣着在跑道上加速滑跑，十几秒钟后，两个主轮就轻轻离开了地面。

　　我收起起落架后不久，座舱四周渐渐开始变得模糊。这是入云前的征兆。果然，高度不到500米，飞机就一头拱进了云层里。这样的天气飞特技是极不合适的。因未征得后舱教官谢列金的同意，我暂时没向地面塔台指挥员报告这样糟糕的天气实况。谢列金是位飞行经验非常丰富的飞行员。我明白他的意图：等飞机再爬升一段时间，在更高的高度上观察天气情况才是准确的。我心头掠过了一丝抱怨：这样的复杂天气为什么指挥员还下定决心进场飞特技呢？为什么不先派一架飞机侦察天气，再决定是否飞行？

　　当我操纵飞机爬升到高度2000米时，终于穿出了云层。但是，向高处望去，头顶上又有一层云在等待着我们。我操纵飞机在两个云层的夹缝里穿行。当我正准备加入预定的3号空域时，地面指挥员却下达口令，让我改变航向加入到5号空域。我一边操纵飞机转弯，一边注意收听无线电里的空地通话情况。原来，我们的飞机起飞后不到一分钟，指挥员又错误地放飞了一架速度比我们更快的飞机，为防止后机追赶、超越前机而发生危险，只好临时命令我们转弯加入到5号空域。加入空域后，我尽可能操纵飞机在云缝中做完了规定的动作，谢列金也全神贯注地观察着空域位置，生怕因云层的影响，我们的飞机偏出了空域。

　　当我的飞机正要退出空域的时候，从座舱前风挡的左侧，突然飞来一个黑乎乎的影子。我迅速操纵飞机向右转弯躲避，并一边回头进行观察，好像闪过的是一只黑色气球，球体下面还有悬挂物。这可能是机场气象台放飞的用来探测云层高度的气象气球。有惊无险。幸亏我发现及时，飞机没有与气球相撞。

飞机在高度2000~4200米之间飞行。我感到耳朵里渐渐鼓胀得厉害，急忙观察座舱压力差表的指示，果然压力异常，并且降低得很厉害。谢列金也及时发现了这个问题。我马上向塔台指挥员报告了情况，地面指令我们停止执行任务，立即返航。这时我才发现，原来是座舱密封出现了问题，密封开关把手被卡在了半开半关的位置。我准备操纵飞机迅速下降到高度2000米以下。因为飞机座舱不密封，长时间在高空飞行就会造成飞行员严重缺氧。我在想，最好能寻找一个云孔，由70度航向继续左转弯，然后对向机场方向320度返航。可是，当我刚向左转了一个不大的角度时，突然发现左侧有另外一架米格-15飞机在飞行。谢列金反应比我更为迅捷，并以最大的动作量操纵飞机由左转改为向右滚转下降，用以避免与这架飞机相撞。就在此时，我们的飞机突然加快下沉，开始猛然翻滚，仿佛一只小船一下子跌进了一个巨大的旋涡之中。我和谢列金都异常惊讶，判断不清飞机为什么会突然闯进这种强烈的气流涡旋之中，使我们无法按照自己的意愿操纵、控制飞机的状态。估计一定是刚刚从左侧飞过的那架飞机在较低高度上违反飞行规定，做了超音速、大载荷的飞行，结果它留下的超强"尾流"给我们的飞机挖下了一口"死亡陷阱"。

此时，飞机在俯冲翻滚中载荷迅速增大，压得我们喘不过气来。随着飞机迅疾下坠，失去密封的座舱压力也在迅速增加，飞机以150米/秒的下降率向地面几乎垂直冲去，座舱压力表的指针以每秒已超过10毫米汞柱的速度旋转着不断增高……冲出云层后，我们的高度仅剩不到500米了！我和谢列金惊慌中企图用尽全力拉动驾驶杆改变飞机状态，却心有余而力不足——双手不听我们使唤了。地面上黑黢黢的大森林向我们迎面扑来，像一张巨大的黑网罩向了一只坠落中的云雀……

我从噩梦中惊醒后，再也无法入睡。仿佛刚才做的不是一个梦，倒像是一次真实的毁灭性历险飞行。

我围着被子坐在床上等待天亮,并翻身拿起书桌上白天查来的资料,为自己梦中的险境与最终毁灭寻找理论依据。在最初的几秒钟内,由于高载荷、高舱压的共同作用,飞行员可能遭受到了难以抗拒的"空气动力学打击",随即失去了操纵飞机的工作能力。他们的头脑可能还有些清醒、明白,但手脚却不听使唤了。他们干着急没办法,只能眼看着飞机向地面冲去。有资料表明,已经昏迷的飞行员,要在5~10秒后才会恢复知觉;再过15~20秒,才能恢复运动能力;而再过30~120秒才能操纵飞机。若加加林和谢列金果真遭受到所谓的"空气动力学打击"的话,那么,在仅剩两秒多钟飞机就要触地爆炸的情况下,他们是无论如何也做不到"死里逃生"的。

Skywalker 捌

在俄罗斯加加林空军军事学院毕业前夕,歼击航空兵战术教官尤拉送了我一幅油画,是加加林的头像。画框是木质本色,没有涂漆,"画布"也不是布,而是一块复合木板。这幅画是教官自己画的,右下角浅浅地写着他花体的俄文名字。这就像老北京许多人都会唱几段京剧一样,在俄罗斯,很多人都会画油画。教官送我的画尺寸很小,还没有32开的书本那样大。他大概是怕我回国时携带不方便,或许是怕太大了摆放在书架里占地方,所以才故意画这么小的尺寸吧。我非常喜欢这幅画!把画捧在手里,加加林就一直面向着我微笑,他左右胸前都挂满了花花绿绿的各种勋章或奖章,显得格外英俊潇洒。作为回赠,我送了教官两本自己的小诗集,并用俄文在扉页上签上了自己的名字。我在教官尤拉这幅画的背面,轻轻写下了接受它时的日期和地点:2001年6月15日。莫尼诺。

这么多年过去了,加加林依然微笑着望着我。加加林胸前佩戴的荣光虽然因岁月的流逝色彩已有了些许的黯淡,但他的炯炯目光和精神状态依然充满着自信和朝气。他对人们对其死因的种种猜测、模拟并不颔首赞允,但也不予否认。也许,几十年后的今天再去追问加加林牺牲的直接原因已不必要——加加林之死,毕竟已成为历史。

　　加加林是代表全人类首次飞进太空的。他在320多公里的高度上以27200公里/小时的速度飞越了4万余公里。在这历史性的108分钟的太空遨游中,他完成了人类自身对我们赖以生存的地球的首次回望。加加林的这一英雄壮举,已成为人类历史中的永恒精神和骄傲。他以自己的勇敢,向浩渺无际的宇宙证明了人类的智慧,也表达了人类探索未知事物的渴望。当加加林回眸蓝色"地球村"的那一刻,他的眼睛里一定充满着无比的祥和与平静。也许,在那最神圣的几秒或几分钟的回望中,他置身在超越国家的高度上,已暂时忘却抑或主动抛弃了自己被发射时的某种狭隘愿望与目的。

历史的翅膀在飞翔
——参观俄罗斯联邦空军航空博物馆杂记

Skywalker 壹

2000年10月的一个夜晚,当一辆中巴将我们带进俄罗斯联邦加加林空军军事学院的时候,我才惊奇地知道,莫斯科东郊37公里处的莫尼诺(Монино),原来处在一片神秘森林的环抱之中。就是在这片大树参天的森林中,俄罗斯军队不仅"开垦"出了一所著名的空军最高军事学府——加加林空军军事学院,同时还"开垦"出了一座让世界航空界侧目的空军航空博物馆。这座赫赫有名的航空博物馆,全称叫"空军中央航空博物馆",但人们都习惯省略掉"中央"一词,而只称其为"空军航空博物馆"。莫尼诺是一个人口不多、居住松散的小镇。但就是这个不起眼的小镇,却在世界航空界声名远播。凡热爱航空的人,几乎没有人不知道有个叫"莫尼诺"的地方。因为,这里是俄罗斯航空、航天的摇篮,就像中国的酒泉一样，是某一个领域的代名词。

俄罗斯联邦宇航员训练中心、加加林空军军事学院、空军航空博物馆都坐落在这一带茂密的森林里。中国首位飞向太空的航天员杨利伟曾受训过的宇航员训练中心离莫尼诺稍远一些，而后两者离莫尼诺很近，仅一墙之隔。我们从加加林空军军事学院教学区南门出来，徒步去博物馆，即使悠然地漫步，也绝不会超过15分钟。

我是后来才知道，空军航空博物馆其实就坐落在加加林空军军事学院内。因为，我刚开始以为，学院就像中国的大学一样，是由一个或几个院子组成，而俄罗斯则不同，起码加加林空军军事学院绝不是一个"院子"的概念。它除了庞大的教学区、生活区外，还包含了更大面积的森林和盛长绿草、白桦树的开阔地。这样看来，"阿嘎吉米哑"（学院）和"墓揭义"（博物馆）很像是盛在加加林空军军事学院这只硕大盘子里的两片靠得很近的奶酪。

俄空军航空博物馆是全世界最大的航空博物馆，馆内展出了自苏联时代起173架各式飞机和127种发动机。这是2000年的数字，现在或许更多。另外，这里还展有一些航天文物，如东方-1号太空回收舱等。馆内另有一座图书馆，藏有与苏联航空、太空探索有关的书籍、影片、照片等相关文献。早在加加林空军军事学院建院初期，首任院长、空军元帅克拉索夫斯基便着手空军航空博物馆的兴建了。1958年落成的这座占地面积20公顷的博物馆，当时只对苏联军方开放，直到2001年9月才逐渐对国民开放，但外国人参观须提前申请预约。我们进入加加林空军军事学院留学的第二年，才赶上了"好时候"，只需持俄罗斯颁发的军官证就可以在规定的开放日里自由参观博物馆了。空军航空博物馆40年来不对外开放，原因也很简单，因为这里存放的许多飞机都是定型批量生产前的原型机，甚至是仅试飞过几架次的"绝版机"，保密价值很高；加之博物馆位于加加林空军军事学院的校区内，而这所学院又是一个重要的涉密单位，所以，"外人"自然不能随便入内。后来，我们也变成了

"加加林"的"内人",参观就不再受限制了。

在莫斯科市区内各军事院校留学的陆、海军战友,以及在莫斯科大学等高校留学的中国留学生,闻知空军航空博物馆就在我们学院内,便纷纷慕名前来。他们不仅参观了目不暇接的各式飞机,还品尝到了我们精心准备的中国饭菜。一拨又一拨的来访者,个个都是乘兴而来,满载而归。很快,朋友们就把我们从国内带来的干豆角、梅干菜、压缩木耳等"怀乡"食物分享光了,直吃得我们有点心疼呢。

2000年,莫尼诺的机场仍在使用。我们在教室里偶尔还能听到飞机的轰鸣声。据教官说,莫尼诺机场只对前来报到的退休飞机开放。许多有身份的飞机都是把这里当作了最终的归宿,落地后便再也飞不起来了。

俄罗斯空军航空博物馆是一部深奥的大书。它浓缩了前苏联和俄罗斯空军发展中最精华的部分。虽然我在俄罗斯留学的两年时间里,近水楼台地对这座博物馆中的各式飞机都品读过若干遍,甚至逐一给它们拍了资料照片,还将一些疑难问题带到课堂上与教官一起讨论过,但是,我还是不敢说已完全读懂了它。

Skywalker 贰

这个巨大的展厅是由一座机库改建而成的,看上去有些陈旧,像个七八十岁的老人。

当阔日杜布的名字映入眼帘的时候,我的心头涌过了一阵惊喜。作为一名歼击机飞行员,我在国内早就听说过这个响亮的名字。他是二战时期最著名的王牌飞行员。他驾驶着自己心爱的座机拉-5击落过德军43架飞机。后来,他又驾驶新改装的拉-7战机击落德军飞机19架。一名歼击机飞行员,在二战期间,参战120次,共击落敌机62架。这是一个多么辉煌的数字!阔日杜布作为苏联空军头号王牌飞行员,成为三枚"苏联英雄"金星勋章获得者（苏联共有三人获此殊荣），无疑成了许多飞行员心目中最景仰的英雄。

　　一架保存完好，甚至可以说有些簇新的拉-7飞机安静地停放在博物馆展厅的中间位置。显然，这架飞机是后来整修过的。飞机表面的涂漆光洁明亮，离得近时还可以映照出人们崇敬的身影。它像一个刚刚梳洗过的帅气的俄罗斯小伙子，气宇轩昂地站在人们面前，几十年来，始终保持着一副胜利者的姿态。

　　担任解说员的是一名苏联时期的老飞行员，名叫瓦西里·伊万诺维奇。2000年时他已79岁了，但看上去仍旧精神矍铄，不失当年飞行员的风采。瓦西里在部队工作了61个年头，飞过18种飞机，总飞行时间达7000小时。他是在一次训练飞行中，因跳伞时腿部骨折而被迫停止飞行的。他说自己一辈子热爱飞机，热爱蓝天，所以，退休后就来航空博物馆当了一名讲解员。他很爱开玩笑，对我们说："呀，欧沁溜不溜萨玛僚特，依，卢波厘！"意思是说，我很喜欢这些飞机，但我也很喜欢卢布。因为他除了少得可怜的退休金外，在这里做讲解员，每年还可拿到2000卢布的补贴。瓦西里还说，这个机库和他的年龄差不多，俄罗斯军队现在还没钱盖一个新的展览馆，但以后会有的。

　　"这就是阔日杜布当年驾驶过的拉-7飞机吗？"当我用不太熟练的俄语疑惑地向瓦西里发出询问时，这位满头白发的老飞行员夸张地瞪大了吃惊的眼睛，看着我，非常坚定地连声说："嘎涅什纳！嘎涅什纳！"意思是说，当然了，这还用问吗！

　　这是我第一次亲眼目睹这架赫赫有名的战机。机身被银灰色的涂层覆盖着，机头是鲜亮的红色，像一面迎风飘扬的红旗。白色的整流锥和黑色的螺旋桨形成了鲜明的对比，桨叶像两把随时准备舞起的利刃，直指前方的敌机。这架机号为27号的拉-7飞机，机身侧面喷涂着三颗较大的红星，表明这架飞机的主人曾获过三枚"苏联英雄"金星勋章；在机身稍后的位置，还整齐地喷涂着62颗红心白边的小五角星，它表明这架飞机的主人曾击落过的飞机数。拉-7飞机是一种木质结构的歼击机，装配的是活塞式发动机，起落架为后三点式，处于停放状态时，机头高昂，仿佛随时准备着冲向蓝天上的战场。它停放的姿态让人们联想到一身英武气的年轻飞行员阔日杜布。阔日杜布是位极具乌克兰风采的美男子，而他的战机拉-7也同样是一位气宇不凡的空中美男子。此时，或许阔日杜布元帅正身着戎装微笑地看着我们。这是一张巨幅画像，悬挂在拉-7飞机身后的白墙上。阔日杜布就这样一片深情地看着他心爱的战机，也看着前来观赏的人们，当然，他还看到了时代的变迁。

在拉-7飞机身旁，还摆放着其他一些战功卓著的二战飞机。拉式飞机是苏联卫国战争时期的英雄飞机，也是备受世界航空界称赞的飞机家族。

在拉式飞机中，我国后来还引进过拉-9等飞机，用于新中国成立前夕保卫北平安全和新中国成立初期清剿西南国民党残部。拉-9飞机还曾参加1950年的国庆受阅飞行。北京航空馆（北京航空航天大学内）用一架拉-9飞机交换到一架鹞式垂直起落飞机。该机到英国后，经修复成为目前世界上唯一一架可以飞行的拉式战斗机，足见拉式飞机有多么强的生命力。

思路清晰、健谈，幽默而又风趣的瓦西里自豪地对我们说，1941年，德国鬼子入侵苏联，其主要进攻手段就是利用强大的空中进攻力量，进行猛烈的空中突击，为地面部队开辟道路。但是，德国人犯了一个战略性的错误，并没有对苏联的战略后方实施大规模轰炸，这使得苏联的航空工业力量得以较好地保存下来。有许多军工厂搬迁到了乌拉山以东，这样，苏联人民就可以一边在前方打仗，一边在后方生产飞机和坦克、大炮。在后来对德军艰苦卓绝的抗击中，苏联庞大的空中力量发挥了巨大的作用。

瓦西里让我们靠近一点，仔细看看这些宝贝。他拍了拍飞机的螺旋桨，扬了扬花白的睫毛，慨叹一声说："在众多优秀的作战飞机中，拉式系列战斗机是战功卓著的佼佼者!"

瓦西里如数家珍般地向我们介绍起了拉式系列飞机在苏联卫国战争中的显赫功绩。

他说,战前苏联最好的战斗机是拉-1、拉-3飞机,这是由拉沃奇金、格尔布诺夫和古德科夫联合设计制造的。在二战期间,飞机制造厂的工人们昼夜奋战,共生产了拉-3飞机6528架。一架架崭新的战斗机从后方直飞前线,成为抗德空中战场一线的主力战斗机。拉-3飞机并不是全金属结构的骨架,装有一台809千瓦的水冷活塞发动机,前机身轮廓曲线修长,比较轻便,显得非常灵活。拉-3飞机的重量为2620千克,航程647公里,最大时速为558公里。它配备有强大的武器系统:一门20毫米机关炮、一挺12.7毫米机枪、两挺7.62毫米机枪——这在当时是属于很威猛的武器了。

为了适应前方作战的需要,拉沃奇金决定在飞机上改装空气冷却可靠性较高的1700马力的AⅢ-82型星形活塞式发动机。这种星形发动机,看上去像是机头上长出了一只只瞪大的黑眼睛,正在怒视着从前方来犯的敌人。这一重大改进,使得拉式飞机性能提升了一大步。于是,一种伟大的飞机型号问世了,它叫拉-5。拉-5飞机翼展9.678米,机长8.718米,机高2.90米,机头装有两门斯伐克20毫米协调式机关炮,每门携带炮弹200发,火力得到了进一步加强。飞机的升限超过了万米,为10.1公里,最大时速为650公里,除爬升性能外,其他性能均已超过了德军的梅-109D-2飞机。

作为一名飞行员,每个人最大的愿望就是能够飞上先进的飞机。手中没有好的武器,就会被动挨打。拉-5飞机让苏联飞行员们大为自豪。从1942年6月至12月,拉-5飞机首批生产1129架,有力地支援了前线的地面作战。在斯大林格勒(今伏尔加格勒)战役中,苏、德飞行员在空中进行了激烈的交战,拉-5飞机首战即建功,第一天就击落击伤德军梅-109等著名战机29架。这一战果让德军飞行员胆战心寒,而苏联飞行

在柔与刚之间穿行
使我读懂了飞行的真正**含义**

摄影■刘应华

员越战越勇。拉-5飞机有时还挂上150千克的炸弹对地面目标进行攻击，有力地支援了地面部队作战，取得了显著的战果。由于拉-5飞机在斯大林格勒战役中立下了汗马功劳，为扭转苏德战局，从而使苏军转入大反攻起到了不可替代的作用，所以，拉-5飞机被红军战士们称为"斯大林格勒的救星"。

1943年，苏联空军为全面对抗德军的入侵，特别需要有一种能与德军最先进的梅-109G和FW-190A飞机作战的战斗机。于是，苏联决定对拉-5飞机做较大的改进，换装了1850马力的发动机，同时对机体结构也加以局部调整，使之成为一种新型战斗机——拉-5ΦH。拉-5ΦH飞机是拉式系列战斗机中的明星。1943年7月，这种新型战机在库尔斯克战役中首次亮相，它和雅克-3、雅克-9等飞机并肩作战，与德军争夺制空权。这是一场史无前例的空中大机群作战。据记载，仅7月5日开战当天，就击落德机320架（苏方损失176架）；6日至9日的四天中，又击落德机616架（苏方损失390架），平均击落比高达1.7∶1。短短几天，苏军飞行员获得重大战果，大大地削弱了德国空军的战斗力，战争的主动权从此移至苏军手中。自7月1日苏军转入大反攻以来，通过几场大规模的空战，苏军战斗机的数量与质量都能与德军抗衡了。

拉-5各种型号的飞机累计生产了1万架，是拉式系列战斗机中产量最多的一个机型。

后来，又有更先进的拉-7飞机诞生，这种机型，被称为卫国战争中苏军最好的战斗机，拉-7飞机累计生产了5753架。拉-7的综合性能与当时德军最先进的梅-109战斗机不相上下。大批的拉-7战斗机源源不断地装备苏军后，对打击德军，遏制其猛烈攻击苏地面部队起到了关键的作用。阔日杜布驾驶上这种飞机后，更是如虎添翼，他在空战中充分发挥拉-7的优越性能，可谓所向无敌。据说，德军飞行员只要在空中一听到阔日杜布的飞行代号，就会掉头逃窜。

在苏联卫国战争中，苏军三大王牌飞行员主要是驾驶拉-3、拉-5拉-7

飞机作战。苏联空军头号王牌飞行员阔日杜布驾拉-5和拉-7战斗机参战，在所击落的62架飞机中，就包括22架FW-109和19架梅-109飞机。更神奇的是，在参战的整个过程中，阔日杜布创下了没有被击落也没有负过伤的纪录。在频繁出击、异常激烈的空中战斗中，阔日杜布的战机只有两次被击伤的记录，而他本人则毫发无损，这简直是个奇迹！

瓦西里老人招呼了我一声"达娃里西"，看来，他还是喜欢互称"同志"的年代。他问我是来自中国空军的哪个部队，我含糊地说，我的部队在中国的东北地区，就是当年与美国空军在朝鲜作过战的那个部队。瓦西里的眼睛突然放出了异样的光彩，高兴地说，阔日杜布曾带领着自己的一五一王牌师支援过中国的抗美援朝战争，他们曾驻扎在中朝边境的丹东机场。他还认真地说，阔日杜布率领的飞行师在抗美援朝战争中共击落敌机258架！

听到这样的介绍后，我大为吃惊，但又无法立即确定这种说法是否真实，只能不置可否地点了点头，用一个真诚的微笑表达我由衷的敬佩。

后来方知，瓦西里说的情况是真实、正确的。阔日杜布去世后，他的夫人和儿子（海军中校）在俄罗斯空军副司令兼参谋长马洛科夫上将陪同下应邀访问过中国，并专程前往中朝边境参观过抗美援朝时期苏军工作过的浪头机场。现在的丹东机场当年叫浪头机场，这也正是我曾飞行和工作的地方。

我对瓦西里说，我曾在莫斯科新处女公墓见到过阔日杜布的墓碑。瓦西里做了一个两手分开的手势，意思是说阔日杜布的墓碑像是两扇打开的门。他的墓碑并不高大，但却很特别，墓碑的底座上镶嵌着两块黑色石板，上边刻着文字，远看颇像是阔日杜布的两只沉重的大脚。也许，面对苏联的解体，国运的衰落，这个有着48年党龄的老俄共党员，在忧心忡忡地走完他71岁的人生旅途之际，心情的确是异常沉重的。

叁

一架机身高大、机翼修长的功勋飞机挽留住了我们参观的脚步，它就是创下"莫斯科—北极—美国探险飞行"纪录的安特-25飞机。

安特-25是图波列夫设计局专门为创纪录而研制的飞机。主任设计师是当时还在图波列夫领导下工作的苏霍伊。苏霍伊是后来才另立门户"单干"的。他后来成为苏联著名的飞机设计师，是苏联喷气式超音速飞机的创始人之一。世界闻名的苏霍伊飞机设计局就是以他的名字命名的。我国现在引进的苏式系列歼击机中，如苏-27、苏-30等性能优良的战机，都是他们设计的。

作为一项压倒一切的政治任务，安特-25飞机的研制工作从1932年夏天开始到1933年结束，速度之快，可见当时最高决策者的坚定决心。飞机全部采用国产材料，并安装了米库林设计的功率为750马力的M-34水冷发动机作为动力装置。这种飞机机翼很长，翼展达34米，展弦比为13.5，而一般情况下，设计飞机时展弦比都不会超过10。"展弦比"是一个衡量飞机性能指标的概念，可简单地理解为，翼展越长、翼弦越短的机翼展弦比越大，即看上去机翼显得很细长。这样机翼的飞机滑翔性能好，空中飞行时省油，航程远。安特-25飞机把展弦比设计为13.5，是一种超常规举措，因为，苏联人要赋予它一项超常规的使命。

安特-25飞机还有一项革新就是把油箱作为机翼结构的一部分，让油箱与机翼结构共同承受飞行中的气动载荷，从而使机翼结构更轻、更坚固。这样做的目的，同样是为了使飞机获取更大的航程。安特-25飞机机翼很薄，大大减小了飞行中的诱导阻力。另外，它还采用了半收式起落架，用很光滑的亚麻布代替机翼表面的金属蒙皮，从而减少了飞机的摩擦阻力，也降低了飞机的重量。

看着这架有点畸形意味的飞机，我在想，人类在生存的过程中，有一种禀性仿佛与生俱来，那就是永无休止地争斗，不论人们赋予它一个多么冠冕堂皇的理由。

20世纪30年代，欧、美几个航空大国你追我赶，开始在航空竞赛的舞台上纷纷登场亮相。他们都把创造飞行速度、高度、航程世界纪录作为炫耀自己实力的目标。1933年8月7日，法国人科多斯和罗赛从纽约飞到叙利亚，创造出一项9102公里的世界飞行距离纪录。这下子深深刺激了一向争强好胜的社会主义国家的"老大哥"苏联。苏联当仁不让，为了显示自己航空技术的实力，决心打破法国人的纪录。一个庞大的竞争方案很快获得了苏联最高领导人的批准。苏联人决心要制造出一种飞得更远的先进飞机，把法国人创造的飞行距离纪录踩在社会主义的脚下。

安特-25飞机就是在这样的历史背景下诞生的。

驾驶安特-25飞机完成这项环球飞行历史壮举的是奇卡洛夫机组。这就注定了奇卡洛夫将是一个载入史册的传奇人物。现在，他安静地长眠于克里姆林宫红墙下。我于2001年7月14日曾排着长队瞻仰过位于列宁墓与红墙之间的"名人墓"，其中就见到了奇卡洛夫的半身雕像。这不是一块普通的墓园，长眠于此的每一个魂灵，生前都有着显赫的名声和功绩，都是前苏联或俄罗斯国家级的重要人物。

在苏联决计超越法国飞行距离纪录的年代，由于受技术水平的限制，以及特殊的地理位置和恶劣的自然环境影响，人们还无法涉足北极，只是大致知道那里是一个白色的神秘而寒冷的世界。如何才能让飞机安全地跨越北极并抵达美国本土，无论是苏联的高层决策者，还是飞行挑战者，心中都还没有什么把握。

1935年，苏联组织过三名飞行员进行飞越北极的尝试，但没有取得成功。在此情形下，挑战北极就成为苏联所有超级飞行员的梦想，身为试飞员的奇卡洛夫也不例外。1935年5月2日，斯大林亲自到中央机场观看奇卡洛夫的飞行表演。在这次飞行表演中，奇卡洛夫驾驶伊-16新式歼击机非常优美地完成了各种复杂特技动作。飞行表演结束后，斯大林接见了奇卡洛夫并对他的飞行技术大加称赞。当斯大林问到奇卡洛夫有什么要求时，他提出了飞越北极的申请。

奇卡洛夫是一位技术高超、智勇过人的优秀试飞员，在苏联航空界有很多关于他勇敢机智的传说。例如，他曾驾驶一架飞机从涅瓦河上的尼古拉大桥下穿过，飞到列宁格勒。还有一次在试飞新机时，一只起落架怎么也放不下来，奇卡洛夫就在机场上空不断地做横滚动作，迫使飞机在一连串的令人头晕目眩的特技飞行中滚转，用惯性离心力把卡住的起落架甩出来，并安全着陆。后来这一条经验还被写进喷气式飞机的《驾驶守则》中。奇卡洛夫曾试飞过70多种型号的飞机，并且独自发明创造了"竖直盘旋上升""慢滚"等高级特技动作，至今还被许多国家——至少包括中国——的飞行员们学习和效仿。

对于奇卡洛夫飞越北极的申请，斯大林和苏共中央考虑再三，认为对北极的自然条件研究还不够，贸然行事不够稳妥，一旦不成功太丢社会主义国家的面子。所以，经过一番研究、权衡，决定先批准他飞行"莫斯科—堪察加彼得罗巴甫洛夫斯克—乌德岛"航线，先在近似极地条件的飞行中探索、积累经验。这样的决策无疑是科学而正确的。

1936年7月20日至22日，第一次模拟航线试飞。奇卡洛夫和副驾驶员拜杜科夫、领航员别利亚科夫从莫斯科出发，向北飞出大陆进入海洋上空，经法兰士约瑟夫地群岛和北地群岛，再折回大陆向东飞至堪察加半岛的彼得罗巴甫洛夫斯克。拜杜科夫也是一名优秀的飞行员，有着高超的仪表飞行技能；而别利亚科夫则是航空院校导航系主任，是空中领航的专家。由这三人组成的机组，绝对可称作是超一流水平的搭档。

安特-25飞机用56小时20分钟飞完9374公里（其中5140公里是飞行在浩渺无垠的北极圈内）的航程。这个距离已超过了法国人创下的飞行纪录。在航线的最后阶段飞行时，由于遇到了较厚的结冰层，飞机又不能从云上飞越，只好在乌德岛（后命名为奇卡洛夫岛）的沙滩上着陆。奇卡洛夫和他的机组荣获了"苏联英雄"称号。

当奇卡洛夫飞回莫斯科时，整个莫斯科城沸腾了。抑制不住兴奋心情的斯大林亲自到机场迎接奇卡洛夫机组。当斯大林握着奇卡洛夫的手,问他还有什么要求时,他毅然地回答:"我只有一个请求,那就是批准我们飞越北极到美国!"

这样的请求正合斯大林的心意。因此,经过一番研究讨论,很快以斯大林为首的苏共中央决定支持奇卡洛夫的飞行计划。飞越北极的一切准备工作都在紧锣密鼓地进行。1937年5月,苏联在北极附近设立了世界上第一个科学工作站,以便在奇卡洛夫的飞机飞越北极时提供天气预报和通讯保障。不久,斯大林在克里姆林宫接见了奇卡洛夫,告诉他:"你们飞越北极的计划正式批准了。"奇卡洛夫高兴极了,握着斯大林的手竟不舍得松开。

又经过几天的细致准备,奇卡洛夫机组设想了空中可能出现的各种情况,甚至还做好了出现最坏情况的心理准备。

1937年6月18日凌晨,太阳还没有爬上树梢,莫斯科郊外的谢可夫机场已是一片忙碌的身影,人们在为奇卡洛夫和他的两个老搭档的"莫斯科—北极—美国奥克兰"之旅做着最后的各项检查。装载着沉重燃油的安特-25飞机,此刻像一个即将临产的孕妇,被人们呵护着推到了停机坪。随着指挥员一声令下,安特-25加大发动机转速,晃晃悠悠地离开了跑道。由于飞机上的燃油过重,奇卡洛夫只得开足马力才能勉强地保持飞机缓缓爬升。他们后来回忆说:"飞机像疲乏的爬山者在绝壁上拼命攀登,随时有掉进万丈深渊的危险。"

复杂的情况比预想的来得早了些。飞机刚飞行不到10个小时,在1700～2000米的高度上遭遇了结冰层。所谓结冰层,就是在这个高度上,湿度比较高而温度又比较低,这样,空气团与飞机相遇时,飞机的表面就会出现结冰现象。在这样的高度层里长时间飞行,冰块就会聚结在螺旋桨上,滑落的冰块可能砸坏发动机鱼鳞片,同时还会使桨叶失去平衡,飞机无法稳定飞行。在结冰层飞行时,飞机还会出现猛烈的颠簸。此时,奇卡洛夫往机翼上看了看,发现机翼前缘的冰层厚度已超过

12厘米，整个飞机仿佛即将被冻僵在空中。情况异常危急，如果不能及时除冰，冰层会越积越厚，飞机随时都有坠落的危险。奇卡洛夫望着座舱外白茫茫的冰川，心中不禁打了一个寒战。他果断下令，三人轮流作业，用手摇除冰液压泵进行除冰。经过整整10个小时漫长的连续奋战，飞机总算飞越了结冰地段，渐渐稳定了下来。而他们三人早已累得筋疲力尽，像从死亡边缘刚刚逃生归来的幸运者。

进入北极极地区域后，飞机受磁场影响，罗盘完全失灵，任何轻微的动作都让罗盘指针猛烈地跳动不止。在长途航行中，一旦罗盘发生故障，飞机便像瞎子走进了无际的沙漠。为了保持大致航向，他们只能靠天文导航。所谓天文导航，也只是根据太阳的大致方位来确定飞行的方向。经验丰富的领航员累得满头大汗，一遍一遍地不停计算，尽可能保持不偏离航线太多。安特-25飞机整流罩上有一根支柱，经验丰富的奇卡洛夫便通过观察支柱的阴影与领航员提供的意见相结合来确定飞机的航向。此时，每一分钟都显得异常漫长。他们终于飞过了天、地、海一片白色的北极点，领航员兴奋地高叫了一声："伙计们，美国就在前方！"他让奇卡洛夫将机头对准123度子午线，直奔美国。

飞过北极点不久，发动机的散热器又出了问题。因为辅助水箱没水了，致使转速急剧降低。这个特情的危险绝不亚于前一段航线上飞机的结冰。因为发动机一旦停止工作，飞机便只能中途迫降了，而机翼下是一望无际的冰川和黑水。情急之下，他们赶紧把所剩无几的应急饮用水注入水箱，甚至连航医嘱咐采集的尿液样本也当成了应急水源。在这些混合水的帮助下，发动机得到了散热，转速开始渐渐回升。

胜利在望。就在他们三人克服重重困难飞越加拿大进入美国领空后，奇卡洛夫突然发现油箱的燃料即将告罄，油量耗尽信号灯开始闪烁。他迅速计算了一下剩余油量所能飞达的航程，感到不可能再飞到预计的降落机场奥克兰了。奇卡洛夫迅速与副驾驶进行了任务分工，决定在华盛顿州的皮尔逊机场降落。

此时，由于受高空缺氧的影响，奇卡洛夫的鼻孔开始出血，鲜血染红了他的飞行衣裤。而拜杜科夫已像一个摇摇晃晃的醉汉，累得都快坐不直身体了。长时间、高脑力劳动后的别利亚科夫，也虚弱得只能捧着地图在机舱里爬行。

这次穿越北极的不着陆飞行历时63小时16分，航程8504公里，光荣地载入了人类航空史册。这是苏联的光荣，是奇卡洛夫机组的光荣，更是安特-25飞机的光荣！

稍感遗憾的是，这个距离没有打破1933年法国人创造的纪录，破纪录的任务是三周后由苏联另外一位著名飞行员格罗莫夫率领的三人机组用安特-25的姊妹机完成的。他们成功地飞越北极，一口气飞到美国加州的圣雅辛托，创下了10146公里的世界不着陆远程飞行新纪录。

令人遗憾和悲伤的是，一年之后，奇卡洛夫这位苏联英雄，在一次试飞完成任务后的着陆中不幸牺牲了。

1938年12月15日，由奇卡洛夫试飞刚刚研制出来的伊-180新型歼击机。在中央机场，奇卡洛夫完成了一系列试飞动作后，下降高度，准备着陆。在飞机下滑过程中，他突然发现跑道上不知从哪儿来了一群玩耍的孩子。这令奇卡洛夫大吃一惊！他立即加大油门，想把飞机重新拉起来复飞，不幸的是发动机此刻却一下子熄火停车了。在发动机停车无声飞行的短暂期间内，奇卡洛夫打开舱盖，向孩子们高喊立即离开危险区。只听"轰隆"一声巨响，这架高速行驶的新式飞机终于重重地摔在了地上。奇卡洛夫连同座椅被抛出了座舱，头部撞到地面一根木头上。见此情景，人们发疯似的向飞机跑去。浑身是血的奇卡洛夫努力从雪地上爬起来，吃力地说："……这不是飞行员的错，好像机翼有问题。"后经抢救无效，34岁的奇卡洛夫永远地合上了双眼。奇卡洛夫牺牲后，斯大林悲愤交加，决定亲自为他抬棺护灵，把他安葬在红场克里姆林宫墙下。

在苏联，曾有许多城市、集体农庄、舰艇和学校都以奇卡洛夫的名字命名。在下诺夫哥罗德市伏尔加河畔高高的堤坡上,高耸着一座奇卡洛夫身着飞行服、仰望蓝天的铜像。2002年5月25日,我曾来到这里,在奇卡洛夫的雕像前用青草编就了一个小小的花环,献给了这位驾安特-25飞机环球飞行的英雄。

Skywalker 肆

在俄空军航空博物馆,每一架陈列的飞机背后都有着一串非凡的故事,有的惊心动魄,有的耐人寻味。

在伊-16飞机前,瓦西里老人停下来说,这种飞机与中国有着特殊的联系,在中国也有许多这种飞机。中国飞行员用这种飞机打过日本侵略者,苏联飞行员驾驶这种飞机飞往中国,也打过日本人。当然,苏联飞行员还用这种飞机在西班牙战场上帮助革命政府军打过德国法西斯。

1937年7月,日本正式发动侵华战争,日本航空队在空中对中国进行疯狂的侵略作战。在中国的请求下,苏联派出志愿航空队协助中国空军对日作战。苏联飞行员使用的就是这种伊-16战斗机。苏联向中国提供的飞机主要也是伊-16战斗机,一共大约有200~250架。

说起伊-16战斗机的身世,还有一段神话般的故事。

伊-16战斗机是苏联著名飞机设计师波利卡尔波夫的杰作。构思设计这种战斗机时,是20世纪20年代后期,由于苏共进入大规模的"肃反",波利卡尔波夫被关进了监狱。在监狱里,波利卡尔波夫并没有停止对飞机设计的思考。他过去设计的飞机都是双翼型的,在监狱中他大胆设想,能否设计一种轻盈、灵便、性能优越的单翼战斗机?于是一种"梦想战斗机"在他脑海里渐渐浮现出来了。1930年,苏共中央决定大力加强航空兵建设,在这种情况下,波利卡尔波夫便被释放了出来。他根据狱中的"梦想",将战斗机设计为下单翼,后三点式。这种样式的飞机对苏联航空界来说,具有里程碑意义。机身大部分由木质材料构成，机翼内骨架则由钢管构成，机尾由铝管和帆布构成，还采用薄的硬铝和蒙布覆盖机体，降低飞机的重量。

在设计、生产这种型号飞机的过程中，为了保密，波利卡尔波夫还给飞机编了个代号TSKB-12。这样，人们很难猜出这是一种什么样的飞机。只有波利卡尔波夫心里明白为什么给这种轻巧、灵便、设计简单的飞机取一个这样神秘的代号。原来，苏联为了节省劳动力，降低成本，样机由监狱里的犯人来制造，而TSKB-12只是一个犯人小组的编号而已。

一架墨绿色的下单翼战斗机组装完毕，停放在了人们面前。这就是后来一度立下赫赫战功、闻名于世的伊-16战斗机。

1933年的最后一天，第一架伊-16飞机开始首次试飞。试飞中发现，这种飞机虽然机动性很好，但稳定性比较差。飞行员感到过于灵活，做横滚和斤斗时，感到出奇的快，不好驾驭，也不够稳定。但比较起来，它依然比双翼的伊-15优越许多。于是，苏联决定加紧对伊-16进行完善与改进。1934年，苏联两家飞机制造厂开始正式批量生产这种装有两挺机枪的伊-16战斗机。

瓦西里说，这种飞机他也飞过，在空中像个淘气好动的孩子，对飞行员的技术水平要求比较高。

1936年，伊-16第4型正式进入苏联空军服役。这是苏联第一种可以收起起落架的下单翼的战斗机，由于灵活、轻便、结构简单，易于拆装维护，非常适合战争环境中投入作战。不久，伊-16第5型也随之面世，交付苏空军3000多架，成为伊-16型号中产量最多的飞机。

抗战时期，中国面临着极为严峻的形势，空军力量十分薄弱，面对强大的日本空军，中国空军难以与之抗衡，地面部队作战和城市安全受到严重威胁。1938年8月，在中方请求下，苏联紧急向中国方面提供了六个旅的飞机，这其中就包括大量的伊-16战斗机。

随着战争的进展，日本、德国都研制出了性能更优越的战斗机，如日本的A5M、A6M零式战斗机，德国的梅-109战斗机，它们在机动性能与武器装备上都优越于伊-16第10型战斗机。虽然第10型战斗机上已配备了四挺机枪（机翼两挺，机头两挺），有的飞机上还装了4~6枚RS-82火箭（在当时，只有美国、德国、苏联三个国家的飞机上能够做到安装火箭），但是，伊-16飞机的整体战斗能力已落后于日、德的战机。

像两个不同重量级的拳手对搏一样，往往会出现输赢一边倒的结局。

伊-16便有过遭到厄运的时候。1941年4月22日，德国空军偷袭了苏联多个机场，停放在机场停机坪上的伊-16战斗机来不及起飞便葬身火海，损失极其惨重，大约数百架甚至说1000多架飞机被摧毁。还有，由于性能落后，许多伊-16被德军的梅-109战斗机击落。当时苏联研制新型战机的步伐进展缓慢，直到1943年苏军依然还在大量使用这种落后的伊-16战斗机，尽管它的改进型已达到了第29型。

瓦西里还曾听说中国空军的伊-16战斗机也曾遭到过日军飞机的偷袭，损失惨重，航空队长高志航壮烈牺牲。1937年11月，高志航奉命赴兰州接收苏联援华的战机。根据命令他率援助的战机飞至周家口机场。因天气恶劣，留原地待命。11月21日，周家口机场突然接到敌情报告，说有11架日军飞机向该机场方向飞来。高志航立即下令，全体飞行员投入战斗。然而，由于情报来得太迟，此时日军战机已飞至机场上空，在日机的俯冲轰炸下，高志航登上座机，刚进入机舱即被日军战机投下的炮弹炸中而殉国，年仅30岁。

瓦西里还介绍说，伊-16战斗机还曾支援过西班牙共和政府平息反政府叛乱。当时，斯大林下令向西班牙革命政府武装提供500架伊-16第5型和第6型飞机。可以说，苏联的伊-16战斗机是真正的"走向世界的飞机"，在许多国家的天空，都有过它战斗的身影。那些友好国家的飞行员和老百姓，对伊-16战斗机都不会陌生。

二战期间，苏联总共生产了伊-16各型机约7000多架。其中装备两挺机枪和两门20毫米机关炮的24型生产了934架，29型生产了650架。它除了机枪、机关炮各两门外，还可挂100千克炸弹和两个火箭发射架。

伊-16战斗机由闪亮登场时"王牌战机"的辉煌渐渐走向了"落后挨打"的落魄。它的演变告诉人们一个颠扑不破的真理：落后就要挨打。而这条真理只有在真刀实枪的战争面前，才能充分显示出其逼视一切虚幻、自欺的锐利光芒。

Skywalker 伍

走出展厅，我们来到了室外巨大的露天展区。

T-4是航空博物馆露天展区中个头最高大的飞机。这个"大个子"，翼展22米，机长44.5米，机高11.2米。由于它形态极其特别，身世又曲曲折折，所以来参观的人们都对它特别青睐，纷纷与其合影留念。

它是一架20世纪六七十年代由苏霍伊飞机设计局研制的一种超音速远程战略轰炸机。它的时速可达3200公里（可超过3倍音速），航程7000公里，升限20000～24000米。由于它的机体庞大，最大起飞重量达125吨，超过了100吨，所以，人们便为其取了另一个名字：苏-100（Cy-100）。现在航空博物馆内插在飞机前边的展示牌上，写的是"Cy-100"，而不是本名"T-4"。

推动苏-100研制的动因依然是一场来自内心深处的争斗。这是世界上两个超级大国之间的心理争斗。20世纪60年代，美国研制成功了B-58超音速中程轰炸机，又开始研制XB-70超音速远程战略轰炸机和SR-71战略侦察机。苏联军方和航空工业部门看在眼里，急在心里，他们再也坐不住了，遂下定决心要研制一种能截获和摧毁巡航导弹的载机，把美国佬的嚣张气焰压下去，从而在战略上占据主动地位。

苏霍伊设计局经过竞争拿出了自己的方案，其中考虑到，若使飞行时速高达3000～3200公里，机体表面就会产生高达300℃的气动加热，机体主要部件必须使用不锈钢和钛合金来制造。苏联军方和航空工业部门同意了这个方案，并为这种飞机取名为"T-4"。这一命名，与苏式飞机的传统命名方法完全不同，它让人们看不出这架飞机在苏式飞机家族中的辈分。但设计局的人们却习惯地把它称作苏-100，习惯成自然。最后，连外界也都认可了这个名字。

苏-100从开始研制到试飞，前后经历了漫长的九年时间。这似乎已隐约显露出了它不容乐观的前途与命运。"时过境迁"这个词用在苏-100身上再恰切不过了，有谁会一直保有对一件事的高度热情呢？而美国等西方国家，研制一种同类飞机大约需要5～7年。

苏-100是一块硬骨头。对苏霍伊设计局来说，很多新的技术问题需要一一解决。

面对机体表面高达300℃的高温，苏霍伊设计局和相关研究单位，对可使用的耐热合金、非金属材料、特种橡胶和塑料等及其制造工艺，以及仪器设备的防热保护等进行了广泛的研究。这些成果，使得未来研制高速飞机从中受益。

苏霍伊设计局总共制造了两架苏-100原型机，现在展览在航空博物馆的就是其中的一架。

在外形设计上，苏-100采用了双三角形下单翼和无平尾布局。苏-100与超音速运输机图-144机翼外形很相似。此刻，这两个"大个子"正在相邻的露天展区里停放着，每天都遥遥相望。

苏-100机身细长，驾驶舱前的圆锥形机头在起飞、着陆过程中和地面停放时可以垂下来，以保证飞行员有良好的视界。

由于飞机个头大，飞行速度又快，因此必须装四台大推力的喷气发动机。发动机单台推力156.8千牛，加力推力可达165.9千牛（1.69万千克力），这在当时来说是推力最大的喷气发动机。

在飞机的控制系统中，有两套独立的液压系统，工作压力可达到280千克/平方厘米。后来苏-27战斗机也使用了这种液压系统。

机载设备有惯性导航系统、远距前视雷达、侧视雷达以及光学、红外线、无线电设备等。机载设备控制的配套性及自动化程度都相当高，机组乘员仅有两人（即驾驶员和领航员兼操作员）便可完成所有的飞行和作战任务。此外，设计局还专门为苏-100飞机研制了一种新型空对地导弹，该导弹使用末段寻的引导头，射程很远。

1971年12月30日第一架原型机制造完毕，次年8月22日首次升空。

首次试飞由首席试飞员、苏联英雄伊柳申与苏联功勋领航员阿尔费罗夫共同完成。他们在空中持续飞行了40分钟。在1973年8月6日进行的第9次飞行试验中，飞行速度达到了马赫数1.3。最后一次飞行是在1974年1月22日进行的，至此苏-100第一架原型机总共飞行时间为10小时20分钟。在它完成最后一次试飞以后，先在茹科夫斯基试飞中心停放了八年，最后才被空军航空博物馆收藏。

前苏联科学院院士斯维谢夫说："影响这种具有划时代意义飞机发展速度的是来自多方面的'暗礁'和'绊脚石'。"苏霍伊设计局眼看着花费巨大心血设计制造的苏-100由失宠至渐被苏联政府所抛弃，也只好回过头来继续搞歼击机去了。

瓦西里望着这架曾让苏联和世界一度震惊的曾经最先进的飞机，感叹一声说："可惜啊！"是的，这是一架多么令人赞叹的好飞机啊！可惜生不逢时地来到了这个世界上。瓦西里凝望的眼神告诉我，他深爱这架飞机。作为一名飞行员，我非常理解他的心情。后来，我又多次陪朋友来航空博物馆参观，每次都会在这架高高挺立的飞机下举头仰望一会儿，从不同角度欣赏它的风姿，不免感叹一番，联想一番。

许是瓦西里老人看出了我的心思吧，他笑着说："很遗憾，俄罗斯现在没钱造这种飞机了。你们中国有钱，如果喜欢，可以拿去制造它！"我笑了笑，在心里对他说，现在即使有人能够制造出这种飞机，还能重塑那个时代的理想之梦吗？

苏-100依然是飞机群体中的巨人。它像某位退役的篮球明星一样，只要站在人们面前，大家就会不由自主地向他投去敬慕的目光。但是，

"现实生活"中的苏-100却永远只能保持一副略显谦卑的姿态。它的头颅总是微微地低垂着,仿佛是在与人们交流长期淤积在内心的苦楚。也许,它只有在梦想中驰骋蓝天的时候,才会发出一声锐不可当的长啸,昂起高傲的头颅,把自己挥舞成一把威风凛凛的长空利剑。